宛如阿修罗

〔日〕向田邦子 著／李佳星 译

北京 外语教学与研究出版社

〈目录〉

女正月 ÷

÷

即元月15日前后，因为准备年货以及接待亲戚都暂告一段落，家里一直忙碌的女性也终于可以休息一下，因而得名。

这天早上，泷子的心情，一如寒冬里冷峭的天空，满是萧索。

不过，对泷子来说，即便在平时，也少有一大早便心情大好的时候。她衣服土里土气，头发随便扎在脑后，脸上不施粉黛，还戴着眼镜——性格也和外貌一样阴郁，甚至谈笑时也从不曾大声。

竹泽泷子，三十岁，单身，目前在区立图书馆做管理员。那图书馆已经破旧得连招牌上的字都看不清了，冷冷清清如同一位孤单的老处女般无人问津。

泷子每天总是第一个来上班，打开暖气后便一头扎进工作中。不过这天早上，泷子一反常态地没有立即工作，而是拿起阅览室的红色电话，拨通了姐姐卷子的电话。

"姐姐，是我，泷子。嗯，还好吧。嗯，嗯，我有件事想和你谈谈。"由于暖气的缘故，玻璃窗上凝了一层白色的水汽，泷子一边心不在焉地说着话，一边若有所思地用手指在上面写了一个"父"字。"我打电话是要跟你说正事的！"泷子说。

姐姐里见卷子今年四十一岁。与丈夫鹰男、十七岁的儿子宏男，还有十五岁的女儿洋子一家四口住在郊外的商业住宅区。卷子肤白貌美，性格温婉，和泷子截然不同。

妹妹打来电话时，卷子正在吃早饭，她嘴里一边嚼着食物一边和泷子说话："哪儿的话，婚姻大事怎么就不是正事了。你都这个年龄了！"

"咲子吗？"卷子的丈夫鹰男看着报纸随口问道。"是泷子。"

卷子回了一句，转头继续对着话筒说，"我跟你说啊，女人一过三十岁，就会一天比一天不值钱，你该抓紧了！"

"不是说了嘛，我想说的不是这个事！"

"那是什么，你赶紧说嘛。"

"打个电话没必要吵架嘛。大清早的，干吗呢这是。"鹰男插了句嘴。

"喂喂！"

"我想四个人都在场时再说。"

"四个人，我们姐妹四个吗？怎么了？"卷子最后一句话不是对泷子说的。儿子宏男出发上学前跑进来冲卷子伸出手。

"昨天晚上不是说了吗！要买书啊。"

"什么书！"

"到底要我说多少遍啊！"宏男噘着嘴，飞快地说了一遍英文书的书名。

"妈妈的英语不太灵光，你告诉我日语书名。"

"啊，哥哥，这本书你之前不是买过吗……"洋子从旁插嘴。

"笨蛋，你说什么呢！之前是……"

"我不是说了吗！说日语书名！"

"这种事，前一天晚上就应该问清楚嘛！"鹰男皱着眉表达不满。卷子无奈放下电话，从小抽屉里拿出钱递给宏男。

"要把收据拿回来！出门前至少说句'我走了！'啊！等等，洋子！你的裙子也太短了！"好容易把孩子们都送出门，卷子回到饭桌前，拿起吃了一半的吐司面包："真是没办法，一说叫他好好学习，他就说那你给我买书，连书都没有怎么学习……"

"喂！"

"咦？啊呀，泷子！"卷子跑过去拿起话筒，仍然是嘴里嚼着东西说道，"真是抱歉，你刚才说什么来着？"

泷子一下子怒气涌到头顶，等待的这段时间，玻璃窗上的"父"字被她描了一遍又一遍，已经变得硕大无匹。

"卷子姐，就算是亲姐妹，你走开前至少也该跟我打声招呼，说句'稍等一下'吧！"

"这不是已经跟你道过歉了嘛！"

"你连我刚才说什么都忘了！"

"正忙的时候你打电话过来……"

泷子打断姐姐的话："今晚，大家在你那边会合，到时候再说！"

"喂喂？"

"大姐和咲子那里我会去联系。啊，我会先吃完晚饭再过去。"

"干吗在外面吃，要不我叫寿司外卖……"卷子还没说完，泷子便"啪嗒"挂上了电话。

"真是一点女孩子的可爱劲儿都没有！"卷子忿忿地盯着电话，叹了口气，"女人家还是不要在图书馆工作的好！"

"等有了男朋友自然就可爱了！"鹰男一边说，一边打着领带走向玄关。

"今晚还开会吗？"卷子追在丈夫身后问道。

鹰男坐在门槛上穿鞋，没有回答卷子的问话，反而问了句："你说今天要去国立，是有什么事情吗？"

国立是卷子的娘家，父亲恒太郎和母亲阿藤老两口住在那里。

"妈妈的私房钱，存银行里快到期了，她当初填的是这里的地址。"

"填他们自己的地址不就行了，干吗填这儿？"

"妈妈担心爸爸知道以后会失去工作的动力，想让他再上几年班……"

"男的不管多大年纪都够辛苦的！"

"女人才辛苦呢！"

听到妻子的语气里隐隐带着讽刺，鹰男便不再接话，伸手推开门说："替我向老爷子问好！"

"只向老爷子问好吗？"

"又不是'桃太郎'，干吗非一个个都列举清楚！"

鹰男出门上班，卷子送走丈夫后，耸耸肩膀，露出了苦笑。

"很久很久以前，在一个偏僻的小山村，住着一对老爷爷和老奶奶。老爷爷上山去砍柴，老奶奶到河边洗衣服。"

走在车站前的大街上，卷子想起这个故事，不禁露出笑容。街边的树早已摇落满身的叶子，只剩下光秃秃的树枝在寒风中瑟瑟发抖，一派萧瑟气象。好在天气风和日丽，从国立站到娘家的二十分钟路程反而成了散步的良机。

卷子在兼卖杂货的小蔬菜店里买了一些大个的苹果作为礼品。苹果的品名是"富士"，恰好与母亲的名字发音相同[1]。

"老奶奶在河边洗衣服时，上游飘下来一个大桃子，扑通！扑通！"

竹泽家住在国立城边的一座旧房子里，正门上挂着名牌，进去以后，有一扇木门通向小小的后院。穿过木门，首先映入眼帘的是恒太郎那健硕的背影，他正修剪着院子里的树木，母亲阿藤则正在一旁往晾衣杆上晾衣服。见此情景，卷子想起刚才的"桃太郎"的故事，不禁笑出声来。

"这不是卷子吗？"

"你在笑什么？"

老两口转过头，惊讶地问着。

"因为……这不是'老爷爷在院子里砍柴，老奶奶也在院子里洗衣服'吗！"

"这有什么好笑的？"

"就差再配上一个桃子了！"

"这时节哪儿来的桃子！"

"妈妈，正好有和你同名的苹果，所以就买了几个过来。"卷子笑着，从手提袋里拿出红通通的苹果展示着。

"啊，富士……"阿阿藤催促着女儿在门廊坐下，"哪有姑娘傻到回父母家还买这么贵的东西的！"

1　阿藤和富士的发音都为"fuji"。

"比我家那边便宜多了。"

"再说了，这么大的苹果，我们两个人也吃不完。"

"我帮你们吃。爸爸，过来吃苹果！"

"我就算了，差不多该出门了，今天要去公司上班。"

"还是每周上两天班？"

"周二和周四。"

"原来是火木人[1]……"

正要回屋的时候，恒太郎看到晾到半干的衣服掉在了枯黄的草坪上，便走过去弯腰捡起，拍掉土重新晾上，再用夹子细心地固定好，才默默地回到屋里。恒太郎向来沉默寡言，今年六十八岁，虽已退休，但仍然每周两次去朋友的公司帮忙。虽然日子倒也悠闲自在，但似乎从来没有和老妻一起好好享受晚年生活的念头。他不苟言笑，亦从不高谈阔论，依然是一副严谨固执的一家之长的样子。

卷子的视线，从父亲的背影，转移到他刚拾起来晾好的衣服上，那是一件松紧带已经松垮的驼色大内裤。

"妈妈，那不是你的吗？"卷子问，看到母亲阿藤眼角露出害羞的笑容，"爸爸以前可是不会做这种事情的。"

"喂，晾的衣服掉地上了！"母女两人不约而同地模仿着恒太郎的口吻，笑了起来。

"爸爸也上年纪了。"

"甚至都知道关遮雨窗了！"

1　日语中周二为"火曜日"，周四为"木曜日"，故有此说。

"爸爸吗？"卷子惊讶地瞪圆了眼睛。几个女儿没出嫁的时候，恒太郎在家里可是连油瓶倒了都不扶一下的。

"大概也是因为觉得大限将至了。"阿藤感叹着。

卷子笑了起来："他幡然悔悟当年让你吃了那么多苦，所以现在补偿一下。"

"生活窘迫啦，挨他几句骂啦，其实都算不上什么吃苦。"

"对女人来说，这可能也是一种幸福吧。"

母女两人突然沉默了下来。

"那……你们夫妻俩相处得还好吧？"

"眼下还不错。"卷子见话题转移到了自己身上，便赶忙从手提包里拿出存折，"妈，银行那边说，希望您继续存下去。"

"嗯。"

"啊，还有，泷子有没有跟你说什么？"

"没有啊……她出什么事了吗？"

"说有事情需要认真商量下，等四个人都聚齐了再说。"

"会是什么事呢？"

"跟她约好了今晚在我家集合，我寻思她有没有跟你说些什么……"

"她该不会是找到对象了吧？"

"她说不是这种事。另外，这个怎么办？"

"嗯。"阿藤应了声，目光转向存折时，恒太郎从隔壁房间走了过来。阿藤赶忙将存折压到腿下。

"喂，卖豆腐的过来了，需要买一些吗？"

"不是昨晚才吃过豆腐吗。"

"哦，对啊。"

恒太郎走开后，卷子"噗嗤"一声笑出声来："爸爸现在居然连这个都上心起来了。"

阿藤带着温和的笑容点点头，把存折塞进和服腰带里，站起身来，走到正拿起大衣准备出门的恒太郎身前，为他整了整衣服。

"枡川"酒家的大堂里，三田村纲子正在插着花。

纲子今年四十五岁，是竹泽家四姐妹中的大姐。婚后育有一子，丈夫却早早地撒手人寰，只能靠做插花老师维持生计。儿子又因为工作远赴仙台，只剩下她独自一人住在东京下城区的一栋小屋里。

"老师，茶泡好了。"领班民子过来叫她，纲子只好停下手中的工作。

"我不是说过吗，不要叫我老师。"

"哎呀，插花老师也一样是老师啊。"

纲子轻轻点头，民子转身回屋。纲子看着刚完成的作品，想伸手调整一下花枝的布局，身后传来了酒店老板贞治的声音："您辛苦了！"

纲子没有回头，只是郑重地冲前方回了一礼。

贞治假装欣赏着插好的花，飞快地悄声说了句："明天，一点钟。"

纲子面无表情，仿佛什么都没听到，只是用几乎看不到的动作微微点了下头。贞治前脚离开，后脚民子便探进头来："老师，有电话，你妹妹打来的。"

什么事呢，纲子心里想着，向账房走去。老板娘丰子正在记账，纲子冲她微微欠身打招呼，小心翼翼地拿起话筒。

"喂，啊，是泷子啊……"

"我有很重要的事情要说，今晚想请大家在阿佐谷集合。"话筒里泷子的声音一如既往地漫不经心。

纲子皱起眉头："怎么突然这样，什么事情啊？"

"到时候再说。"

"我也有许多事情需要安排，你突然打电话过来说今晚就要见面，也太……"纲子正说着，冷不防丰子把一个信封递到她面前："这个月的……"似乎是不想她占用电话太久，即便没有这个意思，这种做法也略有些不怀好意。

纲子点头道谢，接过信封，转头和泷子长话短说："几点啊？告诉我时间。还有，咲子也会过去么？"

"她也会去，八点，别迟到了。"泷子淡淡地说完，话筒里传来了挂上电话的声音。纲子叹了口气，向盛气凌人的老板娘寒暄几句，便回身往玄关去了。

咲子今年二十五岁，是四姐妹中最小的，受尽姐姐们的宠爱，但是干什么都不灵光。自己租了公寓在外面住，平时在一家叫"小丑"的咖啡店当女招待。

这天晚上，泷子下班后便直奔"小丑"，找了一个僻静的包厢坐下。

"到底什么事情啊？"当着其他女招待和酒保的面，咲子只能趁递上菜单时，借机小声问道。

"等大家到齐了再说。"

"大家都挺忙的，你就别端着了，直接说吧。"

妹妹的抱怨似乎一点都没有进到泷子的耳朵里，她反而频频回头注意门口的动静。

"不管怎么说，你问都不问别人是否方便，就通知晚上八点集合，也太随意了！"

"谁叫你不告诉我住哪里，要不然早通知你了……"

"这不是因为我最近要搬家吗，告诉你地址也没什么用。"

"其实是怕我突然登门会不太方便吧？"

"你想哪儿去了！我住的地方又没电话，不是一早便跟你说过有事打这里的电话找我嘛！"

两个人向来一见面就拌嘴。咲子气鼓鼓地抗议道："我要到九点才下班，你定的时间我赶不过去。"

"就说家里老人突然病了，请假提前走不就行了。"泷子全然不当回事地回答道。这时，店门突然开了，一个穿着皱巴巴的风衣，看起来有些缩头缩脑的男人走了进来。这人名叫胜又秀雄，在信用调查所上班，今年三十二岁，比泷子大两岁。

胜又径直走到泷子桌前，鞠躬打了个招呼。

"两杯咖啡。"泷子支开咲子。

等胜又畏畏缩缩地在对面坐定，泷子的视线转到他紧紧抱在怀里的牛皮纸信封上。

"拜托你的事情……"

胜又拍拍信封，点点头。泷子又做了个拍照的手势："这个，也没问题吗？"

"嗯。大致上……"

"那就给我吧。"泷子伸出手，但胜又犹犹豫豫不肯递过来。泷子不悦地皱起了眉头："该不会是没拍到吧？"

"那倒没有，拍是拍到了。可能有些不太清楚……"

"那就拿来看看……"泷子再次伸出手，胜又刚要把信封递给她，又缩了回去。他目光闪烁，似乎不太敢正视泷子："你看了……不会生气吗？"胜又虽然畏畏缩缩，但目光里却似乎对泷子有些责备的意味。

"生气啊，"泷子毫不示弱，"当然生气！"

"……"

"但是又不能坐视不管。"泷子打开信封，翻看着里面的东西。胜又转头望向别处。

"多少钱，这一份要另外收费的吧？"

"不用，因为也没拍到全脸，这次就算了。"

这时咲子端来了咖啡，两人有些尴尬地沉默下来。

这个时候，里见家的客厅里，早早到来的纲子已经叫了外卖寿司。卷子正在沏茶，鹰男在她旁边坐在地板上看报纸。

“鹰男，你回家好早啊。”纲子说。卷子听了则只是耸耸肩："只有今天，平时都是三更半夜才回来。"

“也不是天天都这样吧。”鹰男抗议。

“一听说大姐要来，就颠儿颠儿地跑回来了，估计是想跟着沾点光。”

“胡说！”鹰男冲妻子说了句，把供奉的镜饼[1]放在报纸上。

“鹰男没有姐妹嘛，听说我们几个聚会想凑热闹也……”纲子正说着，看到鹰男举起了锤子，惊呼道："哎呀，你干吗呢！今天已经是开镜的日子了吗？"

“其实，嘿！本来应该是11号吧。”鹰男一边说着，一边挥动锤子砸开镜饼。

“他就跟个长不大的孩子似的。”卷子苦笑。纲子也点头表示赞同："男人都这样。我家那位在世的时候，也是有很多怪讲究，什么门松[2]不能只放一夜啦，新年期间不能碰针啦，各种各样……又不是世家大族，哪儿来那么多讲究。"

“他去世了，这些规矩反而令人怀念了，是不是？”

纲子笑笑，将话岔了开去："这东西用油炸一下，撒些盐挺好吃的。"

“他日思夜想地就是吃这个呢！”

“要我帮忙么？”纲子欠身准备起来时，玄关的门铃响了。

---

1 镜饼（かがみもち），日本人在新年时供奉神灵的扁圆形年糕。一般在年前开始供奉，到一月中旬时，再用木槌砸碎后食用，叫做"开镜"（かがみびらき），象征春节结束，新的一年开始，具体"开镜"的时间因各地风俗而略有不同。

2 门松（かどまつ），新年装饰在门前的松枝。

"我来晚了！"外面传来泷子的声音。鹰男第一个跳起来去开门，卷子望着冲出去的丈夫，噘起嘴抱怨道："发起聚会的主角却到得最晚。"

"就是呢！"纲子也附和道。

泷子跟着鹰男走进来，一进屋目光便停留在地板上的镜饼上："这不是镜饼吗？"

"你们看到镜饼的裂纹，难道就没想起点什么？"

"啊！"听到卷子这么说，泷子和纲子相互看了一眼，恍然大悟，"是妈妈的脚后跟！"

三姐妹互相拍着对方的肩膀和后背笑得前仰后合。

"答对了！"卷子说。

泷子和纲子也乐不可支："我一直想说来着！"

"是吧！"

三个女人一台戏，鹰男看得目瞪口呆，全然忘记了手里的镜饼。

笑闹过后，众人开始做起油炸镜饼来。卷子把镜饼夹进油锅里炸制，纲子则负责把过油炸过的镜饼放到铁盘上控干油，再由泷子把它们放到铺了和纸的盘子上撒盐，姐妹三人配合无间。鹰男则坐在一边，用佩服的目光看着龟裂的镜饼一个接一个变成香喷喷的金黄色。

"我还记得呢，妈妈脱袜子的声音。"纲子边从锅里捞出炸好的镜饼边说道。

泷子也点头赞同："晚上睡觉的时候对吧，关了灯，在枕边……"

"脚上皲裂的死皮刮着布袜，那种难以形容的刺啦刺啦的声音。"

"妈妈的脚后跟，为什么老是裂，难道是天生皮肤干燥吗？"

"是日子过得太苦了，有段时间妈妈连饭都吃不上。"

"是战后物资匮乏的那段时间吧！有营养的东西都给老公和孩子吃了，自己只能天天喝稀粥。"

"可能就是缺乏营养造成的呢！"

"妈妈不只脚后跟，"卷子说，"手上也裂得全是口子。"

"那时候常看到她晚上洗完碗碟、衣服，往裂口上涂黑色的膏药。"纲子这么一说，卷子也回想起来："对，就是这样。妈妈总是拿通条把膏药烤软了，再涂在裂口上。"

"滋——的一声，飘起一股怪味儿，有时候还会冒烟。"

"真是怀念呢……"

"我忍不下去了！"泷子突然打断了众姐妹的对话，语气强硬。

正好鹰男伸手去拿镜饼，卷子瞪了他一眼："小心烫着手！"这时，门铃又响了起来。

"肯定是咲子！"鹰男毛手毛脚地把镜饼塞进嘴里，吸着凉气说着"好烫烫烫——"起身跑去开门。

纲子压低声音说道："没必要让咲子也掺和进来吧。"

泷子耸耸肩："但是……不叫她好像对她有偏见似的。"

卷子向她使个眼色，示意她不要再说。随着一声活泼的"晚上好"，咲子走了进来。

一大盘炸镜饼摆上餐桌，姐妹四个泡了茶，围着餐桌坐下。鹰男坐在一边的小桌上，用炸镜饼做下酒菜，喝起了威士忌。

"终于到齐了，你想说什么事情来着？"卷子迫不及待地问。

泷子一脸严肃地环视众人，说："爸在外面……有照料的人。"

另外三人面面相觑。纲子嘴里嘎吱嘎吱地嚼着炸镜饼，含混不清的问了句："女人吗？"

"男人照料男人干什么？"泷子没好气地说。

"我还以为是资助大学生之类的，比如学费什么的。"

"你心可真宽，我的姐姐……"

"是真的吗？"卷子半信半疑。

"怎么可能？！——别人也还算了，我们家的老爷子——怎么可能嘛！"纲子似乎听到什么好笑的事情，声音里强忍着笑意。

卷子也忍不住笑着说："就是，他这样笨手笨脚——连自己一个人去商场买个衬衣都不会的人——居然会在外面包养情人？"

"有什么好笑的，又不是去百货公司买女人。"泷子心里一急便脱口而出。

鹰男和咲子闻言不禁仰天大笑："这句话太好笑了。"

"好恶心啊。"

泷子火冒三丈："姐夫！咲子！哪里好笑了！我说的都是真的！"

"年纪，想想他的年纪吧。"卷子说。鹰男也笑着说："爸居然有女朋友。"

"这事如果是笑得正欢的那位，倒还更可信些。"卷子打趣说。

鹰男吓了一跳："喂，你在胡说些什么！"

"干吗这么认真，还是说，你真有什么见不得人的事？"

"喂，平白无故拿我撒气干吗！"

"爸爸已经七十岁了，这事太离谱了。"

听到纲子这么说，卷子也说："况且，爸也没那个钱啊。虽说周二和周四对吧——借着以前下属的人情去兼职，但那只是名义上是董事，其实只能挣点零花钱。"

"他那样的火木人，能干成什么事。"

"火木人？"咲子一脸纳闷。

"'寡默'[1]人啦，也就是寡言少语的闷油瓶。"

鹰男语带佩服地说："周二和周四上班的'寡默人'吗？这句话太有意思了。"

"你就是因为这种事把大家找来的么？"咲子不满地说。

泷子对他们几人怒目而视："你们一无所知，所以才笑得那么轻松。我是亲眼看到的，就在十天前！我去代官山[2]的朋友家玩了一趟，回来的时候……"

泷子的朋友住在代官山一个安静的住宅区。那天，她刚转

---

1 "寡默"（Kamoku）与"火木"（Kamoku）发音相同
2 位于东京都涩谷区，属于东京较高级的住宅区

过一条无人的小巷，看到一个十岁左右的男孩在玩滑板。而站在少年的正前方，身穿一件颜色鲜亮的开襟衫，手里拿着一个牛皮纸信封的，赫然竟是恒太郎。一个衣着朴素的中年妇人仿佛躲在恒太郎的影子里一般，站在他身后。

泷子惊讶地睁大了眼睛。男孩做出仿佛杂耍般的动作大叫着："爸爸！爸爸！你看，你看！"然后又叫着，"妈妈你也看！"

两个人一回头，男孩滑到他们中间，抱住恒太郎的胳膊，整个人仿佛挂在他胳膊上似的，简直就像真正的一家三口。泷子愕然呆立在原地，目送三人并肩远去。

泷子刚说完，卷子便迫不及待地问："你是不是看错了？"

泷子断然摇摇头："我调查过了，花钱雇的人。"

"信用调查所么？"

"那个女人叫土屋友子——四十岁，那男孩是她儿子，小学四年级——在那附近租了间公寓，每到周二和周四，爸爸确实都会去那里。"

"星期二和星期四，他不是去上班的吗？"卷子一脸的难以置信。

"似乎只是去公司露下脸，之后就去那里了。什么'火木人'，十年来竟然一直在骗着妈妈！"

"有证据吗？"卷子问。泷子从皮包里拿出牛皮纸信封。

"户籍复印件吗？"

"照片——他们三个人在一起的照片。"

泷子说着就要打开信封，卷子却扑上去阻住她。

"卷子姐！"

"住手！我不想看！"卷子向惊呆的众人说道，"不能看的，这、这就是浦岛太郎的玉匣[1]，一旦打开就会全变成真的！"

"这本来就已经是真的了。"

卷子问丈夫："喂，你是不是也这么想？这种时候，还是不看比较好吧？"

"嗯，可是……"

"但是，他们不是已经有小孩了吗？说不定就是我们的……"

纲子这么一说，泷子也点点头，补充道："弟弟。"

"而且是男孩子呢。"

"也就是说我们其实是五姐弟？"

"这样一来，还是不看——"纲子正振振有词，突然闭住了嘴，"呸"的一声把什么东西吐在了手里。

"怎么了姐姐，怎么了？"大家纷纷探头张望。卷子捂着嘴说："我镶的假牙，不小心断了。"

她说话时嘴巴"嘶嘶"地漏风，声音仿佛变了一个人。

"你在干吗啊？"

"好恶心。"

---

1 浦岛太郎是日本民间故事里的人物，传说他因救了神龟，被带到龙宫，得到龙王女儿的款待。临别时龙王女儿赠他玉匣，并告诫不可将之打开。浦岛太郎回家后，发现物是人非。此时打开玉匣，从中喷出的白烟使他瞬间变为老翁。

鹰男也瞪圆了眼睛："什么！原来你已经装假牙了？"

"前……前面四颗牙都是，讨厌……不要看啦！"

"都怪你们炸镜饼吃！"话题被打断的泷子冷冷地顶了一句。

卷子也不甘示弱地回击："你说什么啊，你刚才不也一样起劲，说像妈妈的脚后跟，好怀念什么的？"

"人家在吃东西，拜托别一个劲说什么脚后跟！"咲子一脸嫌弃，手上却自顾自地把炸镜饼送进嘴里，泷子愈发焦躁起来："咲子！都这个时候了，你倒还真是能咯吱咯吱吃得下去！"

"现在不是吵架的时候。"

"总之，小孩子的问题……"纲子刚开口又停住了，她的声音跟平时不一样。

卷子憋着笑说："你说话，不知道哪里，在'嘶嘶'地漏着气。"

"因为空气吹得牙很'栓'啊。"纲子本想说牙很酸，但听在别人耳中却明明是"很栓"。鹰男也一脸坏笑地说："好像嘴巴闭不严实呢。"

"有什么好笑的！"泷子已经怒火中烧，但她话音未落，纲子便接了一句："就'戏'啊。"

这一次咲子也忍不住笑了起来："姐姐，你说话好奇怪。"

"有没有口罩？"

"口罩？家里好像应该有新的吧。"

"旧的也没关系——"

"口罩的事情随它去啦，现在正说小孩子的事呢！"泷子一个人在旁边急的直跳脚，纲子不知不觉被她带歪了话头，说："换一下孩子就行了。"

"啊？"

"不是孩子，是纱布，纱布！"

"姐姐！"泷子再忍不住，直接大声呵斥起来。但卷子、鹰男、咲子却在一边笑成一团。

咲子一边笑着，一边打开电视，不断地切换着频道，找到拳击比赛的频道之后，把音量调到最小，坐回了自己的位置。泷子冲到电视旁，关上电视："这种时候，大家居然还光顾着弄断假牙和看电视！"

纲子掩着嘴说："我的牙和拳击完全不是一回事啦，啊！好酸。"

"啊，和拳击手其实一样呢。"咲子说，"比赛的时候被打断门牙也是常事。"

泷子已经气得七窍生烟，她紧紧地握着拳头："喂！你们就完全不当回事吗？爸爸可是在外面有女人啊！"

"你不用这么激动，我们不是都知道了吗。"纲子捂着嘴巴安抚她。

"你们也太沉得住气了。"

"事情太突然了，一时有些反应不过来。"

卷子瞥了一眼丈夫："爸毕竟也是男人呢……"

"现在的七十岁也就相当于以前的五十岁。"鹰男避开妻子的视线，从口袋里拿出香烟。

"是饮食的关系吗？"咲子一说，纲子也附和道："以前哪像现在这样，吃这么多黄油和奶酪。"

卷子也点着头："也就是说，不想男人有外遇的话，就得天天喂他粗茶淡饭？"

"但最低限度的蛋白质也还是要保证的。"咲子说。

眼见谈话又开始离题万里，泷子不禁怒从心头起："咲子！"

"干吗？"

"你说干吗！我说你啊……"

"要我说的话，我觉得泷子姐你的做法，太阴险了……"

"我哪里阴险了？我是为了咱们家、为了妈妈，才自掏腰包委托信用调查所去调查的。"

"就是这样才阴险啊，有事干吗不当面问。"

"当面问谁？"

"当然是爸爸。"

"这种事怎么问得出口，再说，你问了他就会说吗？"

"何况他本来就够寡言少语。"纲子和鹰男纷纷说道。

泷子不理会他们的意见："咲子！你就不觉得妈妈可怜吗？五十年啊，她忙前忙后，围着父亲辛苦了一辈子，到头来却在她六十五岁的时候，被爸爸背叛了。"

"就是，爸爸真的太过'混'了。"纲子说——本该说话的咲子却没有吱声。

卷子也点头："我还一直以为，爸爸至少做不出这种事呢……"

"简直难以原谅！"

"我觉得……"泷子向前探探身子，"爸爸如果不和那个女人一刀两断，就得和妈妈离婚……"

卷子吓一跳："离婚？"

"刚才不是说了吗，妈妈辛辛苦苦五十年，连脚后跟都成了镜饼一样，满是裂口，实在太可怜了。这一次我要替妈妈把这个事情弄清楚！"

卷子打断了泷子的话："就算是这样，也应该是爸爸和那个女人分手。老公，你说是不是应该这样？"她征求丈夫的同意。

"嗯，差不多吧。"

纲子也说："这是最起码的常识。"

"无论如何，为了妈妈，我……"

这时，咲子打断了慷慨激昂的泷子："……泷子，你真这么认为吗？"

"什么？"泷子一脸错愕。

"你口口声声说是为了妈妈，我听着却觉得你只是为了自己，好像在随便找个事情撒气。你的工作枯燥无聊，又没有男朋友，平时积聚的不满这个时候一下子……"

"你说什么呢！我说你啊……"

"我只是觉得，这是爸爸妈妈之间的问题，我们没必要在一边吵得不可开交。况且，老公在外面找女人，妈妈自己也不能说完全没责任吧？虽然把家里打理得井井有条，但是古板过了头，作为女人太乏味了。"

"你说得太过分了！"卷子抗议道。咲子却满不在乎地说："哎哟，男的不都是这样吗！"

"你不要说什么'男的'这种字眼。"

"不然要怎么说。"

"男人……"

泷子的话让咲子捧腹大笑，泷子愈发怒气上涌："咲子，你是不是在和别人同居？你自己行为不端才这么觉得。"

"哎哟，泷子你那才叫行为不端吧？故意做出一副素面朝天、衣着朴素的样子，但其实想让男人向你搭讪想得心里都痒痒了吧？你自己欲求不满，却拿别人的事情指指点点寻开心！"

"咲子！"泷子扑上去和咲子扭打成一团。

另外三人惊慌失措，七嘴八舌地劝着："你们两个干什么？"

"住手，赶快住手！哎呀！好痛！"

"不要打了，啊，口罩……"

好容易把两人拉开，卷子对泷子说："好了，我们明天再找个时间，两人单独商量一下。"

"大家听着，无论如何，这件事都不能传到妈妈的耳朵里，知道吗？"鹰男大声说道。

姐妹四个终于平静下来。大家准备坐回原位，却突然惊讶地睁大了眼睛——刚才一阵打闹，碰掉了桌上的牛皮纸信封，里面的照片掉了出来。虽然照片的对焦很拙劣，拍得并不清楚，却也能明白看出，恒太郎和那陌生母子一家三口其乐融融的样子。

五个人假装毫不在意，却都在不约而同地用眼角的余光注视着那些照片。

　　从里见家出来已是深夜，咲子独自走在回家的路上。快到家的时候，一个慢跑的年轻男子从身后超过她，继续向前跑去。这个穿着连帽防风衫，戴着手套的青年男子，正是咲子的男朋友——初出茅庐的拳击手阵内英光。

　　"啊！"咲子认出来是阵内，立刻也撒腿跑了起来。两人并肩跑着，咲子说："今天晚上的左勾拳真漂亮，你看了没有？"

　　阵内没有回答。他停下了脚步，开始练习空击。咲子停下来学着他的样子挥拳。阵内再度跑了起来，咲子虽然追不上他，但仍然努力跟着他跑着。

　　两人住的地方没有洗澡间，只是一间木结构的小公寓，连厕所都是公用的。屋里空荡荡的，没有什么像样的家具，因此地上的体重计分外显眼。墙皮剥落的墙上贴着阿里等拳王的照片。陈旧起毛的榻榻米上胡乱扔着《运动员的身体》《营养学》《拳击入门》之类的书和一台果汁机。

　　咲子让阵内站在狭小的水槽前，一边用浇花的喷壶盛上热水，为他冲洗着身体，一边叹息道："真想早点搬到有浴室的公寓。"

　　"只要下一场赢了就能搬了。"

　　"啊，冲到眼睛了吗？"

　　咲子利落地帮阵内擦身体。洗完头发后，便轮到了每天雷打不动的称体重。和昨天一样——咲子看了看体重计，抚着胸口长松一口气。

从体重计上下来，阵内开始做睡前训练。他两腿张开，平躺在地上，上半身弓起，左手抓住右脚脚尖，然后恢复平躺，再弓起身子，右手去抓左脚脚尖，动作敏捷地不断重复着。正对着阵内的屋顶上贴着一张纸，上面用拙劣的字迹写着"志在必得，新人王！"的口号。

"你们……说了什么？"

阵内完成训练，问正在铺棉被的咲子。

"嗯。"咲子含糊地应了一句。

"不是说要和姐妹几个见面谈事情吗？"

"完全不是那么回事，跟我一点关系都没有。"

咲子铺了两床被子。一床是普通的被子——那是给阵内睡的；另一床只是一层薄薄的垫被和毛毯。咲子把运动服和大衣盖在毛毯上，勉强弄出一床被子的样子。她在两床被子之间拉了一条绳子，挂上床单，然后把干净的睡衣塞到阵内一侧，说了声"晚安"，便关上了灯。

她正要脱毛衣，阵内突然扑了过来，一言不发地把她按倒在地。

"你要干什么！"咲子用力挣扎着，但阵内却没有停下来，"你不是要拿新人王吗？你忘了？你不是一直说，一交女朋友对手立刻就能发觉，因为动作就会变迟钝，所以绝对不能乱来吗？你不是说，要等你成为新人王，上了报纸以后，才能向大家公开我们的事情，在此之前必须咬牙撑过去吗？喂，你放开我，你不是发誓成为新人王之前要忍耐吗？你不是说，难过的时候就念'新人王，新人王'吗？喂，说新人王啊，快说啊，新人王！新人王！新人王……"

咲子的呼喊声被淹没在阵内的狂吻中。绳子断了，床单掉落下来，盖住了两人的身体。

泷子的住处，也同样是木结构的灰泥公寓。

从里见家回来，泷子走进屋里。她没开灯，也没脱下大衣，只是呆呆地站立在黑暗中。咲子的话仍久久地盘旋在她脑海中，挥之不去。

"讨厌，讨厌，讨厌，啊，真讨厌！真讨厌！"泷子咬牙切齿的叫着，将随手放在桌上的手提包打落在地。花瓶被碰掉了，玻璃四下纷飞，花也散落一地。她知道水会渗入地毯，却无力动弹。

泷子确实没有谈过恋爱。虽然也曾有过一些朦胧的单相思，但从来没有被异性爱过，也从来没有爱过别人。她想去爱，却又无法做到，她寂寞，对自己的不争气感到懊恼，有时甚至会涌起一股莫名的烦躁，让她忍不住要放声哭喊。

这种房间，就算弄脏了又有什么关系。泷子心里呐喊着。

此时的里见家，卷子和鹰男正在看着照片，一筹莫展。

"不知道是不是认真的。"卷子慢慢吃着剩下的炸镜饼。

"嗯……"鹰男心不在焉地答应着。

"我爸……"

"嗯。"

"你们都是男人，应该能理解吧？"

鹰男抬起头，两人视线撞在一起。

"你从刚才开始就只会哼哼唧唧的……"卷子抱怨说。鹰男正想又"嗯"一声，闻声赶忙打住："关键是孩子，如果没有孩子就好办了。"

"只要有了孩子，外遇就名正言顺了么？"

"不是这个意思，我是说，那样的话，事情解决起来就会容易得多。"

"那你说应该怎么办，这种时候？"

"最好的办法，就是等着让时间来帮我们解决。"

"但是时间是不公平的，它只会让男人一味地迷恋新欢，年老色衰的旧爱往往就这样被弃之不顾了。"

卷子的话锋指向鹰男。

"这件事……我希望由你来处理。"卷子直视着丈夫的双眼，"妈妈为家里付出了五十年——一定要记住这一点，请你帮我想想如何是好，拜托了。"卷子叮嘱道。

第二天，卷子决定找纲子认真谈谈。泷子和咲子还没成家，这种事情还是结过婚的人能考虑得更周全些。

"很久很久以前，在一个偏僻的小山村，住着一对老爷爷和老奶奶。老爷爷背着老奶奶搞外遇，还有了一个可爱的小男孩……"

卷子胡思乱想着，走过寒冬里萧瑟的街头。走到挂着"三田村"门牌的纲子家门口时，她停住脚步，按下了门铃。

"来了！马上就好！"屋里传来纲子的声音。

不过，伴随着纲子匆忙的脚步声，屋里又传来一个男人的声音："怎么，鳗鱼饭已经送到了？"

卷子大吃一惊。

"哎呀！你看你，怎么不擦干就出来了！"

"外卖多少钱？"

"行啦，我来付吧。"

"点的是特级的？那应该是两千元……"

"不是说了吗，不用你拿钱。"

毛玻璃门上渐渐显出两个相拥的身影。卷子呆立在原地不知如何是好，玻璃门在她面前"唰"的一声拉开了。只穿了件贴身红色汗衫，衣衫凌乱、酥胸半露的纲子，以及似乎刚洗完澡，只在腰间围着条浴巾的贞治出现在门后。他们看到站在门外的居然是卷子，不禁顿时发出一声短促的惊呼，仿佛冻僵了似的呆住了。

卷子条件反射似的"哐"的一声把门重新拉上，转身就走。她一路小跑到汽车站才停下来，途中还撞倒了鳗鱼店的送餐小哥。突如其来的震撼让她身体不由自主地发着抖。一个背着小提琴的小学生，仰头望着气喘吁吁的卷子，眼里满是惊讶。

卷子好容易镇定下来，深深呼吸几下，冲旁边好奇的孩子挤出一丝微笑。这时，公共汽车正好也到了。卷子刚要上车，却被全力飞奔过来的纲子硬拽了下来。拉扯之间，公交车也开走了。两个人披头散发，喘着粗气，相互瞪着对方。

"你来干吗？"

"我想跟你谈谈。"

"我跟你没什么好谈的。"

"跟我回去一下吧。"

"我还有事！"

"好了，快跟我走！"可能是过于慌乱，纲子不光没穿袜子，连鞋也左右穿反了。

被纲子生拉硬拽着，卷子不情不愿地跟她回到了三田村家。贞治已经走了。

卷子和纲子有意无意地避开对方的目光，在客厅的桌前坐下。

"这附近，真安静啊。"卷子终于忍不住打破沉默。纲子把茶杯推到她面前，说了句："喝茶吧。"

"假牙又重新装上了？"

"今天一大早去装的。"纲子说着，看到自己刚才匆忙踢上的衣柜没有关严实，男人的和服腰带像被门卡住的动物尾巴似的露在外面，便装作若无其事的样子站起身来。

"姐妹当中就我和妈妈一样牙齿不好。可能我出生时正赶上爸爸工资比较拮据的时候，营养没能跟上来。"纲子打开衣柜，想把和服腰带塞进去，结果塞在上面一层的男式棉袍和褐色的布袜却一股脑地塌下来，砸在她头上。

纲子弄巧成拙，突然觉得按捺不住地恼怒："你既然什么都看见了，干吗在那儿一声不吭！"她羞愤交加，"那个男的是谁，什么时候开始的，是不是单身，你怎么不问？"

"姐姐……"

"在你老公的灵位前干这种事就不羞耻吗？都到了当婆婆的年纪了还干这种事！你是不是想这么说？"

"姐姐，我……"

"说什么不能原谅爸爸，说什么妈妈那么可怜，自己却在干着什么事！昨天晚上说的那些义正词严的话都算什么？你想指责我就说啊！坐在那里闷不吭声，真让人腻歪！你这个样子太让人讨厌了！"

"……"

"你说话啊！打也好骂也好，你倒是说话啊！"

卷子没有责难纲子，也没有骂她。她心情已经平复下来，叹息道："我要骂你什么呢，难道要我说因为我家鹰男也有外遇，所以无法原谅勾引别人家男人的姐姐你吗？我这样说你心里是不是就舒服了？"

"卷子……你不要因为看到了我的丑事，就非得把自己也拖下水。"

"我不是信口开河。"

纲子在妹妹面前重新坐下。"那……你有没有证据？"

"我从小就讨厌调查别人。"

两个人互相看着对方，露出了复杂的笑容。

"是啊，还得花钱。"

"还会愁得皱纹疯长。"

"眼不见心不烦。"

"这是妈妈的口头禅呢。"

两个人你一言我一语地说着，言语间却透着莫名的尴尬，为了掩饰这种尴尬，两人拼命强颜欢笑着。

"假牙挺合适。"

"两万元一颗呢……"

"哈哈哈。"

"那个牙医……据说他弟弟是眼科医生。"纲子没话找话地干笑着。

"那他弟弟的弟弟岂不是耳鼻喉科的！"卷子也跟着干笑着，开着无聊的玩笑。

"太荒唐了！"纲子说。

"确实荒唐呢，讨厌！"卷子也附和着笑。

"你别老说笑话，把我假牙笑掉了就麻烦了。"纲子暗自松了口气，"你肚子饿不饿？"

"饿扁了都。"

"寒舍只有些粗食，请您将就食用。"纲子故意开着玩笑，从厨房把鳗鱼饭端上来，放在卷子面前。

卷子若有所思地盯着面前的鳗鱼饭，脸上阴晴不定："钱，谁付的？"

"什么？"

"是那个人吗？"

"卷子……"

卷子突然端起盛鳗鱼饭的餐盘，冲着厨房整个扔了出去，把正要去泡茶的纲子淋了个满头满脸。

"……卷子！"纲子又惊又怒。

但卷子却满不在乎地坐着。从她脸上，纲子仿佛看到了母亲那熟悉的表情。

泷子正在图书馆的阅览室里查阅着资料。察觉有人进来，她头也没抬地说："借阅卡在窗口那边。"泷子话音未落，突然惊呼一声。原来站在她面前低头看着她的，正是父亲恒太郎。

"爸爸……"

"看起来气色不错呢。"恒太郎看着张口结舌的泷子，"我就是顺道过来看看，没什么事，你忙你的。"说完，扬扬手，转身便要离开。

"爸爸……"泷子赶忙站起来，在阅览室的出口处追上父亲，"我……我最近看见你们了。"

恒太郎直视着泷子的眼睛。泷子在期待着父亲的解释，抑或道歉的言语。但是一阵僵硬的沉默过后，恒太郎只是轻轻说了句："是吗？"

图书馆后面是一座小学。孩子们的合唱声、"哇"的欢呼声不时传到屋里，更显得屋里的沉默令人尴尬。泷子望着恒太郎的侧脸，只觉得眼眶发热。"爸爸……"

恒太郎最终还是什么都没说。他扬扬手，算是告别，随即转身离去，留下一个依然健壮却难掩衰颓的背影。

这天，鹰男背着卷子把胜又叫了出来。

先到一步的胜又在酒店大堂等着，鹰男步履匆匆地走来。

"不好意思，约您出来却让您等我……"鹰男在胜又对面坐下，"我姓里见，跟您通过电话，我小姨子平时承蒙您照顾。"鹰男一边客套着，一边暗暗观察着胜又——貌不惊人，个儿挺高却有些驼背，戴眼镜并且貌似度数还不低，看起来人不错，却给人一种软弱的印象，似乎不太靠得住。

"哪里，您太客气了。"胜又赶忙正襟危坐，拘谨地回应一句。

"你现在是单身吗？"

"什么？"

"哦，其实不必问的，看看白衬衫的领子就知道了……"

"呃……"

"其实呢，我是听说您对我家小姨子一直非常照顾，于是就窃自揣测，这样接触下来，您会看上她也说不定呢……干脆调查一下吧……哈哈哈，这么说起来，都分不清咱俩谁更像是干这一行的了。"

听了鹰男的话，胜又认真起来："如果您是信用调查所的人，那我就会跟您说我讨厌那种女人。调查自己父亲的品行，这种女人简直不可原谅！"

"但是作为女儿，对这种事也不能放任不管，不是吗？"

"她父亲真够可怜的。"

"真够感情用事的，这样对你的工作，不会有影响吗？"

胜又慌乱起来："个人感情不能带到工作里，否则会丢工作的。"

"要是哪天丢了工作，就带着简历来找我，"鹰男递上一张名片，"或许到时候我能帮上点小忙。"

胜又接过名片，一脸敬佩地仔细看着。

"不过……这个，"鹰男竖着小手指[1]示意道，"这个的事，能不能请您说'一切都是我弄错了'？"

胜又惊讶地瞪圆了眼睛："你是说，就当什么都没发生过？"

"没错。不知算幸运还是不幸，照片拍得很模糊，你就说是你这边的调查失误，怎么样？"

"那、那可不行。"

"为什么？"

"全盘否定我的工作，我……"

"这不是自相矛盾吗？刚才你可是清清楚楚地说过，'做女儿的却去调查父亲的品行，简直难以原谅'，'她父亲太可怜了'。"

"可是，这毕竟是我的职业……"胜又顿了顿，换了副平稳的口气说，"我只能努力调和这种矛盾……"

1　意指情人，女朋友。

鹰男眨眨眼，仿佛在说"原来如此"。

"你今年多大了？"

"三十二了。"

"还年轻呢。"

"啊……呵呵……"

"把真话说出来，对谁也没好处。五十年同舟共济的老夫老妻，你现在把事情揭开，就像是一百级的梯子他们已经爬到了第九十八级上，你却突然把他们推了下去。就连四个女儿，虽然嘴上叫着老顽固，但实际上一直敬爱着自己的父亲，你一说出来，敬爱肯定也会瞬间变成轻蔑。"

"为什么会轻蔑？"胜又皱着眉，"又不是做了小偷。"

"但是在女人看来，男人出轨和偷东西是一样的，都同样的无耻。"

胜又脸上露出软弱的笑容，但转眼间又努力绷紧脸——泷子突然出现在他们面前："咦？姐夫，你怎么……还有胜又先生也……"

"你怎么找到这里来的？"

"我打电话到胜又先生的公司，他们告诉我的……没关系吧？"

鹰男哑巴吃黄连，只好点点头，泷子在胜又旁边坐下。

"我也是有点事情需要拜托他帮忙。"鹰男开始编瞎话圆场。

"什么事啊，工作上的？胜又先生虽然嘴巴不灵光，但是做事绝对认真，有工作尽管放心交给他！"

"嗯、嗯。"

泷子出乎意料地没有再追问下去，她今天似乎有点心不在焉。

"那个，到了没有。"泷子探着身子，急切地问道。

"到了。"胜又点点头，从包里拿出一份文件。桌对面的鹰男瞥了一眼，顿时瞪圆了眼睛："这不是户籍的复印件么？"

"那孩子，原来不是爸爸的！"泷子打开文件看着，露出开朗的笑容。

"年龄十岁，父亲叫高见泽实。竹泽先生跟她妈妈已经交往八年。"

"原来不是爸爸的孩子啊……"

"喂，你这小子，既然知道为什么不告诉我！什么？于情于理，我可是你身边这位的兄弟啊！"

"但是，必须得委托人许可才能……"

"原来如此。"

泷子如释重负地笑着，眼中却泛起了泪花："我们果然是只有姐妹四个。"

泷子一起一坐之间，短裙的下缘卷了起来。胜又战战兢兢、动作笨拙地帮她整理好。鹰男看在眼里，露出温暖的笑容。

竹泽家的客厅里，阿藤悠然自得地哼着儿时的歌曲，用刷子清理恒太郎的大衣。

"蜗牛啊蜗牛……"

阿藤哼着歌拿起大衣，一辆玩具车从大衣口袋里掉出来，滚落在地上。阿藤捡起玩具车，托在手里，一动不动地看着这件小孩子的玩具。

"你的头在哪里？"

阿藤把玩具车放在地板上，来回拨弄着让它跑了几下，然后突然一把抓起来，用尽全身力气向着纸门摔了过去。玩具车撞破纸门，落到门外。短短一瞬间，阿藤脸上的表情宛如阿修罗般，充满怨毒。

"把角露出来，爬出来，把头露出来。"

这时电话响了。阿藤挪到电话前，拿起话筒时，已经恢复了平时的安详。

"喂，这里是竹泽家。哦，咲子啊，你最近怎么样？"

打电话过来的是咲子。

"妈妈，我有事想跟你说，只想跟你说。嗯，爸爸，还有姐姐们，我都不想让他们知道。"她说见面之前要保密。

挂上电话后，阿藤用千代纸[1]剪出一朵花，补好纸门上的破损，整理停当后便开始换上外出的衣服。系腰带时阿藤似乎又像想起了什么，犹豫一下，又拿起话筒，给卷子打了过去。

卷子正把万元面值的大钞上在桌子上一字排开，准备重新清点一遍，听到电话铃响，惊讶地抬起头来。

"这里是里见家。啊，妈妈……"

"咲子她打电话过来说，有点事只想跟我谈谈。"

---

1 一种颜色和花纹都极为丰富的日本传统纸，多为正方形。多用于装饰，如折纸、贴纸和人偶衣装等。

阿藤一开口便把卷子吓得表情僵硬。"什么事啊，只让你一个人知道。"

"谁知道呢，她要我去公寓，说是要当面跟我说。"

"公寓……"

"虽然她一再说不想让你爸爸和你们几个知道，但是我怕会有什么意外，所以把公寓的地址先跟你说一下，那里没电话，地址是……喂喂？"

"那妈妈你准备什么时候去？"卷子彻底慌了神。咲子要说的，莫非就是父亲有外遇的事，卷子暗自担忧着。

"我正好要出去买东西，正想着是不是就顺便过去一趟。"

卷子慌忙说："妈妈，那我和你一起去！"

"你也去的话，在咲子那儿就没办法交代了，她明明说要我对你们保密的，这样一来感觉妈妈像叛徒似的……"

挂上电话之后，卷子立刻又拨通了纲子的电话。纲子一听也慌了神。两人合计之下，决定姑且只能先去咲子的公寓看看情况再说。

卷子匆忙收拾了一下便出了门，在车站跟纲子会合后，两人往咲子的公寓赶去。下车后，两人拿着地址，在乱糟糟的巷子里四处寻找着。

"根本没有'旭庄'这个地方啊。"

"但是看地址确实就在这附近。"

"日本的公寓，叫'日出庄'或者'旭庄'的不下一半，一不小心就会弄错，你到底有没有听清楚地址？"

两个人都焦躁起来。

"我听得清清楚楚。"

"那会不会是妈妈弄错了？"

"干脆找人问一下吧。"

"是不是找错巷子了？"

"我们得抓紧，那孩子真的会跟妈妈说的。"

"从小就属她最爱跟人对着干。"

"因为个性乖僻。"

"学习也属她最差，那孩子真是……"

"不好意思，请问这附近……"姐妹俩看到有行人经过，便跑上前去，拿出地址，焦急地打听着公寓的位置。

这个时候，阿藤已经到了咲子的公寓。看到房间里几乎空无一物，用寒酸都不足以形容其简陋，阿藤不禁惊讶得瞪大了眼睛。

阵内正襟危坐在阿藤面前，咲子介绍他们认识。为了掩饰自己的为难，阿藤拼命挤出一张笑脸。

"他是一名拳击手。"

"啊？是做这个的？"阿藤两手握拳交替着向前挥出，模仿着拳击的动作。

"我是阵内。"阵内恭敬地磕头。

"……我是咲子的妈妈，"阿藤赶忙微微欠身还礼，"说不定我曾经在电视上看到过你，但是我认脸不太在行，看谁都觉得一样……"

"他还没上过电视呢。"

"对，还没上过。"

"那……你还没出道？"

空气中涌动着令人尴尬的沉默，阿藤四下打量着屋子："干你们这一行很辛苦呢。"

"嗯……"

三人再次陷入沉默，阿藤眼神闪烁地说："被对手打到，肯定会很疼吧？"

"看打在哪里，有的地方疼，有的还好。像liver，挨一下可有得受了。"

"liver？"阿藤歪着头一时反应不过来。咲子和阵内赶忙异口同声地提醒她："就是肝脏。"

"哦，肝脏啊。"

"直接疼得七荤八素。"

"哎哟，这么严重……"

"如果是打到chin，反而一瞬间会感到很舒服，整个人都轻飘飘的。"

"啊！"阿藤涨红了脸，"那地方不是不能打吗？"[1]

"什么？"

"哎呀，妈妈！chin是指下巴啦！"

"下、下巴。"

"对，就是下巴。"

---

1 Chin与日语中男性生殖器的俗称"ちんちん"（chinchin）发音相同。

"我们本来是想等他拿到新人王之后再公布的，是我想单独跟妈妈提前说一下……"

阿藤一时心情复杂，既为小女儿对自己的亲密和信任而欣喜，又夹杂着担忧和为难。她不知该如何回答，只好又一次四下打量着房间。

"他这个人，虽然整天板着脸，但还是有体贴的地方的，是吧？"咲子撒着娇，冲阵内使个眼色。

这时，门外突然传来一个女人的声音："阵内先生，你的垃圾桶忘在外面了！"

"好的！"咲子答应一声，飞奔出去。她刚一出门，便惊讶地呆住了——卷子和纲子就站在她门前。

"姐姐，你们怎么来了？"

卷子一脸绝望："妈妈她……"

"妈妈已经来了。"

"你跟她说了？！"纲子也脸色大变。

咲子收拾着垃圾桶："说了啊，老瞒着也不是办法。"

"你干的什么好事！"

"那件事，你让妈知道了，岂不是要害死她！"

"我们不是说的好好的吗？先瞒着妈妈，慢慢再想办法……"

看着两个姐姐气急败坏的样子，咲子终于明白过来："你们说什么呢，那件事我怎么也不可能说的啊！"

卷子和纲子一时困惑不解。

"我跟妈妈说的是我男朋友的事！"

"男朋友……"

"跟我同居的，穷小子拳击手！"

纲子瞪圆了眼睛："拳击手？！"

卷子也一脸惊愕："所以你……昨天晚上才开电视看拳击……"

"工作多的是，干什么不行，为什么非要去打拳击……"

"妈妈怎么说？"

咲子耸耸肩："她吓了一跳。"

"当然会吓一跳！"

"生活支撑得下去吗？能出人头地吗？受伤了怎么办？有没有打算正式结婚？妈妈一肚子问题，但是碍于我男朋友在跟前，不好意思问出来，只好一副这样的表情……"咲子瞪圆了眼睛，模仿着阿藤四下打量屋子的神情，欢快地笑着。

纲子戳戳咲子的肋骨："你真够不孝的。"

"这可不比平时，这个时候你给妈妈添堵，简直是双重的不孝……"

咲子打断卷子的话："是吗？我倒是觉得自己很孝顺呢。"

"咲子，你……"

"我倒是想给妈妈再添一件烦心事呢。这样，等爸爸的婚外情纸包不住火的时候，妈妈也不至于太想不开。"

卷子和纲子面面相觑。

"赶紧回去吧。说好只跟妈妈一个人说的，你们全跑过来，白费了我一片苦心。"咲子推着两人，"赶紧回去！"

这时，屋里传来了阵内和阿藤的笑声，似乎阿藤在向阵内请教拳击的姿势，透过窗户望去，隐约能看到摇动的人影。三人交换一个眼神，都感到有些意外。

咲子抱着垃圾桶回屋去了。纲子和卷子站在原地，无言地望着她离开。

卷子和纲子顺路去了图书馆，把泷子叫了出来，三人一起来到代官山。

"我记得确实是在这一带遇见他们的。"泷子在空无一人的街巷中四下张望着。

"不知道他们住在哪里……"卷子一脸苦恼。

"就算找到了，又能怎么样呢？"纲子忧心忡忡地说。

"想想就头疼……"

"不知道是不是因为知道了那孩子不是爸爸亲生的，我现在反而轻松了一些。"

"按说是能轻松些。"

"靠区区五十万，就让她和爸爸一刀两断，是不是有点太异想天开了？"卷子打算付给父亲的情人一笔分手费，早上从银行取来的整捆的钞票这时就放在她的包里，"但是这已经是我全部的私房钱了。如果她看不上，我就跪在地上，求求她可怜一下我们已经六十五岁的老母亲。"

泷子一脸为难地说："你真打算这么干？"

"为了这件事，我连内衣裤都换上了新的。"

"简直像黑社会要去火并似的。"

三人正说笑着，却突然绷紧了脸色——照片上的那个小孩，正踩着滑板往这边滑过来，一个衣着朴素的女人提着购物篮跟在他身后。

泷子和纲子慌忙转进旁边的巷子藏了起来。只有卷子仿佛着魔似的，向那对母子走去。小孩滑过卷子身边，飞快地远去。纲子和泷子远远看着，暗自捏了把汗。

那女人似乎认出了卷子，突然停住脚步。她感情复杂地望着卷子，然后深深鞠了一躬。卷子惊讶地停下脚步，呆立在原地说不出话来。

三人不知所措地站在原地，望着那对母子的背影逐渐远去。

十天后的星期日，姐妹四个带着母亲去看文乐[1]。

这天鹰男也来到国立的老家。而弄到戏票，又把几个女人都打发出去的始作俑者也正是鹰男。

"我特意把家里的女人们都支开，是有些事想跟您单独商量一下。"恒太郎点了堆火，正烧着落叶。坐在他旁边，给火里添着枯枝的鹰男终于鼓起勇气开了口。

"我就知道你是有事才来的。"恒太郎望着燃烧的篝火，回答说。

"无风不起浪，没有火就不会起烟，您说是不是？"

---

1 即"人形净琉璃"，日本独有的木偶戏，三味线弹唱配合木偶戏的一种舞台表现形式。

两人陷入沉默。"对，正因为有火，才会起烟。"恒太郎突然冒出一句。

"那，把火灭了吧。"

"算了，不用管它。"

"但是，爸爸……"鹰男扔进的枯枝燃烧起来，"您是怎么打算的？"

"嗯，"恒太郎用烧火棍拨弄着火堆，"已经无可设法了。"

"向妈妈道歉呢？"

"不……"恒太郎叹息一声，"这已经不是一句道歉就能解决的事了。"

"所以您才不道歉？"

恒太郎没有回答，只是拨弄着火堆。火堆烧得不旺，冒着白色的浓烟。

"您压力很大吧？"

"自作自受而已。"

白色的浓烟过后，火堆再次燃起熊熊的火苗。

两个男人望着不断蹿起的火焰，谁也没有说话。

这个时候，竹泽家的女眷们正在观赏着文乐，今天的剧目是《安达原》[1]。剧情达到高潮时，剧中美女的脸突然裂成两半，变成狰狞的鬼脸。

---

1 取材于"安达原鬼婆"传说的一出戏剧，此鬼婆在安达原的荒野中搭了一个茅屋，每逢有路人借宿，便伺机杀死路人并食其肉。

纲子"啊！"地捂住了嘴巴，卷子则面无表情地看着。阿藤惊讶地瞪大了眼睛："哎哟，怎么会这样。"但转瞬间便恢复平静。泷子认真地看着，咲子却吃吃地笑着，但每个人的目光都被鬼脸所吸引。

傍晚时分，一行人喧闹着回到了家里。鹰男和恒太郎出来迎接。

"怎么大家都回这边了？"恒太郎惊讶地睁大了眼睛。

阿藤笑着说："是我说，大家偶尔一起回家吃个饭嘛，把她们全拖了回来。"

"现在开始准备太费事了，卷子，你问问大家，点个寿司或者鳗鱼饭算了……"

鹰男这么一说，阿藤赶忙阻止说："不用你费心啦！"

"这有什么，姐夫，那就让你破费啦！"

"咲子，你太厚脸皮了。"

"大家选哪个？"纲子用逗乐的语调大声问。

"我要鳗鱼饭。"卷子不假思索地答道。

纲子犹豫了一下，说："……我，我要寿司！"

两人互不相让地瞪视着对方。纲子鼓足了气大喊一声："寿司！"让大家目瞪口呆。

"卷子，还有姐姐，你们都多大年纪了，有必要这么歇斯底里吗？"

"你们俩怎么回事？"

"干吗呢啊！"

大家七嘴八舌地指责着。不过，阿藤却开心地笑着："回到父母家，不知不觉就变回小孩子了，是不是？"

卷子莞尔一笑，说："那就吃寿司……"

纲子表情扭曲地笑着，仿佛随时会哭出来，用力捶着卷子的肩膀。

"文乐怎么样？"鹰男问道。大家正围着一大盘寿司，热闹地吃着晚餐。

"我第一次看，没想到会这么有意思呢。"咲子说。

"非常好看！"泷子也附和道。

阿藤也点点头："确实不错，果然还是日本传统的东西好看。"

"对了，那个脸突然裂开那一段……"

"那个太厉害了。"

纲子和咲子模仿着，纲子认真地说："真吓人。"

"就像泷子似的。"咲子说完吃吃地笑起来。泷子柳眉倒竖："哪里像？"

"因为……太多了说不清。"

卷子侧目瞪着咲子："咲子……给我换一盘。"

鹰男帮她把寿司拿了过来。卷子伸出筷子，夹起一个寿司放到恒太郎的盘子里："爸爸，赤贝——这一盘的扇贝裙也似乎比较好吃。"

泷子插口道："没关系吗，吃这么硬的东西——爸爸——小心牙，牙！"

"就是呢，前几天纲子姐不是还因为吃镜饼把门牙崩断了吗？"咲子说。

"笨蛋！"纲子作势要打她。卷子和泷子也对咲子怒目而视。

"怎么了？"

"怎么回事？"恒太郎和阿藤纷纷惊讶地问道。

"太好笑了，"鹰男难掩笑意，学着纲子用手捂着嘴巴的样子，"门牙断了。"

"好恶心！"

"别说了。"

"赶紧打住。"

"第二天就装好了。"卷子说。

"哈哈哈，太可怕了，"纲子窃笑着，"不过，虽然鹰男也在这儿，但我还是要说，咱们家最可怕的，其实还是卷子吧？"

"她哪里可怕了？她连狗和武打片都怕，看电视的时候都是这么看的。"鹰男用手挡着眼，学着卷子从手指缝里面看电视的样子，"还怕虫子，怕坐电梯，整个就是一胆小鬼。"

"鹰男你还是不够了解她啊。"

"什么？"

"你这么小瞧她，小心被她从背后一刀毙命。"

"嘿嘿嘿……"鹰男干笑着掩饰自己的紧张。

"我是深有体会呢，"泷子说，"每次和卷子姐一起吃寿司，我都会佩服得五体投地——她总会先把又软又好吃的东西一扫而光，比如金枪鱼啊、鲑鱼卵啊之类的。"

"确实如此，而且还吃得特别快。"咲子说。

卷子愤愤不平地说："不要揭人短好不好。"

"小小杜鹃鸟，哀啼惹人怜，岂知是猛禽，和骨吞蜥蜴。"恒太郎吟咏道。

"爸爸！人家在吃虾蛄，你说什么蜥蜴嘛！"

"她嘴上嫌这嫌那，却从来不会耽误吃。我却不知道为什么，只吃得到章鱼和鱿鱼。"泷子不悦地噘着嘴。

阿藤笑着安慰她："大家嘴上这么说，但其实挑的都是自己喜欢吃的。"

"这么说起来，妈你每次也会抢别人的星鳗和玉子烧吃呢。"

"哦，是这样吗？"

女人们的话题一个接一个，似乎无穷无尽。

"女人真是不得了呢。"鹰男佩服地小声说道。

"确实不得了。"恒太郎也表示同意。

这时，鹰男无意间扫了纸门一眼。

"咦？里屋的纸门也会破呢。"

纸门上，阿藤扔玩具车时砸出的洞，已经用剪成花形的千代纸补好了。

恒太郎也抬头看着纸门，若有所悟地点点头："嗯，确实如此，毕竟都是普通人，是吧？"恒太郎仿佛在征询着阿藤的同意，但阿藤却没有回应，只是开心地笑着，吃着玉子烧。

女人们吵闹健谈的样子让恒太郎和鹰男彻底拜服，两人互相看了一眼，露出一丝苦笑。

✢
即三年才能收获的豆子，地域不同所指种类亦有所不同。

三度豆
✢

卷子做了一个梦。

她梦见恒太郎一袭白衣，正襟危坐在神龛前，满脸严肃，一副心意已决的神情。阿藤坐在恒太郎身旁，悠然自得地做着针线活。她披着棉坎肩，戴着老花镜，伛偻着身子坐在用碎布攒成的薄坐垫上，正专心地把线穿进针里，看也不看身边的恒太郎。还不时伸过手去，从针线盒里拿出脆饼，用手压碎，嘎吱嘎吱地吃得香甜。

恒太郎深深呼吸，伸手去拿放在供桌上的短刀。

这时，纸门被左右拉开了，纲子、卷子、泷子、咲子姐妹四个一齐跪坐在门外。四个人都还是远比现在年轻的样子，而且不知为什么，她们不仅穿着一样的睡衣，睡衣外还都围着驼色的围腰。四姐妹同时望着父亲哭喊着："爸爸，不要啊！""住手！快停下！""爸爸，不至于要自杀啊！""不要！不要！不要啊！"

四姐妹拥挤着上前想要阻止父亲，但是门内拉着注连绳[1]，她们没办法靠近。恒太郎将怀纸[2]衔在嘴里，擦拭着短刀。阿藤仍然是一副一无所知的样子，自顾自悠然地吃着脆饼，还不时把针尖在头发上摩擦几下，以便运针缝衣的时候更加顺滑。

"妈妈，你为什么不阻止爸爸！"

"喂！让我们进去，让我们进去啊！"

"爸爸，你怎么这么傻，你这笨蛋！笨蛋！"

1　神道教法器，饰有"纸垂"（しで）的粗草绳。
2　便于随身携带的小片和纸。

"爸爸你不能死，不能死啊！"

四姐妹发疯似的哭喊着，屋里的人却根本听不到她们的声音。

"啊！"睡梦中的卷子轻喊出声来，露在被子外面的手痉挛似的颤抖着。她泣不成声，不时"啊""啊"的急促地喘息着。

卷子终于从梦魇中清醒过来。她缓缓睁开眼睛，直直地望着天花板，暂且平复一下急促的呼吸，然后，突然笑了出来。

"怎么了？"睡在旁边的鹰男睡眼惺忪地问道。卷子仍笑得停不住。

"你这是怎么了？"鹰男皱着眉，不悦地看着笑得花枝乱颤的卷子，"也不看看时间！想笑等天亮了随你怎么笑！"

"可是……爸爸他……"说到一半，卷子又忍不住笑了起来。

"爸怎么了？"鹰男气鼓鼓地问。

"爸爸打算切腹自杀。"卷子总算是说了出来。

"切腹？"鹰男瞪大了眼睛，照自己的肚子比划了一个切腹的动作，"你说的是这个切腹？"

卷子描述了梦里的情景，鹰男听完也忍不住大笑起来。

"西式睡衣外面还裹着围腰？"

"那时候我们每个人都要穿，小孩子不是睡觉不老实吗，一不小心着凉的话就麻烦了……"

"你也穿？"

"大家都穿啊。"

"我倒真想看看，你们那样一副打扮又哭又喊是个什么样子。"

"这有什么好笑的。"

"不过说起来，你们姐妹几个也够铁石心肠的，有工夫在那哭喊，也不冲上去拉住他。"

"门里拉着注连绳呢，根本进不去！"

"哦，也对。"鹰男想了想，又说道，"倒也是，父母的事情，做子女的不太好插口——说不定你们内心深处隐隐约约也这么想。"

听了这话，卷子也严肃起来："是啊，可是又忍不住会担心。"

卷子想起前几天在代官山见到的那对母子。之前泷子遇到他们时，那男孩管恒太郎叫"爸爸"。

"明明不是自己亲生的，却让小孩叫他'爸爸'，也不知道他们怎么想的？爸和那个女人已经交往了八年，也就是说整整八年里他都在骗着妈妈。"

"用'骗'这个字眼，听起来太过分了。"

"那你说整整八年把妈妈蒙在鼓里，不叫骗叫什么？他自己心里就不觉得愧疚吗？"

"可能就是因为愧疚才会隐瞒不说吧。"

"爸爸既然连切腹自杀都豁得出去，那无论是跟那女人分手，还是跟妈妈挑明，都更是小事一桩了。偏偏非要一死了之——爸这种做法根本就是任性嘛！"卷子越说越生气。

鹰男苦笑："你跟梦里的荒唐事较劲，不是白费力气吗！"

"话是这么说。"卷子无奈地耸耸肩。

"还是妈沉得住气，一边吃着脆饼，一边做着针线活……"

"爸爸可是在她旁边准备切腹呢！不管怎么说，妈妈也实在悠闲得过分了！"

"你错啦，这才是理想的妻子呢。不乱猜乱想，不管遇到什么事情都镇定自若——这才是最让男人欣赏的……"鹰男突然发现自己说漏了嘴，于是赶紧打住。

果不其然，卷子早已板起脸扭过头去，扔下一句："你倒想得美！"

"不是男人想得美，是这样才够明智。"

"不过是你们男人自以为是的歪理罢了。"

"自己做了荒唐梦，却硬套在别人头上！"

卷子正想反唇相讥，鹰男却自顾自地坐起身来，仿佛是想堵住卷子的嘴，伸手拿过香烟和烟灰缸，趴在床边探身点了一根。

"你这是要干吗？"

"早报都送过来啦！反正也没法睡了。"

果然，门外传来送报的少年把报纸扔进信箱，又匆匆离去的脚步声——这是早上特有的声音。卷子起身拉开窗帘，天色已经泛白。

"爸爸，你到底想要干吗？"

天色仍微微有些昏暗，东方的天空已经泛起粉蓝交织的霞光，晨光中一只乌鸦正向远处飞去。卷子望着拂晓的天空，叹了口气。

这天早上，里见家的电话响了。

准备去上学的宏男和洋子正吃着早餐。这正是家庭主妇一天中最为忙碌的时候。

"电话，妈妈！有电话！"

"电话电话的，光顾坐在那儿喊，也不知道先接一下！妈妈正忙的时候……"

卷子用围裙擦着手，匆匆从厨房走了出来。

"我正吃东西呢，没办法接电话。"

"不会小口点吃么，哪有人吃饭的时候把嘴巴塞到连话都说不出来的！万一地震来了怎么办？"卷子从宏男手里抢过话筒，"喂，这里是里见家……哦，咲子啊。"

话筒里的咲子早已等不及似的气急败坏地发难了："卷子姐，你太过分了！"

"过分……"卷子一脸茫然。

咲子连珠炮似的轰了过来："对！就是过分！我是从小不争气，长得没姐姐们漂亮，念书也不行，品行也不好。但是我就算再怎么不争气，也是你亲妹妹啊！"

"咲子，你这是在说什么……"

"我们家，明明是姐妹四个，你为什么写成三姐妹！为什么把我省略掉！"

卷子一头雾水："你到底在说什么啊？"

"你别装糊涂，我家虽然穷，报纸总还是订得起的！"

"报纸？什么报纸？"

"你自己投了稿，还问我说什么！"

"投稿？投什么稿啊？"

"你快别装蒜了！什么我父亲有情人……"

"我父亲有情人……"卷子倒抽一口凉气，"咲子！你到底在说什么！"

"姐姐，国立老家也是订着《每朝新闻》的，万一妈妈看到了怎么办！你到底怎么想的，竟然做出这种事情来！"

卷子终于隐约开始明白咲子在说什么："报纸上登了什么吗？哪天的报纸？"

"今天的《每朝新闻》，读者来信那一栏……"

"报纸！报纸放哪儿了！"卷子脸色大变，转头看向正在吃饭的儿子和女儿。

"报纸……好像爸爸拿走了。"

"拿到厕所去了吧。"

咲子是用她公寓管理员室的公用电话打给卷子的，听到话筒里传来小孩子说话的声音，她便挂断了电话。她盯着手里的早报，歪着头疑惑不解："莫非不是卷子姐写的？"

晨跑回来的阵内刚好经过这里。"怎么一大早就吵起来了？"

"啊，你回来了。我想看看报纸上有没有关于今天比赛的消息……结果发现我姐姐在报纸上投了一篇很无聊的文章。"

"投稿？"

"是我弄错了。啊，果然有你的名字，阵内英光，看！"

阵内绷着脸："我不是跟你说过吗，别干扰我的心情！"

"啊，真对不起！"

咲子跟在阵内身后，向屋里走去。

电话的另一边，卷子一放下话筒，便冲到厕所前敲起门来。

"马上就好了！"

"报纸！把报纸给我！"

鹰男从门下面的缝隙里把报纸递了出来。卷子弯腰捡起，慌忙翻找起来。却并没有找到什么特别值得注意的新闻。她心浮气躁地一遍又一遍翻找的时候，厕所门开了，睡衣外面披着睡袍的鹰男走了出来，懒洋洋地把手里的的报纸递给她，指了指相应的栏目。

咲子说的那篇文章，就在鹰男指给她看的专栏里。那是读者来信中的一个名叫"孤单品茗"的投稿专栏，文章标题是"风波"，是一位希望匿名的四十岁家庭主妇的投稿。卷子喃喃地读了起来：

我向来以为，所谓姐妹，就如同长在同一个豆荚里的豆子，果实成熟，豆荚迸开，大家便各奔东西，各自的生活和想法也都会渐渐不同。我家姐妹三个，若非婚丧嫁娶之类的场合，平日难得聚齐。谁曾想，就在最近，我们无意中发现，家中老父竟在外偷偷有了情人。

读到这里卷子大惊失色，一只手抚着胸口，似乎想要压住慌乱的心跳。

　　年迈的母亲对此一无所知，仍然深信能与父亲共度此生，生活一切如常。我们姐妹聚在一起，忍不住为母亲叹息。我的丈夫也将届不惑之年，母亲的境遇让我感同身受！难道女人的幸福便是隐忍维持死水一般的生活？此时此刻我不由思考起这个问题。

　　读完之后，卷子面无血色。

　　"'此时此刻'——确实女人会喜欢用呢，这种措辞。"正准备去上班的鹰男不知什么时候来到她身后。

　　"这文章，不管谁看了，都会觉得是你写的。"

　　"连你也这么觉得？"

　　"我只是有些诧异。"

　　"投稿什么的，我根本不是那块料。"

　　"'我的丈夫也将届不惑之年'——说起来，到最后我们每个人都会只剩下自己孤单一人。"

　　"开什么玩笑，我就算这么想也不会这么写出来！"

　　鹰男从卷子身后探头看着报纸，半开玩笑地说："'家庭主妇四十岁，希望匿名'——该不会真就是你写的吧？"

　　卷子突然抬起头，恍然大悟："我知道是谁干的了……"

　　"谁？泷子吗？"

　　"是纲子姐……"卷子用确凿无疑的口吻说，随即冲过去打电话。

出租车停稳后，纲子走下车来。她穿着大衣，一只手里拎着一个小旅行袋，另一只手提着一篮鱼干。纲子深情地向车里的枡川贞治点头致意后，便站在路旁，直到出租车远去，才收回目光。

她从信箱里拿出早报，正要进门的时候，却被隔壁的家庭主妇松子抱着垃圾桶招呼住了。

"出门去了啊。"

"嗯？哦，我回了趟娘家。"

松子有意无意地瞥了一眼她手上篮子里的鱼干："我记得你娘家好像是在国立……"

纲子赶忙岔开话题掩饰窘态："真冷啊，今天早晨应该是入冬以来最冷的吧？"说完赶紧点点头，逃也似的跑回家。还没进门便听到屋里的电话响了起来，纲子手忙脚乱地拿钥匙打开门，随手把包和鱼干扔在玄关的水泥地上，冲进客厅，上气不接下气地接起电话。

"喂……哦，卷子啊。"

"你一大早跑哪里去了！"卷子一开口便抱怨起来。

"也没去哪里，就是到街角扔个垃圾。"纲子歪着脖子夹住话筒，给煤气炉打火的时候，发觉手指上似乎有股干鱼的腥气，她一边确认似的把手指伸到鼻子下面嗅探着，一边敷衍地解释了一句。

"扔个垃圾要半个小时？"

"和邻居太太站着说了会儿话，就耽搁了……"纲子转过话题，"你怎么这么早就……"

卷子似乎早就在等着她这么问，不待她说完便语带讽刺地说："大姐你真有文采呢。"

"什么？"纲子不明就里。

"小时候就属你作文写得好，真是不减当年呢，连鹰男都赞不绝口，一直夸你文笔好……"

"你到底在说什么啊。"

"哟，装糊涂的本事比文笔也毫不逊色嘛。"

"啊？"纲子愈发摸不着头脑。

"你还没看早报吗？"

"早报？当然看了啊。"纲子说着，随即俯下身子伸脚把扔在门槛边上的报纸勾了过来，飞快地翻了一遍，却没有发现有什么特别引人注目的新闻。

"咲子很生气呢，嫌我们看不起她。"

"什么意思？"

"姐姐，以后想干什么之前，能不能先跟大家商量下？"接着，卷子便把咲子打电话过来的事情告诉了纲子，报纸上读者来信栏里刊登了一篇文章，里面说的事情跟她们姐妹几个的情形一模一样。

纲子找到那篇读者来信，一目十行地看了一遍，说："我不知道是谁写的，但绝不是我。"

"那还能是谁？"

"不是我，也不是咲子，那就只能是泷子了。"

"姐姐，你跟泷子说了？"

"跟她说什么？"

"鹰男最近……有些形迹可疑，这件事我只跟你说过，其他人不可能知道。"

纲子听得心头火起，愤然打断了她："这不是我写的，不管你怎么怀疑，我没写就是没写。"说完，她似乎又想到了另外一种可能："你说，会不会是我们完全不认识的人写的？"

"你是说刚好跟我们有一样遭遇的人？"

"世界这么大，家里三姐妹，父亲也正好有外遇的情形，说不定多得是呢。"

纲子这么一说，卷子也似乎有些动摇："也不能说完全就没有这种可能性，但就算是巧合……"

"是不是巧合都无关紧要，关键是国立家里那边怎么办，我记得家里也是订《每朝新闻》的。"

纲子的话让卷子猛然警醒："只要妈妈没有看到，其他都无所谓……我等下打个电话……算了，还是找个理由过去打探一下吧。"说完，卷子忧心忡忡地挂上电话。

国立的竹泽家。恒太郎正坐在向阳的廊下，借着这天早上充足的阳光剪着脚趾甲，不时发出响亮的"啪哒"声。

"哎呀！飞得到处都是……"阿藤拿着报纸走了过来，铺在丈夫脚下，"你们男人的趾甲特别硬，不小心踩着可疼了。"

恒太郎停下手："男人也好，女人也好，趾甲不都一样吗？"

"当然不一样，你悠着点剪，别弄到报纸外面。"阿藤拣起恒太郎剪下的趾甲，又把报纸往他脚下摆了摆，小声抱怨了句"你什么都不懂"，便微笑着回厨房去了。

读者来信栏里那篇文章，恰好就在恒太郎的两腿之间，正对着他俯身剪趾甲的脸。阿藤离开后，恒太郎又继续剪起趾甲来，脸上仍是一副泰然自若的表情，令人猜不透他有没有看到那篇文章。

纲子正在"枡川"酒家的大堂里插花。

贞治经过她身边，纲子郑重地欠身行礼，贞治例行公事地客气一句"您辛苦了"，便想移步走开。老板娘丰子却不知何时走了过来，叫住了丈夫。

"你也太不解风情了些，这么冷淡。老师插的花这么漂亮，你却连正眼都不瞧一下……"老板娘似乎话里有话。

纲子心头一震，但还是应付地笑笑："老板可能太忙了。"

"哪里有您忙……"丰子说，脸上满是虚情假意的笑容，"老师的插花，虽然向来技艺精湛，但今天的作品格外好看呢。怎么形容呢，应该是透着一股撩人的风韵。"

"您过奖了……我学插花的时候，总是被老师批评太古板，太无趣。"

"您太谦虚了。在我看来仿佛是一位衣带半解的美人坐在那儿，不露一寸肌肤却早已让人魂不守舍，老公你说是不是？"丰子意味深长地转向贞治。

"不知道，我又不懂插花。"贞治一脸底气不足的神情，随口应了句便转身走开了。丰子追了上去，两人一前一后地走进账房。

纲子拿起剪刀凌空"咔嚓咔嚓"地虚剪两下，准备继续插花。不一会儿，领班民子过来叫她："老师！等忙完了请到账房来一趟，茶已经泡好了。"一边说着，一边夸张地做鬼脸使眼色。纲子会意，知道这时账房已经闹得不可开交。

"太麻烦您了。"纲子向她欠身致意，重重地叹了口气。

纲子整理妥当，便来到账房。贞治和老板娘神情僵硬地坐着，民子上完茶走开后，丰子立刻直截了当地提出，希望纲子做到今天为止。纲子并不意外，这一天迟早会来的，她对此早有心理准备。

贞治表情尴尬，低头行礼："这段时间辛苦您了！"

纲子也躬身还礼："承蒙您二位关照了。"

"老师的插花饱受好评，实在是太遗憾了。"丰子虚情假意地笑着。

贞治也马上解释："二月马上就要到了……开饭馆，总不能把主业丢了。"

纲子笑着点点头，附和一句："毕竟，插花又不能当饭吃。"

"实在对不住，太不近人情了。"贞治自嘲似的说。

丰子也含笑说："真的……实在不好意思。"说完从小抽屉里拿出一个信封交给贞治。贞治把信封放在纲子面前："这个……请您笑纳。"

"这怎么能行，我不能收……"纲子心神恍惚，误以为这是分手费。丰子仿佛是终于抓到狐狸尾巴似的，眼神在丈夫和纲子的脸上来回转了几转："哎？这是这个月的材料费和工资啊，都是之前说好了的。"

"哦……哦，谢谢。"纲子手足无措地接过信封，感到无地自容，觉得再待下去已如坐针毡，便站起身来，"我去拿之前寄放在这里的铜花瓶。"

丰子笑笑说："应该是放在洗碗室的什么地方了，谢谢您这段时间的帮忙。"说着，把一篮子鱼干推到纲子面前。跟纲子今天早上带回家的一模一样。"一点心意，匆忙间也找不出什么像样的东西，不知道是不是合您的口味。"

"哦……很、很喜欢……"

"那就太好了，这是我老公昨天去伊豆打高尔夫球带回来的特产。"

"那我怎么好意思收。"

"没关系，没关系。"

纲子只好微笑着收下，愤怒和悔恨在心中翻腾。

走出账房，纲子来到洗碗室，擦洗着已经满是灰尘的铜花瓶。她赌气似的把水开得很大，在四溅的水花中用力擦洗着。她一边洗着，一边又觉得手上沾着莫名的腥气，一次又一次地把手凑到鼻子下面闻着。

鹰男来到她身后，想拍拍她的肩膀打招呼。纲子发觉身后有人，却误以为是贞治，头也不回地说了句："我不想听你的借口。"

鹰男莫名其妙，愣在原地看着纲子的背影。

"就算是要开除我，也没必要做得这么不留情面吧！"纲子自顾自地发泄着心里的愤怒。

"大姐……"

听到这个声音，纲子吃了一惊，喉咙"咕"的一声哽住了。

"……卷子，都告诉你了？"

"啊？"

"不管我做什么，都和你们没关系。"

"什么？"

纲子压低声音说："你来干什么，我又不是小孩子，不需要你巴巴地跑来教训我。"

鹰男也小声说："大姐你在说什么啊，之前不是你说的吗，要我有机会就过来捧捧场。"

"什么？"纲子一时有些反应不过来。

"啊，老师，实在太谢谢您了。"纲子身后传来丰子亲切的招呼声。

"这……"

"我没跟您说您妹夫有预约吗？"

"哦……"

"我们家一直承蒙老师照顾，来，这边请。"丰子带着鹰男往包厢走去。纲子为自己刚才的误会羞红了脸，匆匆收拾好铜花瓶，便慌忙追了过去。

鹰男独自坐在包厢里，正用店家送上的毛巾擦手。纲子为掩饰自己的尴尬，故意发出夸张的笑声，解释着刚才认错人了。鹰男也隐约感觉到这中间似乎纠缠着男女情事，为了消除尴尬，便跟着故意"哈哈哈"地大笑几声，说："真像你干的事情，大姐。"

"……刚才的事情……就当没发生过吧。"纲子合掌拜托。

鹰男挥挥手："您放心，我从小就出了名的健忘。"

"你今天过来，是有工作上的事？"纲子转移了话题。她扫了一眼桌子，见桌上放着三人份的餐盘，上面摆着杯筷。

"不，有点私事。"

"那我就不打扰了。"纲子说完准备起身离开。

鹰男阻住她："正好赶上了，就一起坐吧。"

"哦？"

"我约的人你也认识。"

"谁啊，"纲子突然表情一亮，"啊，是爸爸和那个人吗？"

"我哪有那么大能耐，能把他们请出来吃饭，到那一步还早呢，"鹰男苦笑着说，"只能算是准备工作吧，我约了泷子和那个在信用调查所工作的小伙子。"

"哦，就是受托调查爸爸的那位……"

"他叫胜又，看起来似乎对泷子有意思。"

"是吗，总算是有人看上她了。"

"其实仔细看看，单论相貌的话，你们姐妹几个，还是泷子最漂亮呢。"

"快说说，对方人怎么样？"

"等一下你自己看吧。"

走廊上传来脚步声。

"这边请，您的朋友在这边。"随着民子的招呼声，纸门拉开了，泷子走了进来。

"来啦！"鹰男举手招呼。

"欢迎光临。"纲子说。

"啊！姐姐你插花打工的地方，原来就是这儿啊！"泷子瞪圆了眼睛。

"请多捧场……"

"每个月能挣多少，刨去材料费？"泷子一坐下便劈头盖脸地问道。

纲子笑着说："你这沉浸在幸福中的人，干吗一张嘴就是这么小家子气的事。"

"什么？"

"我觉得信用调查所的工作不错呢。你在图书馆是做什么来着，管理员还是行政？我问了你好几次，总是记不住。"

"行政。"鹰男插口。

"图书管理员。"泷子纠正他。

"怎么着都无所谓啦。图书馆和信用调查所，也蛮般配的嘛，都是要求认真细致、尽职尽责的工作。"

"我……"泷子正想开口辩解，却被纲子打断了："你啊，眼光不错呢。"

"姐姐……"鹰男无奈地看着他们，姐妹俩一个正渐渐不耐烦，另一个仍然毫无察觉地一脸兴奋。

今天的饭局虽说是要撮合泷子和胜又，但是他还没有挑明。仍然是以询问恒太郎的事情为借口，把两人约到一块。鹰男担心以泷子执拗的性格，纲子多嘴多舌反而会适得其反。

果不其然，泷子听完柳眉倒竖："你等等再说！"然后斜睨着鹰男。

这时，门外刚好传来民子的声音："您的朋友已经到了。"

纸门拉开，胜又一脸茫然地站在门口。

"快请进！不好意思，又麻烦您特意跑一趟。"鹰男指指泷子身旁的座位，示意他坐下。胜又有些不好意思："这……"

"请坐吧。"

"坐吧，请坐，不要客气。"纲子似乎有些兴奋，完全没有察觉泷子一脸愠色。胜又战战兢兢地坐下，纲子笑着说："说起来，真是多亏了您呢……"

"哪、哪里。"胜又说着，紧张地环视三人。

鹰男看向纲子，介绍说："这是我们大姐……"他话还没说完，纲子抢过话头："我叫纲子。"

"啊……"胜又似乎正在脑子里搜索这个词的写法，眼睛转来转去思索着。

"横纲[1]的纲。"

"瞧你这词用的，毕竟是介绍女人，至少也得说是'纲举目张'的'纲'吧。"

1　日本相扑的最高级别。

鹰男和纲子自顾自地打趣着，发出爽朗的笑声，完全不顾今天的两位主角——满肚子火、在一边一言不发的泷子，以及紧张得手足无措的胜又。

笑完之后，纲子问："你叫什么又来着？"

"胜又。"胜又回答说。

"胜是哪个胜？"

"胜负的'胜'。"

"又呢？"

"又一次的'又'。"

"家里兄弟几个？"

"这个，兄弟姐妹嘛……"

"你老问这些八竿子打不着的事情干吗！"泷子早已不耐烦了，她转头看向鹰男，"这是怎么回事，姐夫，今天过来不是为了谈爸爸的事情吗？"

"话是这么说……"

"那赶紧开始说正事吧。"

"又不是在图书馆，不用那么讲究，一会儿边喝酒边……"纲子作势要向走廊拍手，叫侍者过来。

"我讨厌这样。"泷子怫然变色。

"你就是太死脑筋……"

"所以才嫁不出去是吧，我就知道你想说这个。"

"好啦，大家都别说了。"眼看要吵起来，鹰男赶忙插话打断她们。

"我没想到是这么高级的地方，怎么说呢……"泷子有意无意地瞟了胜又一眼，声音稍微压低了些，"有点不太好意思让人请客……他，胜又先生又是我出钱雇来的……"

胜又低着头，不知如何是好。泷子用眼角余光瞟着他："虽说是雇佣，总而言之，就是工作上的关系。你们胡乱猜测，胜又先生也会为难的吧？"

"哦，是的。"胜又冷不防被这么一问，下意识地附和，眼睛紧张地眨巴着。

"你似乎不太敢大声说出来呢。"鹰男打趣他。

"他说话本来就声音小。"泷子顶撞完鹰男，又向胜又步步紧逼，"胜又先生，你跟他们说，他们这样做是不是让你很为难，你告诉他们。"

"……是啊。"

"如果你觉得不为难，也可以直说啊。"鹰男插口说道。

胜又好像下定决心似的抬起头，说："我、我也觉得很为难。"

纲子和鹰男不由大失所望。"为难啊……"

泷子也有些出乎意料，她愣了下，装作若无其事的样子扭过头去。

或许是说出口以后，终于放下了包袱，胜又这次口齿清晰地说："我有喜欢的人了。"

"啊？"纲子目瞪口呆。鹰男也有些泄气："另有心仪的对象？"

"对。"

"对方……人怎么样？"

"是、是个很温柔的女人。"

"温柔的女人……哦。"

"原来是……温柔的女人。"两人意味深长地瞄了泷子一眼。

"那个，关于这次要讨论的事……"胜又提醒道。

泷子终于忍无可忍，站起身来："我还有工作要做，先走了。"说完便快步离开，胜又见状也赶忙告辞追了出去。

"泷子……泷子！"

"胜又先生！胜又先生！"

纲子和鹰男莫名其妙，只好待在原地，目送他们离开。

泷子穿过拥挤的人群，快步向前跑着。胜又在她身后紧追不舍。泷子一见他追来，又加快了脚步。胜又不时撞上擦身而过的人群，跌跌撞撞地拼命追赶泷子。穿过天桥，在信号灯前眼看就要追上，却又被泷子很快甩开。胜又顾不上正是红灯，硬是冲过了马路。

来到车站大楼前，已经不见了泷子的踪影。胜又焦急地四处张望，终于隔着大楼玻璃，看到泷子已经走进了车站里面。胜又生怕失去目标，目不转睛地紧盯着泷子，歪着脖子侧着身像螃蟹一样横着向前跑着。但泷子却完全没有看到他。眼看就要追不上了，胜又无奈之下，只好使劲敲着玻璃。

泷子听到声音，惊讶地向这边看来。胜又赶忙从口袋里拿出大张的便条纸，用签字笔匆匆写了几个字，贴在玻璃上。

便条纸上如小学生笔迹般拙劣地写着："没有大学学历就不行吗？"

泷子瞪大了眼睛。

胜又撕了那张便条纸，又重新写了个大大的"恋"字，想了想，又划掉，重新写了"喜欢"两个字，最后又想了一下，写了"爱"这个字。"啪"的一声贴在玻璃上。

泷子一瞬间觉得有些窒息，胜又怯懦的双眼泛起泪光，仿佛随时都会哭出来。

一股暖流涌上泷子的心头。她走到玻璃旁，满脸羞涩地把手贴在那个"爱"字上。

"小丑"咖啡店里，咲子正拿着托盘，心不在焉地倚在墙边。中午的忙碌暂告一段落，店里没几个客人。店里虽然播放着悦耳的音乐，但她却无心留意。

她的脑海里回响着锣声，观众们沸腾的欢呼声，还有场内广播介绍选手的声音——咲子正想象着阵内参加新人赛的场景。

"如果下一个来客是男的，就能赢。"

她仿佛念咒般地自言自语着。这时，门打开了，咲子顿时紧张得浑身僵硬，一个年轻男子在门口张望了一下，又关上门离开了。

咲子长出一口气。

"刚才的不算数，如果下一个客人戴眼镜，就能赢。"

过了一会儿，门又打开了，进来一个戴着太阳镜的女人。咲子顿时喜形于色，但女人一走进店里，就立刻摘下了墨镜。

"这个也不算。"

咲子用力闭上眼睛，眼前浮现出今天早上的情景。

新人战的日子终于到来，咲子紧张得彻夜未眠。天色刚蒙蒙亮，她便再也躺不住了。她挪到阵内身旁，握紧拳头，对着仍然沉睡的阵内的下巴、鼻子、眼睛轻轻地作势挥拳，然后又充满怜爱地抚摸着。千头万绪涌上心头，她情不自禁地哭出声来。

"别担心，"阵内闭着眼睛说，"只要抢在对手前面出拳就好了。"

"……"

"你怕成这样，肯定不敢到现场去看了吧？"

"不，我会去的。"咲子脱口而出，"我会和妈妈一起去为你加油。"

"你妈妈也要来吗？"

"她说她一直都不讨厌拳击。"

阵内睁开眼睛笑了笑，突然伸手搂住咲子的脖子，想把她拖进被窝。咲子激烈地反抗着："你这样会输的。"

阵内紧紧抱着咲子，撒娇似的把脸埋在她胸前。"这样待会就行了。"

想到这里，咲子胸前仿佛再度感觉到阵内的头的重量，感觉到男人炽热的呼吸。她抬起头，冲到吧台前，向酒保鞠了一躬，说想请假提前下班。酒保和其他服务员都露出了不乐意的神情，咲子不待他们回答，便放下托盘，摘下围裙，冲出了门去。

咲子赶到体育馆时，比赛已马上就要开始了。

拳台上空无一人，台下座无虚席，场内弥漫着赛前的紧张气氛。

咲子找到自己的座位，低着头，闭上眼睛，两手紧抱在胸前祈祷着。旁边的座位空着，咲子心想，妈妈最后还是决定不来了吗？

过了不多一会儿，有人在旁边坐下了。

"妈……"咲子抬起头，却惊讶地说不出话来。旁边坐的不是阿藤，而是恒太郎。

"爸……"

恒太郎也不看咲子，只是目不转睛地盯着拳台。咲子呆呆地望着父亲，这时锣声响起，比赛开始了。

阵内走进场内。他斗志昂扬，把对手逼到角落，拳头如雨点般向对手狂攻过去。观众席上沸腾了起来。恒太郎仍然是静静地看着，咲子却忍不住探出身体，忘情地呼喊声援，兴奋得连头发乱了都顾不上。

然而阵内的优势并没能维持下去。只见他逐渐被对手凶猛的反击所压制，比赛到中段的时候，几乎已无还手之力。对手则抓住机会猛烈地出拳，不断向着阵内的下巴招呼过来。

咲子不由转过脸去，不忍再看。她突然站起身来，走出了赛场。赛场外有一家电动游戏厅，咲子信步走了进去。

五彩缤纷的游戏机不时发出欢乐的声响。游戏厅里播放着轻快的音乐，情侣们的嬉笑吵闹声此起彼伏。

游戏厅角落里有一台电视，正在实况转播着拳击比赛。咲子原本打算视而不见地走过去，经过时却不由自主地停下。她屏息凝视，专注地看着画面。阵内被逼到了角落，无力地倚在围绳上，鼻血长流。对手仍然毫不留情地挥拳，阵内呼吸粗重，眉骨被打裂，血不断从伤口滴落下来。

咲子发疯似的冲了出去，推开喧闹的人群，冲到门外。门外已经天色昏暗。她冲进体育馆，冲到拳击台旁。

阵内挨了一记上勾拳，无力地倒在地上，裁判开始大声计时。阵内终究没能再站起来，对手开始欢庆胜利，场内欢声雷动。咲子推开拥挤的人群，冲上拳台。

阵内失去了意识，被医生抬上担架，送进了医务室。咲子面无血色，嘴唇颤抖，恒太郎伸出大手搭住了她的肩。

父女俩在医务室门口等待阵内出来。过了一会儿，门开了，医生走了出来。恒太郎留下呆立的咲子，独自走上前去，问明情况后又恭敬地行了一礼，目送医生离开。

"医生生说是脑震荡，"恒太郎回到咲子身边，"休息一下就可以回家了。"

他从上衣口袋里掏出钱包，从里面抽出两三张纸币装进口袋，然后把整个钱包都塞进咲子手里，安慰似的拍拍她的肩膀，默默离开了。

目送父亲的背影远去之后，咲子走进医务室。阵内躺在床上闭着眼睛，整张脸都肿起来了，他的眉骨开裂，干掉的鼻血黏在脸上，惨不忍睹，但似乎神志已经清醒了。咲子握住阵内的手，却被他冷冷地甩开了，阵内翻了个身，背对着她。

咲子注视着阵内失魂落魄的背影，难过和爱怜的情绪在心里翻腾。她无声地叹了口气，捡起阵内掉在床下的脏袜子。

"我向来以为，所谓姐妹，就如同长在同一个豆荚里的豆子……各自的生活和想法也都会渐渐不同。"

卷子坐在"小丑"咖啡店的一个偏僻包厢里，又读了一遍剪报的内容。

听到纲子否认投稿，卷子有点不知所措，想着姑且先找咲子商量一下，便来到"小丑"找她。不料，咲子的同事说她今天请假提前走了。卷子喝着咖啡，有些一筹莫展。

"我家姐妹三个，若非婚丧嫁娶之类的场合，平日难得聚齐。谁曾想，就在最近……"

卷子猛然站起来。

如果妈妈看到这篇文章……卷子心中的担忧越来越强烈，当下决定干脆趁这次机会到国立的娘家看看。

"再来一杯。"

卷子把喝空的茶杯递到阿藤面前，她正和阿藤一起在竹泽家的客厅喝茶。

"你以前没这么喜欢喝茶吧？"

"因为别人泡的茶总是格外好喝，妈你以前就泡得一手好茶。"

阿藤把茶壶里的茶倒进卷子的杯子，问："你回去晚了没问题吗？"

"鹰男说今天要开会——我又是做好了晚饭才出门——孩子们没人管，正好可以边看漫画边吃饭。咦？"

玄关处传来"扑通"的一声。

"应该是送晚报的。"

卷子起身说："这里的晚报送得真晚。"

"平时比较早，可能是换了新人，路还不熟。要不要叫寿司吃？"

"家里有什么吃什么就行了。"卷子走向玄关，把晚报拿进来，"爸今天也晚回来吗？"

"你爸？"

"他不是周二和周四要去上班吗？今天是他去公司的日子吧？"

"应该快回来了吧？"

"平时都是这个时候回来吗？"

"他不在外面吃饭。"

"报纸放哪儿？是不是要和早报放在一起？"

卷子仿佛漫不经心地试探一句，阿藤面不改色地说："早报……哦，你爸出门前剪趾甲来着。"

"把报纸铺地上了吗……报纸可是订来看的。"

"字太小了，根本没法看。估计也没哪家报社，愿意专门为老年人出份字大的报纸。"

"你从来不看报？"

"是啊……"说着阿藤拿起了菜篮和披肩。

"是不是老花镜的度数不合适？"卷子故作开朗地问，"你要去哪儿？"

"街角的蔬菜店，家里的柚子[1]吃完了。"

"我去买吧。"

"昨天欠了老板五十元——还是我去吧。"阿藤说完便匆匆出去了。

母亲出门后，卷子再次四下环视着这个自幼生活的家。电灯多年未换，光芒已经有些昏暗。现在只剩老夫妻俩还居住在这里，四下里万籁俱寂，房子显得陈旧而冷清。她穿过廊下，来到冷飕飕的盥洗室，看着斑驳的镜子里映出自己的脸。打开父母卧室的门，一眼便看到恒太郎的棉袍。

看到棉袍，卷子不由想起早上的梦：恒太郎眼看就要切腹自杀，阿藤就坐在近旁，却漠不关心地做着针线活。四姐妹穿着睡衣，围着围腰，在注连绳外哭喊……卷子顿时又担心起来。

走回餐厅，她拿起电话，先打去了泷子的公寓。泷子正在

1　日本柚，个头较中国柚为小，更接近柑橘。

吃晚餐。虽然只是用烤秋刀鱼和味增汤随便对付一下，但在胜又表白爱意后，她又忍不住开始想象两个人四目相对吃晚饭的情景，沉浸在从未有过的幸福中。

"去国立？"泷子接起电话，不小心噎住了，忍不住咳嗽起来，"现在去吗？我正在吃晚饭呢……那么远……你不要想起一出是一出。"

"我希望我们姐妹四个今晚都尽量过来，开一个家庭会议，或者说想跟大家一起商量一下。嗯，今天晚上，怎么说呢，可能是直觉吧，总觉得还是今晚谈一谈好。什么？泷子，你没看报纸吗？今天的早报……"

泷子没看读者来信，卷子把早上的事情告诉她。

"我想，我们最好姐妹四个聚在一起，坐在爸爸的面前。这样即便我们什么都不说，爸爸应该也能心领神会。你到底能不能过来？"

对泷子来说，最让他担心的还是母亲，家庭会议什么的反而无所谓。听卷子这么一说，当然也只能同意。她立即放下碗筷，慌忙收拾一下，准备出门。

这天晚上，纲子家里发生了一点小状况。

贞治找上门来，纲子却不让他进屋。贞治在玄关的毛玻璃门外拼命按门铃，用力敲门。纲子站在门的另一边，望着贞治映在玻璃上的身影，两只脚却仿佛钉在地上，动弹不得。

"开门。"

"……"

"我知道你在家，快开门！"

"……"

"为什么不开门！"

两人隔门对峙着，呼出的哈气凝结在毛玻璃上，使得两人渐渐能够隐约看清对方的身影。纲子看着贞治的脸："因为……一旦我打开了门，我们就又会纠缠不清了。"

"纠缠不清又有什么关系。"

纲子用力吸了口气。

"如果你不想开门，我们就出去吃饭吧。"

"我刚把你送我的鱼干吃掉。"

贞治无言以对，只是呆呆地望着纲子的脸。这时电话铃响了。纲子转身走进屋里，拿起电话。话筒里卷子的声音。

"喂，这里是三田村家……哦，是卷子啊。什么，你去国立了？"

"你为什么不看，为什么中途跑出去？"

与此同时，咲子的公寓里，在新人战中落败的阵内大口灌着啤酒，正在大发雷霆。咲子两手握着杯子，舔着啤酒的泡沫，平静地看着阵内大吵大闹。

"我做的就是挨打的生意！就好像蔬菜店会卖萝卜，再正常不过！蔬菜店的老板娘看到老板卖萝卜，会转头逃跑吗？你告诉我！"

阵内把杯子重重地放在桌上："我们分手吧。"

咲子吃了一惊，正要开口说话，却听到敲门声。

"阵内先生，电话，是找您太太的，说是国立的姐姐打来的。"

"国立的姐姐……"咲子一时有些反应不过来。国立老家现在只剩老爸老妈，姐姐们没有人住在那里。难道是有什么事？想到这里，咲子慌忙冲下楼来到管理员室。电话是卷子打来的，要她立刻到国立去。咲子含混应了一句，挂上电话，感到十分为难。眼下的状况正是一团糟。虽然卷子要她立刻回去，但她总不能就这样丢下阵内不管。

她回到房间时，阵内似乎察觉到她有急事，便对她说："你回去吧。"

"如果我回去了，你就会走了。"

阵内转过头去不说话。

"我们一起去，我带你见见我的家人。"咲子近乎央求似的说。阵内却倒头睡在榻榻米上："你自己回去吧。"

咲子苦思良久，拿出纸笔为他画起了国立老家的地图。

"这里是国立车站，这里是新宿。沿着车站前的林荫道往这个方向一直走……啊，我真笨。"

她画得太大，一张纸上占不下了，只好又补上一张继续画。

"走到第三个路口的鱼店就往右转，走不了多远，就是我爸平时买烟的烟店，在那儿拐个弯儿……"纸又不够了，这次她把纸翻过，在反面继续画，"再走几步，看到一个珠算培训班的招牌，从那儿拐进去，里面第三家就是。"

阵内表面一副漠不关心的神情，实则却在竖着耳朵，默默暗记着咲子的说明。

几个小时后，四姐妹终于聚齐在国立的老家，围着阿藤坐在客厅里。

"我们以前也经常这样等爸爸回家。"泷子开口说。

"对啊，还会忍不住说'已经八点了，再不回来，咱们就先吃吧'！"纲子说。

"姐姐当时是偷吃菜的能手……"卷子笑着说，"而且不吃自己的那份，专门偷吃别人的。"

"就是，结果我们的菜越来越少。"泷子和咲子也七嘴八舌地声讨。

纲子模仿小孩的样子，说："啊，爸爸回来了。"

"我们也会跟着说：'爸，你回来了！'"另外三个姐妹齐声说道。

"但我们从来不会站起来迎接他呢。"

"爸爸他……经常晚回来吗？"泷子提高声音，问在厨房里的阿藤。

卷子小声说："妈说爸爸每天都回来吃饭。"

纲子不由叹了口气："男人都是这样。"她忍不住想起了贞治。

已经九点多了，恒太郎依然没有回来。

"难道出什么事了？"

"泷子，你现在还是不吃鸭儿芹吗？"阿藤从厨房探出头来问。

"我不要。"泷子说。纲子也紧跟着说："我不要虾。"

"没放那么高级的东西。"

"我在家里都是放鸡肉。"

"妈做的茶碗蒸[1]，都多少年没吃过了。"

"过年的时候不是才吃过吗？"

"哦，也对啊。"

四姐妹兴高采烈地谈笑着，但只要阿藤一离开客厅，便立即开始交头接耳地窃窃私语。

"你们说，他俩有没有看到……"纲子指的自然是那篇文章的事。

"你是说那篇读者来信？我根本不知道这回事，为什么……"泷子的话还没说完，卷子便慌忙打断她，"嘘，小声点，妈妈好像还不知道。"

"那爸爸呢？"

"那就说不准了……"

"真不知道是谁写的。"卷子又说。

泷子看看卷子："卷子姐，其实就是你写的吧？"

"我不是说了嘛，不是我写的！"

"那会是谁呢？"

"卷子还怀疑我来着。"纲子耸耸肩。

1　日本料理的一种，将各种食材放在碗里，拌以调过味的蛋液后上锅蒸，跟蒸蛋羹的做法相似。

咲子瞪大了眼睛："是你？"

"你们应该先看看字迹说话。我老公生前常笑话我，说我写的不是字，是鬼画符，想投稿当然字要看得过去才行。"

泷子立刻说："讨厌，我才不会去做这种事。"

"你真会夸自己。"咲子调侃道，泷子白了她一眼。

"如果我们都没写，那莫非真的是巧合？"听纲子这么一说，泷子歪着头："按理说是有这个可能性，但未免也太巧了——各种事情都严丝合缝。"

咲子噘着嘴："姐妹的人数不符合啊。"

"你就别再闹别扭了。"

卷子抬头看着时钟。

"爸是不是看了报纸后觉得没脸回家了。"

"你是说离家出走？"

"怎么可能？"

"谁知道呢。"

姐妹几个七嘴八舌地争论了一番。卷子想了一下说："离家出走，说不定反倒还好……"

"什么意思？"另外三个姐妹都有些摸不着头脑。

"谁？"阿藤从厨房探出头来，似乎听到了只言片语，"谁离家出走了？"

阿藤说话的语气一如既往地不紧不慢。

卷子慌忙说："我、我家的宏男啊，在外面晃悠两三个小时就回来了……"

"现在的小孩子都很可怕的，还是小心一点。"纲子也赶紧配合她。

"啊，不知道哪里老是钻风。"卷子赶忙转移话题。

"家里真冷呢。"

"房子太旧，窗户都关不严了。卧室里有棉坎肩。"

"借我穿一下。"卷子起身时，故意踩了踩身旁纲子的脚。

"好疼！"纲子疼得脸都歪了，卷子向她使使眼色。纲子会意，嘴里说着"那我也去拿一件穿"，便跟着起身了。

走进父母的卧室找棉坎肩时，卷子把昨晚梦到恒太郎切腹自杀的事告诉了纲子。

"你是说爸爸想死吗？"纲子笑出声来。卷子一脸严肃地说："俗话说，怕什么来什么，你怎么能确定这不是什么事的兆头。"

纲子脸上的笑容消失了。

"所以我才硬把大家都叫过来。我做了那个梦以后，又看到那篇文章，觉得今天晚上很是危险……"

纲子也点头："爸爸今晚没回家，该不会是在情妇家里……殉情了吧？"

"你别乌鸦嘴。"

这时阿藤走了进来："有没有找到棉坎肩？"

"找到了。"

"一眼就找到了。"

姐妹俩纷纷回应着，说完心虚地干笑起来。

"有什么好笑的？"阿藤觉得奇怪。

"因为她刚才说我们四个人都穿着驼色的围腰坐在一起。"

"姐姐！"

"是做梦啦，她早上做梦梦见的。"

两姐妹嘻嘻哈哈地打着圆场，心里却担心着仍不知去向的恒太郎。卷子拜托纲子在家撑住场面，自己偷偷溜了出去，用街角的红色公用电话打电话回家。

"这里是里见家……原来是你啊……"

电话中鹰男的声音带着几分醉意，不知道是不是刚洗完澡正喝着威士忌。

"爸爸他……还没有回家，也没打电话回来……妈妈说他从来没这么晚回来过。不好意思，能不能拜托你去公寓那边看看？"

"公寓——你是说爸的……"鹰男顿了顿，"但是我不知道地方啊，更何况……"

"地址我告诉你。"

"喂，现在都几点了？"

"万一有什么三长两短就后悔莫及了。"

"喂……"

"我们姐妹四个都在国立，就算想去也脱不开身。求求你，拜托啦。"卷子焦急到极点，鹰男才不情不愿地答应了。

鹰男来到恒太郎的情妇土屋友子的家，敲了敲门，却没有人应门。他正不知如何是好，邻居家的门打开了。一个头上满是发卷的家庭主妇探出头来："土屋太太去医院了。"

"医院？"鹰男瞪大了眼睛。

"傍晚的时候，她儿子受了伤，她先生后来好像也匆忙赶过去了……"

鹰男问明是哪家医院，匆匆道过谢，便飞奔出去，拦了一辆出租车，往医院赶去。

车祸发生在代官山的马路上。土屋友子的儿子省司在玩滑板，友子跟在后面散着步。在友子身后不远处，胜又也在看着这对母子。

就在这时，一辆摩托车突然冲了过来，撞到了省司。滑板高高地飞了出去，省司幼小的身躯倒在马路上。

胜又慌忙跑了过去，但为时已晚，男孩已经不省人事。

友子发疯似的跑过来，两人叫了救护车，把省司送进了医院。

一个多小时后，恒太郎抱着一个塑料模型的大盒子匆匆赶到了医院。看到他跟着护士快步走来，胜又下意识地从走廊的长椅上跳了起来，叫了声："爸爸！"

恒太郎惊讶地停下脚步问："您是哪位？"

"哦，不是……"胜又手足无措。还好护士替他回答说："是这位先生帮忙把令郎送到医院来的。"

"真是太感谢了……"恒太郎鞠躬道谢时，病房的门打开了。

友子看着恒太郎，眼中满是依赖。胜又看着他们两人走进病房，心中感慨万千。

不一会儿，恒太郎从病房走了出来。省司没有生命危险，但仍处于昏迷中。恒太郎无所事事，便在长椅上坐了下来。

胜又犹豫再三，找了个公用电话打到泷子的公寓，但是泷子不在家。他又打电话到纲子家，依然没有人接听。最后打到卷子家的时候，才终于有宏男接了电话，说爸爸妈妈都出门去了。

胜又失望地挂上电话时，鹰男走了进来，他远远看到恒太郎的身影，便准备冲过去，但随即又想到不知从何说起，只能呆立在那里。正犹豫时，他注意到旁边有公用电话，而胜又正站在电话旁。

鹰男走过去，拍拍胜又的肩膀，胜又吃惊地瞪大了眼睛。

"我才打电话去你家，你怎么会过来的？"

鹰男说接到卷子的电话，只好去恒太郎情妇的公寓打听状况。

两个人不约而同地望向恒太郎。恒太郎正抽着烟，眼睛直直望向前方，仿佛在看着自己吐出的烟，又仿佛在看着别处，一脸木然。

"他似乎想等小孩醒过来。"胜又看着鹰男，"这个时候，还是不要过去打招呼了吧？"

鹰男点点头。如果现在过去打招呼，会让恒太郎无地自容。只要知道恒太郎平安无事就够了。鹰男拜托胜又帮忙照应，自己转身走出了医院。

这个时候，竹泽家的女人们正热闹地谈笑着。他们翻出藤编的衣箱和款式老掉牙的大行李箱，从里面找出破旧不堪的驼色围腰。每件围腰都用油纸包得好好的，上面分别写着每个人的名字。

"这个是纲子的。"阿藤把纲子的围腰递给她，几个女儿都欢呼雀跃。她们故意做出乐不可支的样子，内心却几乎被不安压垮。四姐妹拼命演出，努力不让阿藤察觉异状。

"你们每个人的我都留着呢。"

"这是我的吗？"

"啊，被虫咬坏了。"

"妈，你东西保存得真好。"

"那当然，"阿藤笑了笑，"如果你们敢惹我生气，我就拿出来数落你们，让你们看看，把你们拉扯大有多不容易。"

四姐妹翻来覆去地端详着，不时闻闻味道。

"我以前超讨厌穿这个。"

"我也是。"

"但是如果不穿又会挨骂。"

"说起来真难为情呢。"

"睡觉前你们还会在被子上玩国定忠治[1]来着。"阿藤这么一

1　国定忠治（1810—1851），亦称国定忠次，本名长冈忠次郎，是江户后期的一名劫富济贫的侠客，有许多戏剧、小说等以其为主人公。

说，四姐妹都是眼睛一亮。

"国定忠治？"

"把尺子塞腰带里，像这样……"

"想起来了，我玩过！"卷子兴奋地叫了起来，"姐姐演忠治，我演小喽啰。"

"赤城之山，今宵独有……"纲子模仿忠治的台词。

"啊，大雁悲鸣……"卷子也模仿着小喽啰的语气。

"你跳词儿了，接下来应该是'吾之故乡国定村'之类的……"

"好像应该是'莫名难言寂寥情'。"泷子说。

"对，对……我想起来了。"

"啊，大雁悲鸣。"卷子再度说道。

"远远向南飞去。"其他四个人齐声应和。

"咚！"泷子和咲子接着往下演。卷子突然皱眉怒道："别闹了！"

"怎么了？"

"需要演到这种地步吗？"

"那也没必要这么生气吧？"

"对啊。"

泷子和咲子都噘着嘴。

卷子愁眉不展："我就是太担心了。"

"你在担心什么？"泷子问。

纲子慌忙打圆场："没事。"

"怎么莫名其妙生气了？"

“当姐姐的摆架子。”

“就是。”

纲子不理会两个妹妹的指责，伸手去拿旧衣服。

“咦，这是什么？”她拿起一个一个鲜红的护身符。

“哇，好漂亮！”姐妹几个再次欢呼起来。

“护身符——去神宫参拜的时候戴在身上的。”

“谁的？”

“这个好像是纲子的，这个是卷子的。”

“姐姐的比我的好看多了！”

“因为是家里第一个孩子，你爸爸特意跑到百货公司买回来的。”

“我的呢？”泷子问。

“泷子，好像是借用姐姐们的。”

咲子也一脸失望：“那我肯定更没有了。”

“那时候刚打完仗，连吃饭都成问题，哪儿还有闲心理会护身符的事。”阿藤向她们解释。但咲子依然噘起了嘴：“即使没打仗也一样没我的。”

“前两个孩子的时候还新鲜，到老三老四的时候，就开始觉得也就那么回事了。”泷子也一脸不服气。

“你们终于知道做妹妹的为什么经常心理不平衡了吧。”

“这东西，根本就无所谓嘛。”

“当然有所谓！”

“当然有！”

"哪有人傻乎乎地为了个护身符吵架的。"阿藤苦笑着说，抬头看看时钟，打了个哈欠。已经是半夜两点多了。

"爸爸也真是，至少应该打个电话回来吧。"纲子突然小声抱怨了一句。三个妹妹都不知该怎么接话，几个人陷入尴尬的沉默中。

"妈，你先去睡吧。"

"即使我先睡，你们不睡，在那里吵吵闹闹，我也睡不着啊。"

"那大家都睡吧。"

"睡吧，睡觉。"

"像以前一样，在睡衣外面围上围腰……"纲子兴奋地说。

"早穿不进去啦……"卷子说。大家不禁又沉默了下来。大家都被不安折腾得精疲力竭。寂静的夜里，时钟的滴答声显得格外刺耳。

"被子不知道够不够。"阿藤站起来，似乎想驱散不安的气氛。

"有毛毯就行。"

"没事，把暖气开开就行了。"

"我来帮忙。"

阿藤出去以后，泷子压低声音问："姐夫去了没有。"

卷子点点头，纲子叹口气："莫非是住在外面了，或者出车祸了？"

"我们等到早上，如果早上还没有回来……"

"几点算是早上？"

"送报纸的来的时候吧。"

"到时候怎么办？"

"是不是该告诉妈了。"泷子若有所思地说。

"告诉妈妈，爸爸有这个吗……"纲子竖起小指刚说到一半，卷子瞪着她说："你别胡闹！"

"啊，你这么说，那'女人的幸福便是隐忍维持死水一般的生活'岂不是……"

"我已经说了，那不是我写的。"

"那到底是谁？"

四姐妹再度气势汹汹地相互看着。

"卷子姐，如果有什么万一，你要怎么负责？"

"我不是说了嘛，不是我写的！"

"不是卷子姐写的，那是谁写的？"

"泷子，要真是我写的，我怎么会这么大张旗鼓，把大家都找过来？"

"哦，对了，搞不好你以为不会登出来，只是想试试，结果真上了报纸，你才傻眼了。肯定是这么回事！"

卷子怒不可遏："我要打电话到报社！要求他们给我看稿子。"

"嘘，妈妈会听到……"咲子竖起食指，却听到"咕"的一声怪声，四个人都不禁都愣住了。

泷子回过神来："谁的肚子在叫？"

"我……"卷子说，"我晚饭只喝了点啤酒，没有吃东西。"

"那我们做饭团吃吧。"纲子提议。

"太棒了,做饭团!"咲子第一个响应。

"不管结果如何,先填饱肚子总不会错。"

"吃饱肚子才有力气战斗!"

四姐妹同时站了起来。

"啊!"

"怎么了?"

泷子歪头看着胁下说:"我的裙扣掉了。"

四姐妹走进厨房,用电饭锅里的剩饭做起了饭团。姐妹几个做的饭团形状各异。泷子舔着手指上的饭粒,侧目看着卷子做的饭团。

"咦,卷子姐,你做的饭团怎么是三角形的?"

"就是呢。"

"我们家向来是做长方形的。"

"纲子姐做成了'太鼓[1]'形的。"咲子也看着纲子的饭团。

卷子笑了笑:"等你嫁出去了,做的饭团也会随之变成婆家做的形状。"

"真不好意思,我不管嫁不嫁都会做成长方形的……"咲子耸耸肩。

"咲子,嘴边——沾上饭粒了。"

"话说回来,爸爸到底……"泷子的话还没说完,咲子突然抬起头,像想起了什么似的:"对了,爸拿了零用钱给我。"

---

1 即圆墩形的。

其他三个人惊讶地看着咲子："什么时候？"

"今天。"

"今天什么时候？"

"傍晚的时候，连钱包一块给我了。"

"连钱包一块给你了？"

"他果然打算一死了之。"纲子脸色煞白。

"别乌鸦嘴！"卷子大叫的时候，玄关的门铃响了。

"来了！啊，回来了！"四姐妹不约而同地飞奔了出去，"爸，你回来了。"

咲子冲到门口的水泥地上打开门，没想到进来的却是鹰男。

"原来是鹰男啊。"

"是姐夫！"

姐妹四个的手满是饭粒，握着饭团，呆呆地望着鹰男。鹰男正打算向她们说明事情的经过，背后传来阿藤满是睡意的笑声："这么晚了，发生什么事了？"

鹰男转动着眼珠，绞尽脑汁撒了个谎："呃……是那个……大阪的店长让我回家和太太商量一下，要我明天答复他，但是电话里又说不清楚……"。

"这么说，是升职了呢，"阿藤笑了笑，"你们也真是的，把我都吵醒了，快去睡觉吧。"

她捡起地上的饭粒，径自走了进去。"好！"姐妹四个嘴上答应着，眼睛却一起转向鹰男。

"没事，"鹰男小声说，"那个小孩受了伤，被摩托车撞了，正在医院……没什么大碍……别担心。我赶紧回去了……"

"你们怎么还站在那里，在干吗啊？"屋里传来阿藤慵懒的声音。

"马上就好了。"姐妹四个簇拥着鹰男进了厨房。

咲子手上拿着在玄关捡到的鞋拔，上面印着卡通人物。经过母亲的房间的时候，她大声问了句："妈，家里怎么会有这个？"

"什么？"

"这个鞋拔……"咲子说。

"中的奖品。"阿藤回答。

"奖品？"四姐妹难掩惊讶。

"我去参加了个有奖征文，结果就中奖了。"

鹰男瞪大了眼睛："妈你去参加征文比赛了？"

"对啊，还时不时地经常中奖呢。之前曾经中过锅，还有围裙什么的……"

"平时不是懒得参加吗？"

阿藤打着哈欠说："习惯就好了，就当练字，还蛮有趣……"

鹰男想了想，问："你们说，投稿的会不会是妈妈？"

卷子觉得虽然并非完全无可能，但还是说："怎么可能，妈妈都多大年纪了，六十五岁啊！况且，以妈妈的性格，也不可能做出这种事。"

纲子也咲子也纷纷说："绝对不可能。"

"一定不是。"

这时，正在房间角落里缝裙扣的泷子突然"啊"地叫了一声。她在针线盒里发现一支自动铅笔，装在一个印着"每朝新闻社"字样的信封里。泷子把信封拿到众人面前，大家面面相觑。

"每朝新闻……"

"这是什么？"

"自动铅笔。"

"会不会是投稿的奖品？"

"你在哪里找到的？"

"针线盒里……"

卷子立刻站起来，紧握着双拳。

"我去找妈妈理论！既然写了，为什么不告诉我们一声！害得我提心吊胆了一整天，大家还都误会是我写的，不知道我多……"

"别闹了，好了，别闹了……"鹰男按着卷子的肩膀。

"原来妈妈知道，明明心知肚明，却假装一无所知……"

泷子喃喃地嘟囔着，鹰男点点头："要真是你写的就好了……"

卷子无力地坐下，大家不约而同地深深叹了口气。

恒太郎在医院一直等到天快亮了，确认省司恢复意识之后，才终于放下心来，动身回家。

快走到家门口的时候，他突然停下了脚步。一个把滑雪帽压得很低，眼睛旁边和下巴都贴着创可贴的年轻人正站在他家门口，看着门牌，一副犹豫不决的样子。

是那个拳击手——恒太郎一眼就认出了他。正打算出声招呼，那年轻人却假装在例行长跑似的跑开了。

打开玄关的门，四个女儿都跑出来迎接。

"真难得呢。"

四个女儿悬着的心终于放下，一时说不出话来。恒太郎看到四个女儿还穿着白天的衣服。"聊天聊到这么晚，白天会打瞌睡的哦。"

"已经是白天了。"泷子喃喃地说。

"哦，也对。"恒太郎一句解释都没有，仍像平时一样淡然走进屋里。正打算去后面的房间，却发现阿藤倚在柱子上睡着了。

"喂，小心感冒！"

咲子看着父亲的背影，轻声说："爸爸的胡子全白了。"

"男人早上都惨不忍睹，因为胡子会长出来。"

听泷子这么说，鹰男笑了起来："女人也会憔悴不堪。"

"年纪大的先憔悴……"纲子说。

这时，玄关传来"咚"的一声。

"啊，报纸来啦。"鹰男说着，到门外去拿报纸。

打开玄关的门，淡墨色的天空飘着蓝色和粉色的云，四姐妹不知何时全跑了出来，在玄关仰头看着天空。恒太郎也坐在廊下，听着阿藤均匀的呼吸声，仰望着黎明时分的天空。

"年迈的母亲对此一无所知，仍然深信能与父亲共度此生，生活一切如常。我们姐妹聚在一起，忍不住为母亲叹息。难道女人的幸福便是隐忍维持死水一般的生活？此时此刻我不由思考起这个问题。"——卷子仰望着天空，想起了那篇读者来信。

色彩瞬息万变的天空中，一群群乌鸦交错盘旋着。望着这变幻的朝霞，卷子和恒太郎似乎看到了男人和女人之间，尤其是夫妻间的关系，是多么的变幻莫测。

虞美人草

"我记得确实是在这里的啊。"宏男在巷子口东张西望着。

放学回家的路上，宏男带着三个同学，似乎正在附近寻找着什么。

"什么嘛，原来你也没来过。"

"找到了，找到了，'小丑'！"

"喂，真的在这吗？"

"在是在……"

宏男的小姨咲子在'小丑'咖啡店打工。

"就是有点矮，或者有些胖，要么就是长得丑，对不对？"

"胡说八道！"宏男戳了戳同学的头。

"反正我是不信。"其中一个同学说。宏男哼了一声："还是那句话，你看了之后再说。"

"是山口百惠型？还是榊原郁惠[1]型？"

"我不是说了吗，你们自己看了就知道啦。"

"'哦，你啊，究竟是那姑娘的什么人[2]？'"

"太土了，玩笑都开得那么过时。"几个男孩相互打趣吵闹着。走进咖啡店之前，宏男又强调一句："记住，结账的时候各付各的。"

"OK，OK！"

"别担心。"

"知道啦。"

1　榊原郁惠（渡边郁惠，1959—），日本著名女演员、歌手，婚后改姓渡边。

2　1975年的流行歌曲《港のヨーコ，ヨコハマヨコスカ》中的一句。

四个人走进咖啡店，酒保照例招呼了声"欢迎光临"。他们左顾右盼地在包厢席坐了下来。店里播着背景音乐，酒保在吧台泡咖啡，吧台上的玻璃柜里整齐摆放着手工蛋糕。

咲子倚在吧台边出神地想着心事，没注意到宏男他们进来。酒保提醒似的戳了戳她。

"啊，欢迎光临。"咲子下意识地应付了一句。她浑身无力，脸色憔悴。

由于被棕榈树的盆栽挡住了视线，从宏男他们坐的地方并看不到咲子。四个男孩一边吵闹着，一边在店里四下张望。

"欢迎光临……"

咲子端着托盘走了过去，给他们每人送上一杯水。

"啊！"

"宏男……"

两个人互相望着。宏男泰然自若地看着咲子："你这幅打扮，看起来像完全换了一个人似的。"

"……你的同学吗？"

咲子看向其他三个人。三个人别有意味地相互打闹着。

"对。"宏男点点头，"我们要四杯咖啡。"

"四杯咖啡。"咲子在点菜单上记录着。

"啊，我要美式咖啡。"

"我也是……"三个人七嘴八舌地说道。

"一杯咖啡，三杯美式咖啡。"

咲子"呵呵"地干笑几声，为了掩饰身上的倦怠，她动作夸张地转身要走，却突然晕倒了，就那样直接倒在了宏男他们的桌子上。托盘掉在地上，在过道上翻滚出老远，发出刺耳的声响；桌上的玻璃杯也全部打翻了，水淋了四个人一身；方糖罐反弹起来，盖子脱落，里面的方糖反射着亮晶晶的光芒四下纷飞；玻璃杯摔碎的声音在安静的咖啡店里分外的响亮。

"小姨！"

"小姨……"宏男的同学露出难以置信的神情。

四个人低着头，呆呆地望着脸色苍白、倒在地上的咲子。

咖啡店里乱成一团的时候，卷子正在家里做着"安倍川饼[1]"。她把年糕拉得长长的，正准备送进嘴里大快朵颐的时候，电话突然响了。

"啊……"卷子不甘心地叹了一口气，拿起电话。

"这里是里见家……"话音未落，卷子已经脸色大变。"宏男……晕倒了……谁晕倒了？咲子……什么地方？在哪里？你去那里了？她怎么晕倒的？嗯……嗯……你跟店里的人说，她姐姐马上就过去。"

放下电话，卷子心中焦急，激动地喘着粗气。匆匆收拾一下准备出门，临了还不忘抓起桌上的安倍川饼塞进嘴里，一边嚼着，一边又像想起什么似的"啊"了一声。她从皮包里拿出钱包，确认了一下里面的金额。又担心会不够，便从小抽屉里拿出信封，又抽出三四张万元大纸钞塞进钱包。最后又再嘴里

1　和式点心的一种，表面洒上大豆粉和白糖的年糕，以静冈市所产最为著名。

塞了一块安倍川饼，才冲向玄关，急急忙忙地向"小丑"赶去。

咲子被安置在更衣室里躺下休息着。房间狭小，平时还兼做仓库使用，所以更显得局促。房间的角落堆放着装咖啡和火柴的纸箱，墙上成排地挂着服务生的制服和便服。屋里没有床铺，只能暂时把三张椅子拼到一起，当做床让咲子躺着。

"我跟宏男说，不用把你叫过来的……"咲子听到有人进来，便立刻睁开眼睛，向卷子抱怨。

"可是，我怎么能放心不管？"

"就是有些贫血，已经没事了……"咲子勉力坐起来。

卷子看看妹妹憔悴的脸色："咲子，你是不是……不小心怀孕了？"

咲子苦笑着："我还不至于那么笨。"

咲子正想继续追问，外面有人敲门。

"不好意思，能让我换个衣服吗？"是服务员京子的声音。

"请进。"卷子应了一声。一个身材高大的姑娘走了进来，看起来似乎刚从乡下来东京不久，还带着些未完全褪去的乡土气。

"不好意思，我们这就出去。"

"没关系。"京子说。咲子也似乎早就习以为常，说："不用啦。"

京子背对着她们脱下毛衣，只穿着一件内衣，换上制服。

"竹泽小姐，听说你晕倒了？"京子一边换着衣服，一边和咲子聊着天，"也难怪，你平时几乎都不吃东西。"

京子出乎意料的话让卷子大吃一惊，她转过头，惊讶地看着咲子。

"这样下去，不等你男朋友拿到冠军，你就要先饿死了。"

卷子像押犯人一样强拉着咲子走出店门，来到车站前满是小吃的巷子里。

"你想吃点什么？"

"我不想吃。"

"怎么可能！你明明都已经饿得头晕眼花了！"

"不用你管！"

"你今天都吃了些什么？"

"我吃什么用不着你管。"

"看来是什么都没吃。"

两姐妹一边争吵，一边打量着街边的饭店：扎幌拉面、汉堡、甜甜圈、十元寿司、立食荞麦面、冰激凌……无论是街边的小吃摊还是有店面的饭馆，里面的客人们都在津津有味地享用着美食，风卷残云般地把各种美食填进肚子里。还有情侣们拿着甜甜圈和糖炒栗子，边走边吃着。

"你到底想干什么，万一把身体饿坏了怎么办？如果是因为缺钱，你可以跟我说的啊！"卷子语气严厉地质问着。

"不是钱的问题！"咲子反驳说，"是他……他最近在减重。他又是那种容易发胖的体质，所以最近十天以来，不光一粒米饭都没吃过，连最喜欢的拉面也一口都没吃过，每天早上生吃蔬菜，再喝一些果汁和牛奶，午餐也……"

咲子正说着，一个送外卖的刚好骑着自行车经过两人身边。正在自行车经过的当口，咲子又有些站不稳，身体摇晃了一下。

"危险！"卷子赶忙上前扶住咲子，好不容易才帮她站稳，心里不禁越来越生气。

"就算是这样，你也不用跟着不吃饭吧！"

"不是挺好吗，至少有个人陪着他！现在不是物资匮乏的年代了，就像这样，全日本到处都是食物，吃都吃不完！"

两个人不约而同地看向路旁的塑料垃圾桶——那里面的一次性碗筷堆积如山。

"就在这样遍地都是食物的环境里……"咲子不知不觉愤愤不平起来，"居然有人因为吞口水也会胖，把自己饿得整晚都无法睡觉……"

"这不就是他的职业吗，是他自己的选择啊。"

"可是他很可怜，看他这个样子，我没办法心安理得地吃东西——就算吃，也是味同嚼蜡。"

无论卷子怎么哄怎么劝，咲子也没有半点跟她进饭店的意思。无奈之下，卷子只能半扶半抱地把她送回公寓。

"哎呀，阵内太太，你今天不是上晚班吗？"

公寓的入口处，管理员小母先生向咲子打着招呼。

"嗯，今天有点事……"

"平时，承蒙您照顾。"卷子寒暄道，管理员点头还礼时却一脸尴尬。两人不明所以，只好略微欠身行礼后，走了过去。

走到房间门口时，咲子突然惊讶地睁大眼睛。房间门口放着两个拉面的大碗，其中一个吃得精光，另一个残留着面汤。而且，面汤里漂着一个沾了口红的烟蒂。

咲子面色僵硬，刚要抬手敲门，转念一想又把手放下，低头找出了钥匙。她猛然推开门，房间里一对男女惊讶地转过头来。一个是阵内，另一个是个身材丰盈的女人。那女人穿着睡裙，外面披着阵内拳击比赛时穿的花哨战袍。从最初的惊讶中回过神来后，女人挑衅似的冲咲子吐了一口烟。

卷子愣在原地，但咲子很快恢复了冷静。她转身把掉漆的托盘和两个拉面大碗拿进房间，双手颤抖地放在他们面前。虽然她的手在发抖，但声音却平静得出奇，不带一丝感情。

"谁吃的？"

那两个人互相看了一眼。

"这拉面，谁吃的？"

"有汤汁的那碗是我的。"那女人毫不示弱地回答道。

咲子默默地把空碗递到他们面前。

"是我的。"阵内不敢正视她。

咲子喉咙深处发出"咕"的异样声音，仿佛是在努力控制着喉咙，让声音尽量显得平静："请你回去。"

听见咲子的话，那女人目光在咲子、阵内，以及卷子脸上转了转，轻蔑地哼了一声。她满不在乎地脱下阵内的战袍，故意不紧不慢地穿着衣服。"我听说你们还没结婚。"女人突然停住手，说道。

咲子没有答话，只是平静地直视着她的眼睛。

这尴尬的场面让卷子有些不知所措，只好四下张望着——玄关的鞋柜上的盆栽已经枯萎，屋里墙上贴着口号和海报。

那女人终于换完了衣服，大摇大摆地走过咲子和卷子身边，走出门去，"咣"的一声关上了门。

"那个人的事——也还算了，"咲子转向阵内，"毕竟是我突然提早下班回来，撞破你们的好事——我会当做从来没发生过。"

"你这是说什么傻话！"卷子看不过去。咲子却飞快地打断了她："卷子姐你不要说话！"她大叫了一句，又一次把空拉面碗递到阵内的眼前。"这是怎么回事？只有这个，只有这个，是我无法原谅的……"

阵内一言不发，只是点上一支烟，深深吸了一口。

卷子在地板上坐下，说："我妹妹，今天在店里晕倒了。"

"卷子姐……"

"就因为你在减重，她不忍看你一个人痛苦，所以也跟着两三天没怎么吃东西。"

阵内不由看向卷子："谁也没要她那么做。"阵内仿佛终于把压在心里的话说了出来似的，又把目光转向咲子，"我不是一直跟你说吗，不用担心我，你想吃什么，自己去吃就行了！"

卷子忍不住脱口而出："那种事情女人做不到的！心里可能也想着背地里吃一些，但是确实是做不到的！"

"卷子姐……"

"你闷在屋里减重，身边看不到吃的，还容易些。但是她在店里，整天对着蛋糕啊吐司啊之类的东西！可是她硬是咬着牙，宁可把自己饿晕也要强忍着，你有没有想过，她这是为什么！"卷子越说越激动，"你觉得自己对得住她吗？做出这种事情来，你就不觉得羞耻……"

"不觉得。"阵内突然冷冷地应了一句。两个人都说不出话来，愣愣地相互看了一会儿，突然脸色一沉，各自转开了目光。

"真是受不了。这大概就是所谓的'自以为是'吧。"阵内说着，随手把烟蒂扔进有汤汁的碗里。烟蒂被汤汁浸灭，发出"滋——"的响声。咲子静静地看着，突然大声笑了起来："是我输了，点数告负。"

卷子惊讶地望着妹妹。咲子泪光盈盈，大颗的泪珠顺着脸颊滑落。阵内重新"扑通"一声躺倒在地板上，背过脸去。此时，他的脸上也写满了难以言喻的悲伤。

卷子把咲子带回家，给她准备了晚餐。可能是终于从一直以来积压的紧张中解脱出来的缘故，虽然不时噎住，咲子依然胃口大开，一言不发地运筷如飞。

卷子被妹妹的吃相惊得目瞪口呆，她默默看着咲子，不由嘟囔了一句："我看还是分手……"

"嘘……"鹰男用报纸遮着脸，偷偷把孩子们赶回自己房间，"去，到那边玩去。"

咲子嚼着饭，看着小孩走出客厅。

"我觉得，还是分手比较……"

"这件事，以后再从长计议……"鹰男打量着咲子的神情，向卷子使了一个眼色。

咲子吃完饭，放下筷子后，卷子再度提起这个话题："……

暂时回国立住，是不是更好些？"

咲子愕然不解："国立？"

"我不是说要你今晚就回去，不是那个意思。"

鹰男也点头："今晚，还是先住在这里比较好。"

咲子目不转睛地看着他们俩。

"我也不是要你马上就做出决定，只是觉得那个人……实在是……"

"卷子姐……"咲子打断卷子的话，"如果是姐夫有外遇……"

"啊？"

"我只是打个比方。这时候，你会想回国立吗？"

卷子无言以对。

"现在已经完全没办法回去了。"咲子冷不防说道，"爸从八年前就在外面另立新家，妈明明心知肚明却只字不提，一副一切如常的样子，继续和他一起生活着。这个时候，要我回那边去，坐在他们中间，我恐怕连饭都吃不下去。"

三个人不由沉默下来，卷子脑海中浮现出父母吃着简单的晚餐的场景：他们共同生活多年的老房子，式样老旧的灯，昏黄的灯光下，两位老人默默喝着豆腐汤……一边吃饭一边看着晚报的恒太郎，不时评论似的"嗯"一声；阿藤给丈夫的碟子添上酱油，再顺手捡起他不小心掉在桌上的饭菜，动作娴熟而自然……

"总而言之，我觉得还是和他分手的好，反正你们也没结婚。"卷子终于忍不住说了出来，"说实话，当初知道他是拳击手，我就觉得靠不住。"

"什么靠不住？"咲子反问。

"职业生涯太短啊。一过三十就不行了，是不是？更不用说，几千个人里才有一个人能够成为拳王……简直和中彩票一样困难。"

"我小时候中过彩票。"

"不是才五百元吗？"

咲子伸手拿了一块腌萝卜，咯吱咯吱地吃了起来。

"即便我能预知未来，知道他肯定能当上拳王，我也还是讨厌他，他今天的做法实在太过分了。"

咲子没有搭腔，只是继续咯吱咯吱地嚼着腌萝卜。

"假如只有拉面的事……或者只有女人的事……假如只是其中一件事的话……退一万步讲……也还算情有可原，但是，拉面和女人，两个错误他都犯了！"

"我觉得吧……"鹰男说到一半又放弃，"还是算了。"

"什么？"

"没什么，算了，不说了……"

"说一半不说了算怎么回事。"

"我还是不说了。"

"你快说吧，已经把好奇心勾起来了……"

卷子不住地逼问着，鹰男这才无奈地说："不是……我刚才听你们说，那个女人——就是他带回家的那个女人，是不是身材很丰满，块头很大？"

"像这样……"

"粗手粗脚，感觉很迟钝，是不是？"

卷子回想着，点点头："说起话来也是慢吞吞的。"

"我多少能够理解……不是，我是说能够理解他是怎么想的了……"鹰男模仿拳击的动作，"说起来你们可能会生气，但是咲子这样体贴周到的女人，对男人来说，反而会更加难以忍受，以至于抑郁难解。"

"但是……"

"先听我说，假设小说家——现实中我不认识小说家，只是想象一下打个比方。小说家不是要写稿吗？如果他老婆偷偷看了之后，帮他把错误的地方都修改了过来，小说家会是什么感觉？我觉得，他会从此畏首畏尾，再也写不出好作品。那种即使老公汗流浃背苦不堪言也照样打着鼻涕泡呼呼大睡的女人——当然，做老公的会骂这种老婆是笨蛋——但在骂的同时，也会暗自松口气，觉得如释重负，比起那种关心体贴、伺候周到的女人，这样的女人反而更能够让男人觉得放松。"

"就算如此，咲子饿得头晕眼花，他自己却在家吃拉面、搞女人，这种事也实在……"

"确实不像话。但话又说回来，男人的心情没办法用道理解释，就是这么一回事。"

卷子沉思片刻："你们说找人调查一下怎么样？"

"调查？"

"对了，正好可以叫那个人……泷子委托的那个信用调查所的……"

"胜又吗？"

"他是不是姓阵内？了解一下他……在这个上面……"卷子也做了个拳击的动作，"到底有没有前途，还有品行如何，各个方面吧。"

"不要！"始终不发一语的咲子勃然变色，大声说道，"你们想都别想，如果你们这么做，我就和姐姐你断绝关系！"

卷子和鹰男面面相觑，像是被咲子剑拔弩张的样子吓到似的，两个人闭上嘴，不再说话。

那天晚上，泷子在图书馆空无一人的阅览室独自加着班。图书馆在晚上会关掉暖气，阅览室内寒气刺骨。她边搓着手边整理书籍，突然听到"咯吱咯吱"的脚步声。

泷子惊讶地抬起头："胜又先生……"

"晚饭，吃了没有？"

胜又从鼓鼓的大衣口袋里拿出装在塑料袋里的面包和罐装咖啡，又掏出个橘子，一个接一个地放在泷子的桌上。从口袋里掏食物的时候，不小心把脏手帕也一并拉了出来，又赶忙慌慌张张地塞了回去。

泷子见状微微一笑，说了声"那我吃饭了"，伸手拿起面包。胜又帮她打开咖啡罐。泷子嚼着面包，胜又顺手拿起桌上的书。

"《漱石全集》第三卷，《虞美人草》。"

看到书名，胜又仿佛有点惊讶。他翻过卷首作者穿着礼服的照片，打开正文第一页。

"真远啊，我们最初是从哪里上来的？"

其中一个人停下脚步，拿手帕擦拭着额头。

"已经全然难以分辨了，但无论从哪里上来都一样，因为山就在那里。"一个四方脸形，体格也方正敦实的男人漫不经心地答道。

胜又生硬又结巴地读着。

棕色软呢帽上翘的帽檐下面，他皱起浓眉，抬头仰望，微茫的春日天空一片湛蓝，仿若一池春水，随时会随风泛起涟漪，比睿山高耸入云，仿佛在向世人挑衅着。

"真是一座顽固到可怕的山。"

泷子啃着面包，听着胜又朗读，不禁失笑。两个人都觉得很滑稽，吃吃笑了起来。

"这就是夏目漱石吗？"

"听你这么读起来，觉得哪里怪怪的。"

"原来'虞美人草'的'虞'是这个虞字，哎呀，一直以来，我都以为是愚蠢的愚。"

"愚蠢的……美人？"

"长得好看往往这里……"胜又指了指自己的头，"……不太灵光，啊，既漂亮又聪明的也大有人在。"

"大致如此。"

"当然也有例外。"

胜又把另一个面包推到泷子面前，泷子拿起面包。

"说起虞美人，据说是人名？"

"是中国历史上的人物……"泷子嘴里嚼着东西含混回答道。胜又不自信地抬眼偷瞄着泷子："加一个草字，是不是就变成植物的名字……"

"真有这种植物的哦。"

"虞美人草……"

"不是有个中国来的女子，拉着好像胡琴的乐器，用很尖的声音唱着：'山坡上盛开着[1]……'"

"……丽春花。"两个人齐声唱了起来。

"啊，丽春花——虞美人草就是丽春花吗？"

泷子边吃东西边唱："山坡上盛开着丽春花。"

胜又底气不足地跟着泷子哼唱着，两个人又一次相对傻笑起来。

吃完简单的晚餐，泷子加班也接近尾声，胜又终于切入正题，说有事想和她谈，问她能不能跟他出去一下。他似乎就是为了这个才专程过来接她。

两个人一前一后离开图书馆。走到公园门口时，胜又停下脚步，催促了泷子一声，自己率先大步走了进去。

泷子心中开始有些不安，便问道："你说有事想开诚布公地谈一谈，到底是什么事？"

胜又没回答，只是神情坚决地继续往前走。

"如果有什么话，就在这里说吧……喂，我不喜欢这样，喂！"

---

1 《虞美人花》，由日籍华裔歌手陈美龄演唱。

泷子伸出手想抓胜又的手，却被胜又甩开，眼看四周越来越暗，泷子几乎要哭出声来："你这样让我很为难……喂！我回去了。"

　　"很快就好了。"

　　"很快就好……"

　　旁边的暗处突然瑟瑟作响，两个人不约而同地转头望去，只见一对情侣正抱在一起，忘我地亲热着。

　　"啊！我……"泷子呆立在原地。

　　胜又停了下来，缓缓从口袋里拿出装着汽油的瓶子，还拿出了火柴。

　　泷子脸色惨白，想大叫"住手，住手"，却叫不出声音。"求、求、求求你。"

　　"不、不、不，我、我非这么做不可。"

　　"求、求、求求你。"

　　"我、我整整一晚没睡，一直在想这件事，除此之外，没有其他办法！"

　　"不、不、不用这么做的！其实……我其实，胜又先生，喜、喜、喜欢……不，学历什么的，其实没关系的，所以，想、想自杀……太傻了。"

　　泷子紧抓着胜又，但胜又一脸莫名其妙。

　　"不、不、不是那个事，不是。"

　　"啊？"

　　胜又把手伸进口袋里掏摸着，拿出皱巴巴团成一团的资料，笨手笨脚地放在地上。泷子看了一眼，不禁"啊——"地叫出声来。从印着"青山信用调查所"的信封里半露出来的，正是恒太郎情妇的户籍复印件，以及抓拍的两个人在一起时的照片，还有其他鹰男要求胜又搜集的资料。

"这件事情，请你当作从来没发生过。"胜又鞠了一躬，"就当你从来没有委托我，调查你父亲外遇的事——一想到我们是因为这件事才开始交往的，我就觉得难受。我把资料全带出来了，一件都没剩……"

"胜又先生。"泷子愕然望着胜又，喃喃地说。胜又以热切的眼神回望泷子的眼眸，在文件上浇上汽油，划着一根火柴，丢在上面。

火焰高高燃起，转瞬间便引燃了周围的枯草。胜又"啊"地惊叫了一声，泷子愣在原地不知所措。几对情侣从黑暗中冲了出来，有人拎着长裤，有人手忙脚乱地扣着衬衫扣子，四散奔逃着。

火势蔓延开来，胜又惊慌失措地脱下大衣，扑打着灭火，泷子也脱下大衣，手忙脚乱地跟着拍打着火焰。熊熊燃烧的火光，映着两人拼命甩着大衣灭火的身影，仿佛一对雌鸟和雄鸟在跳着求偶的舞蹈。好在附近派出所的警察及时赶到扑灭了火，否则后果不堪设想。

这个时候，里见家刚吃完晚饭，卷子正在收拾碗碟，咲子在洗澡。

"咲子，如果要洗头的话，洗发液在洗脸台最下面那一层！"

卷子大声叫着，浴室传来咲子的声音："不用了，我不洗头！"

"如果觉得烫，就加冷水！不用客气！"

卷子大声说完后，又转向正在沙发上休息的丈夫，压低声音埋怨道："你怎么帮着对方说话。"

"因为事实如此嘛。"

"你这样会让她犹豫不决的，在分手这件事上。"

"这又不是你能决定的事。"

"话是没错，但明眼人都看得到，这样拖着，往后肯定没好果子吃的，不如趁现在还没有孩子……"

"你再怎么急吼吼的，她自己……"

"她最好还是回国立，这种事最好还是找爸商量一下比较好。"卷子严肃起来。

"是想指桑骂槐吗？对爸完全不管用的。"

"我不是这个意思……"

"既然她自己都没有分手的意思，你再怎么勉强……"

"但她也不能一直住在咱们这儿啊。"卷子叹了口气。鹰男满不在乎地说："在里面那间小屋将就一下不就行了，地方虽小，只要叫小孩子把他们的破烂收拾干净，至少够睡觉了……"

"但是……就在我们房间的……隔壁啊。"

"隔壁怎么了？"

"倒是也没什么关系……不过，她虽然念书不行，但直觉特别好，哪里不对劲什么的，从来瞒不过她。"

"问题是她不愿意回去，谁也没有办法。"

"你会不会心里不痛快？"

"嗯？"

"好容易下班回到家里，却有外人在——你不会觉得不痛快吗？"

"她又不是外人，家里多个人反而热闹。"

卷子嘟着嘴，把声音压得更低了。"家里有外人在，说话都不方便。"

"说话不方便？你想说什么觉得不方便？咱们又没什么让别人听到就大事不妙的事。"鹰男打量着妻子的神色，"你们明明是亲姐妹，怎么到你这反而像外人，果然像俗话说的那样，'嫁人三年成邻舍'吗？"

卷子正要反唇相讥，电话铃突然响了。两个人互看了一眼，卷子做了个拳击的动作："……会是他吗？"

鹰男正打算接电话，卷子又按住丈夫的手。"你告诉他咲子住我们这儿，暂时不回去……"

鹰男点头，接起电话，对着电话刚说了一声"喂"，背后传来"砰"的关门声，咲子只穿着内衣，围着条浴巾便匆匆从浴室跑了出来。

"这里是里见家。"

"我来接。"咲子上前要从鹰男手上抢过电话，却被卷子合身扑上去挡住了。

"什么！警察局？"一听鹰男这么说，咲子急忙推开姐姐，从鹰男手上抢过电话："喂，他、他出什么事了？"

鹰男从咲子手上抢回电话："喂，什么？竹泽泷子……"

三个人顿时愣住了。

"是我小姨子……"鹰男回答。这一次轮到卷子脸色大变，从他手上抢过电话。"泷子怎么了？"

鹰男又从卷子手上把电话抢回来："喂，什么？在公园里纵火……"

听到鹰男的话，卷子和咲子互望一眼，说不出话来。

鹰男赶到派出所时，只见到泷子和胜又两人被烟火熏得满脸黢黑，垂头丧气地与警员相对而坐。两人腿上放着烧得满是破洞的大衣。他们面前的桌上，一一陈列着烧焦的青山信用调查所的信封，还有熟悉的文件和照片。

两个人羞得无地自容，又是一幅惨不忍睹的狼狈相，不由缩着脖子不敢抬头。值班的警察姓立花，是一位有些上了年纪的中年人。鹰男向他问明情况，恭敬地鞠躬道歉："实在是抱歉。"

"简直是胡闹，要是风势再大一点，扑救都来不及。"

"实在太对不住了。"

立花气愤之情溢于言表："如果全日本的情侣都在公园里放火那还得了？还有警示牌，不是好好地立在那儿吗？这是典型的违犯轻犯罪法的行为。"

两个人愈发瑟缩起来。

"您说得是。"鹰男再度深深鞠躬。

立花又扫了一眼桌上的资料:"而且,烧的竟然还是公司的资料,就更是不像话了。"

"所以我刚才一直在向您强调,是我作为委托人,要求他终止调查的。"泷子插嘴说。

"即便如此,也不能直接在公园,随便浇上汽油就烧吧。"

胜又忍不住抬起头:"我、我不想再继续调查下去了。"

立花愤然地正想反驳,鹰男打断了他的话:"冒昧问一句,警官先生,请问您今年贵庚?"

立花粗声粗气地说:"明年就退休了。"

"家庭……可还算美满吧?"

"既然当了警察,就算是个人生活上,也不能干坏事。"

"虽然说出来很丢脸,但实不相瞒,七十岁的老父——其实是我的岳父、她的父亲,"鹰男冲着泷子努努下巴说,"似乎在外面有情人。"

"七十岁……有情人。"立花忍不住又看了一眼烧得残缺不堪的照片。

"在委托信用调查所进行调查的过程中,该怎么说呢,他们俩确定是司空见惯的'那种'关系,或者说缘分这玩意实在不可思议……"

"啊?"

"再加上——我们觉得即使再怎么挖掘长辈的丑事，对解决事情也毫无益处，所以决定到此为止，当作什么事也没发生……"

　　立花难掩好奇地问："在外面租了房子吗？"

　　"啊，差不多吧。"

　　"看起来是个男孩呢，有没有承认下来？"他探探身子，又看了看桌上的照片。

　　"不，那个……不是我爸的儿子……"

　　"哦，这样啊，那……那个女人那边……"

　　"四十岁……"

　　"原来如此，"立花拿起照片，翻来覆去地看着，脸上露出钦佩的神情，"已经七十岁了，还能有情人……"

　　三个人不约而同地点头。

　　"所以，考虑到这个情况，能不能请你通融……"

　　鹰男向立花递上自己的名片，行了一礼。立花用狐疑的眼神看着两个年轻人。

　　"看你们也不是什么可疑人物，今天晚上就先回去吧，以后要小心！"

　　泷子和胜又老实地点头，鹰男毕恭毕敬地说了声"实在是抱歉"，趁立花没变卦，赶紧带着两个人走出了派出所。

　　立花站在桌前，又一次拿起烧焦的照片看了看，不无艳羡地叹息一声："七十岁了还能有情人呢……"

泷子和胜又在派出所前向鹰男道别，为给鹰男添了麻烦再三道歉。目送鹰男离去后，两人一起前往泷子的公寓。这件意外带来的激动和羞耻尚未褪去，泷子仿佛仍在生气似的快步走在前面，胜又则无精打采地跟在泷子身后，来到公寓门口时，两人停下了脚步。

　　"晚安。"泷子说完，却发现胜又的手指烧伤了，"你的手被烧伤了。"

　　"这不算什么。"胜又把手指放进嘴里吮吸着。

　　"让我帮你擦点药再回去吧。"

　　"不用了。"

　　泷子不由分说地把胜又推向楼梯。

　　"真的……不用了，不用了。"胜又嘴上说着客套话，但还是心头小鹿乱撞地走上楼梯。

　　泷子的房间极端干净整洁，一板一眼毫无生气。泷子叫紧张得浑身僵硬的胜又坐在门口，拿出药箱，自己也在胜又身边坐下，帮他的手指擦药。

　　泷子忙活一阵，抬头一看，对面的穿衣镜映出了两个人的身影，自己仍然是一副烟熏火燎的样子："啊，真讨厌，我……"她慌里慌张地想要站起来，胜又贴着创可贴的手却在此时按住了她的手："就这样待一会儿好吗？"

　　"但是……"

　　"你这副样子，我心里，反而会比较轻松，你太漂亮的话，会让我紧张的……"

"我又不漂亮。"

"你很漂亮。"泷子摇头否认的时候，胜又坚决地重复了一遍。然后，他缓缓摘下眼镜，伸出双手，向泷子凑了过来。

"可、可以吗？"

"啊？"

胜又伸手把泷子的眼镜也摘了下来。

"啊……"

"可、可以吗？"胜又紧张地咽着唾沫。

"……嗯。"

胜又终于鼓足勇气，想过来抱住泷子，却过于紧张，动作也不熟练，总是不得要领。一不小心用力过猛，整个人撞在了泷子身上。

"好痛！"泷子大叫起来。

"啊？"

胜又赶忙放开手，泷子皱着眉说："脚！脚！"

胜又低头一看，发现自己踩在泷子的脚上。

"啊，啊。"

看到胜又惊慌失措地收起脚，泷子不禁笑了出来。笑着笑着，心中泛起对这个单纯的男人的爱怜之情，忍不住忘情地主动抱住胜又。

压抑已久的两人，感情一旦迸发，便如同山呼海啸般涌上心头，再也无法克制。胜又仿佛喉咙被哽住的小狗似的，喉咙里发出"呜呜"声，紧紧抱住泷子，泷子也发出欢喜的声音，伸手搂住胜又的脖子。脚边的眼镜被他们踩扁，压碎，他们却浑然不觉，只顾如饥似渴地拥抱着，双双倒在玄关前的地板上。如果事情就这样顺利进展下去，对他们两人来说，这将是一个值得纪念的夜晚……问题在于，事情偏偏没这么简单。

另一边，从派出所回到家里，鹰男的心情很是愉快。想起泷子和胜又的事，他忍不住笑个不停。想到在派出所连哄带骗把警察也绕了进去，帮助两人完美脱身，让他感到十分得意。

然而，卷子却一脸愁容。客厅的桌上放着为鹰男出差准备的内衣裤和鞋子。

"泷子毕竟是个女人呢。"鹰男把事情的经过简明扼要地说了一遍，卷子不禁瞪圆了眼睛。

"泷子，喜欢上那个私家侦探了？"

"你太落伍了，还'私家侦探'，真让人笑掉大牙。现在叫信用调查所，信用调查……"

"他人怎么样？"

"过不了多久泷子就会带回家里吧。不过，大晚上的，在公园淋汽油烧资料，也实在离谱，不知道该说他们缺心眼，还是想法太古怪。"

"会不会被定罪什么的？"

"这个问题嘛，还好被我这样解决掉了……"鹰男双手合十做了个拜托的动作。"咲子已经睡了？"

"她不在。"

"不在？"

"你刚才不是打电话回来吗？接完电话，我觉得很累，想早点睡觉，等我铺好被子出来一看……"卷子把纸条拿给鹰男，上面用拙劣的字迹写着"晚安，咲子"。

"肯定是因为你一再叫她分手。"鹰男咋着舌头，"这种时候，旁人最好什么都不要说。旁人不乱插嘴，当事人自己会得出结论的。你一个劲地'分手吧''分手吧'念叨，反而适得其反……"

"你没亲眼看见当时那场面，才会站着说话不腰疼。虽然他们还没结婚，但已经生活在一起了，居然让女人出去工作——说白了简直就是小白脸嘛，这种男人最差劲了。"

"你跟咲子也是这么说的？"

"我觉得应该把话说清楚。"

"结果适得其反了不是？"鹰男点着头，对自己的话深表赞同，"如果咲子还爱着他，你这话妥妥地会适得其反的。"

卷子拼命压下内心的不安："你是不是说要住两晚？"

"你是说出差……"

"是去大阪吗？"

"大阪。"

"素色的比较好吧？"卷子问的是上衣的颜色。

"嗯。"

"衬衫是要条纹的还是圆点的？"

"都可以。"

鹰男拿出威士忌，倒在杯子里。

"她难道是回公寓了？"卷子还是放心不下咲子。

"打个电话过去问一下不就行了。"

"她那里的电话还要管理员去叫她，时间太晚了，有点不太方便……"

"其他地方呢，比如国立？"

听鹰男这么一说，卷子也觉得不无可能。她拿起电话，铃声响了好一会儿才有人接。

"这里是竹泽家，哦……"电话中传来恒太郎的声音。

恒太郎刚洗完澡，他一手拿着电话，另一只手拿着毛巾擦着头发和耳朵。

"有电话吗？"浴室传来阿藤悠然的声音。

"是卷子……"

"是找我吗？"浴室的水汽让阿藤的声音听起来有些模糊。

"你妈在洗澡……嗯，嗯……"恒太郎捂着话筒，对浴室大声说，"她说没别的事！她说没事！"

听着父母的对话，卷子确认咲子并不在那里。

"嗯，因为最近流行感冒，所以有些不放心。我们都很好，对，好，那就这样，晚安。"

卷子放下电话。"她没去那里。"

"如果她直接去国立，应该已经到了。现在还没到，可能是

128

回自己家了……啊！"

"怎么了？"

"纲子姐那里。"

"去她那儿的话，应该比我们家能住得宽敞些。"

卷子再次拿起话筒，拨通了纲子家的电话，但响了很久也没人来接。

这时，纲子正在和贞治幽会。两人正在情浓之际，电话铃声突然响了起来。纲子拉开纸门，光着脚，只披了一件睡衣便冲了出来。客厅里一片散乱，吃剩的海鲜锅、双人被、筷子和碟子胡乱扔在地板上。纲子踢开地上横七竖八的啤酒瓶，跌跌撞撞来到电话前时，身体却忽然僵住了，脸上露出胆怯的神色。会不会是丰子打来的，纲子心里有些打鼓。贞治也慌慌张张披了一件睡衣，在纸门内满脸不安地探头张望。

纲子鼓起勇气接起电话，默不作声，只是竖耳听着对方的声音。

"喂？"

"喔，是卷子……"纲子的紧张顿时消除，忍不住长舒了一口气。

"怎么回事？"卷子问。

"没事……这一阵子经常有恶作剧电话。"

"恶作剧电话？"

"所以这种时间听到电话铃声都会心惊肉跳。"纲子向贞治使了一个眼色，"有什么事吗？"

"咲子有没有去你那里？"

"没有啊，没来……"

听到纲子说"没来"，贞治仿佛吓了一跳似的，神情顿时紧张起来，纲子立刻无声地动着嘴唇告诉他："咲子，我妹妹。"

"喂，你旁边有人吗？有客人吗？"

"你在说什么啊，这个时间怎么可能有人在我这儿。"

贞治拉了一条毛毯，盖在纲子肩上。

卷子纳闷地问："你感冒了？"

"没感冒啊，怎么了？"

"因为你的声音怪怪的……"

纲子和贞治互看了一眼，纲子撑起毛毯，如同帐篷一般，示意贞治进来。两个人一边忍着笑，相互咯吱打闹着，一边把脸贴近了话筒听着。

"奇怪吗？"

"和平时好像不太一样。"

"会不会是因为我刚洗完澡的关系？"纲子戳了戳贞治，"咲子怎么了？"

"今天大闹了一通。"

"和那个拳击手？"

"我想说不定她会去你那里，所以就打个电话问问……"

"她要来这里吗？"纲子脸色大变。

"我也说不准，有可能吧。"

"喂喂！"

"如果她去了你那儿，一定记得打电话告诉我一声。"

"打电话，记住了。呃，她如果要来，大概几点来？啊？喂、喂！嗯，啊？啊？"

卷子把咲子晕倒的事跟她说了一遍，纲子边听边焦急地环视屋内。如果咲子要来，必须好好收拾一番幽会留下的残局，但卷子一直说个没完。

纲子对着电话附和着，比手画脚地示意贞治赶快穿衣服回家。贞治却会错意，准备去收拾砂锅，纲子赶忙又比划了一次，叫他赶快离开。

"那实在太过分了！"纲子心不在焉地附和着，"嗯，嗯，我虽然没见过他，但拳击手这职业，一听就觉得……是啊，是啊。那咲子怎么说？是吗？嗯，嗯，那孩子太笨，太容易动感情，从来都是顾前不顾后，付出也得看对方是不是值得啊……那不行……嗯，嗯，她来了我会说的。好，那就这样，我刚洗完澡，还没怎么穿衣服，我怕会感冒，先挂了，就这样。"

纲子终于挂了电话，一放下电话，便赶紧手忙脚乱地收拾起来。

另一边的卷子也一脸不解地挂上了电话。

"难道她自己回家了？"她歪着头纳闷。这天晚上，她为咲子的事担心得一整夜都没合眼。

正如卷子猜测的那样，咲子确实回了自己的家。

她还是放心不下阵内，心中焦虑不安。走到房间门口时，里面并没有亮着灯，屋里一片漆黑。她掏出钥匙开门，走进房间。墙上的海报和口号被撕得七零八落，胡乱散在地上。一片狼藉中，阵内连灯也不开，四脚朝天地呈大字形躺在地板上。

　　看到咲子回来，阵内转过脸去："你回来干什么？你不是都走了吗？为什么又回来？"

　　咲子没有回答，只是呆呆地站在原地。

　　"跟我混在一起没前途的，"阵内斜睨着咲子，"你回去吧！"

　　咲子默默捡起海报和口号，重新贴在墙上。

　　"你走吧！你走！"阵内大叫着，却不由自主地抱住了咲子的脚，像小孩般哭了起来。

　　第二天一早，鹰男提着旅行包正准备出门，嘴里塞得满满当当的宏男和洋子，却抢在他前面匆匆跑出门去。

　　"我走了！"

　　"好！"

　　"不忘说句'我走了'倒还算懂事，但你们老爹马上要出远门了，起码也说句路上小心吧？"卷子对着一对儿女的背影唠叨着自己的不满。

　　"无所谓啦，这种小事。"鹰男边说边穿着鞋子，"旅行包太大了。"

　　"看来得买个小一号的，打高尔夫球的时候能中个奖就好了，比最差的好一点就行。"

"哪有那么走运？"

"后天傍晚回来，对吧？"

"如果有什么事，就找我们部门的袖井，他会转告我的。"

"好，这是感冒药。"

"不用了。"

"那就路上小心……"

卷子哈欠连连地送走丈夫后，便回到客厅，打算收拾一下餐桌，却因为睡眠不足，实在提不起精神。她拿起一片剩下的苹果塞进嘴里，坐在餐桌前的椅子上不想动弹。

邻居家不时传来生涩的钢琴练习曲。还有不知道从哪里传来的洗衣机的转动声、吸尘器的马达声、婴儿的哭泣声。她咬着苹果，听着这早晨特有的噪音合唱，这时，电话铃突然响了。

卷子接起电话，但因为嘴里还还嚼着苹果，一时没来得及说话。

"喂，是我。"电话中传来鹰男的声音。

卷子咬着苹果含混答应着："嗯，嗯嗯。"

电话那边似乎非常嘈杂，听起来像是修路的工地。鹰男为了盖过噪音，自顾自地大声说："我今晚要去大阪出差，但是只要赶得及宴会就没事，我们一起吃午餐吧，吃完饭再去你的公寓，喂，喂……"说到这里，鹰男突然停住，似乎有些困惑地沉默了一会儿，便突然挂掉了电话。

卷子拿着话筒，一时有些恍惚。过了一会儿又突然大笑起来：“原来是打错了，拨错了号码，打到家里来了。真是个冒失鬼，到底在干什么呀！”

笑过之后，卷子伸手重新拿起苹果，赌气似的大口大口地咬着。她一直瞪着电话，但是鹰男却再没有打过来。

卷子平复了一下心情，拨通了纲子的电话。一早便开始收拾屋子的纲子立刻拿起电话。

“哦，卷子啊。咲子没过来。嗯，嗯，我还真以为她会来，大半夜的好一番折腾……”纲子说到一半突然发现自己说漏了嘴，赶忙含混着转移话题，“我都担心死了，下次拜托你可别这样吓我了，嗯，嗯，对啊。”

两人说了一会子话，卷子说：“我待会儿要去国立，你要不要一起去？”

虽然这天早上天空阴得沉实，但中午一过，太阳便出来了，给严冬的天气增添了几分暖意。

国立老家的院子里，卷子、纲子和阿藤正一起腌着白菜，将洗得干干净净的白菜展开，平铺在竹簸箩里晒干，再切成两半，腌在大桶里。阿藤包着头巾，穿着围裙，动作娴熟。砧板、刀子和腌渍桶是阿藤和恒太郎成家时的老物件，五十年的沧桑让它们变成饴糖的颜色，散发着岁月的荣光。

接下来要把切碎的柚子和朝天椒撒在白菜上。“啊，呛眼睛……”纲子用手背揉着眼睛。

“啊，鼻涕，流成河了，哎呀……”

"你怎么瞎胡闹？"阿藤动作娴熟地撒着盐，继续腌白菜，"手摸过辣椒还去揉眼睛。"

"可是妈妈你也会揉眼睛，怎么就没事？"

"年头长习惯了，"阿藤轻轻笑了笑，"妈妈就这么点能耐。"

"姐姐，你现在还腌不腌白菜？"

"会用小桶腌……啊，放这么多辣椒……"

"你看，你又揉眼睛了……"

"你一个人住，还真不怕麻烦。莫非，你是要腌给别人吃？"

听到卷子的话，纲子耸了耸肩："能做给谁吃，不过是孤零零一个人每天粗茶淡饭罢了。"

"真的吗？"

"当然是真的。"

"别得意忘形。"阿藤突然淡淡地说了一句。

卷子认真地注视着母亲的脸："咦？妈妈总是冷不丁来一句，让人惊掉下巴。"

"妈妈一直都是这样。"纲子说，话音未落，便不小心把白菜掉在地上。

"你看你，眼睛光顾着看哪儿呢？"

被阿藤训斥了之后，两姐妹一时陷入沉默，只是默默地干着活。过了一会儿，卷子问："妈，你在我这个年纪的时候，都想些什么？"

"嗯……是啊，在想什么呢？"阿藤手上不停，"每天被各

135

种事情逼得手忙脚乱，根本没工夫去胡思乱想吧。"

"以前的女人，真辛苦呢……"纲子说，卷子也说："我都没见过妈妈有闲下来的时候……"

"确实没有呢……"纲子表示赞同。这时玄关的门铃响了。

"是我们家的吗？""来啦！""是哪位？"三个人同时大声答应着，一个年轻的店员从木门外探进头来。

"我是町田干洗店的。"

"啊，今天准时送过来了。"

"承蒙惠顾！"

"您辛苦了。"

纲子和卷子互看了一眼。

"町田干洗店……"

"还是那边那家吗？"

"一直都是这一家？"

"是啊。"

"町田干洗店。"两姐妹同时想了起来，"就是那家町田干洗店！"

"你记不记得，这个部位长着青春痘的那个人。"

"跟那个谁长得特别像，就是特，特……"

"特？"

"就是那个啊，嘴唇厚厚的，一张有些玩世不恭的脸——穿着白色西装像这样……"纲子做出跳舞的动作，"在什么夜狂热里跳舞的[1]⋯⋯"

"特拉——"

"特拉沃尔塔！"

"费了半天劲，总算想起来了！"

"确实！"卷子也欢呼雀跃，"很像约翰·特拉沃尔塔。"

"就是那家町田干洗店。"

阿藤惊讶地看着她们："那家干洗店怎么了？"

"那个人一定对妈有意思！"

"那时候我虽然是小孩子，但也看得出来！"

"就是吧？"

"嗯！"

两姐妹互相拍着对方的肩膀乐不可支。

"你们说什么呀⋯⋯"阿藤耸耸肩膀。

"每次过来都会赖上半天。"

"在厨房门上，就那么靠着，没完没了地说着老家的事，啊，他是不是有一次还带了栗子过来？"

"对，对！"

"哦⋯⋯"阿藤这才终于想起来，"好像是有这个人⋯⋯"

"那个人已经不在这了吗？"

"可能早就回老家自己开店了呢。"

"町田干洗店！"

1　指《周末夜狂热》(Saturday Night Fever)，1978年由约翰·特拉沃尔塔主演的电影，以其经典的迪斯科片段而知名。

"约翰·特拉沃尔塔！"

两姐妹再度笑弯了腰。

"别光顾笑了，快干活，真不知道你们在帮忙还是在添乱。"

"干着呢！"

"啊，柚子用完了。"

"厨房里还有一个……"

"我去拿。"

趁纲子去厨房的机会，阿藤问卷子："鹰男最近怎么样？"

"就那样吧，还是出轨那档子事。"

"……"

"就在今天，他说要出差，其实根本不是出差。"

"在哪里啊？怎么找不到。"纲子在厨房里大声问。

"冰箱那里，右边的架子上。"阿藤大声回答。

"我隐约能感觉出来，他在外面有人，不过，我什么都没说。"

听到卷子这么说，阿藤点点头："没错，女人只要一说出来就输了。"

这时，纲子拿着柚子走了回来。

"柚子多少钱一个？"

"一百五十元。"

"真贵呢。"

"相当于爸以前一个月的薪水呢。"

"确实……"纲子和卷子对视一眼。

"盐是不是有点少？"

"这次轮到你跑腿了。"

卷子去厨房拿盐时，纲子问母亲："卷子刚才说什么了？"

"嗯？"

"有没有说跟我有关的事？"

"她什么也没说。"阿藤回答后，对着厨房大声问："找到盐了吗？"

"找到啦！"卷子大声回答。

卷子从厨房拿来盐，卖力地往白菜上撒着。

"哎呀，手，手再高一点，离得太近的话，盐会都落在一个地方，要离远一点……像这样。"

阿藤向她示范了一遍，纲子佩服地说："原来诀窍在这里。"

卷子学着母亲的样子，从高处撒着盐。"妈妈，你就没有什么担心的事？"

"你爸的血压吧。"

"只有这个？"

"你们也都长大成人了，做母亲的担心也没有用……"她回望着两个女儿试探的眼神。"除了这些以外，还有什么值得担心的？"

回家的路上，纲子不由叹息："真是让人纠结呢。"

"你说妈妈？"

"爸嘴上说去公司，其实是去那边，妈妈肯定早就心知肚明。然而她完全不动声色，在家里不紧不慢地腌着白菜……"

卷子也点头赞同："反正我是完全比不过……女人到了妈那

个年纪，嫉妒和憎恨之类的感情，会不会就都能看开了。"

"真是厉害呢。"

"完全比不过……"

"姐姐，你直接回家吗？"

"对，傍晚有客人，你呢？"

"我要去买东西。"

两姐妹一起走到国立车站，便分道扬镳了。

卷子所谓的去买东西只是随口找了个托词，她并没有什么特别要去买的东西，只是不想就这么回去。和纲子分开后，她漫无目的地信步在街上走着。

不管卷子怎么努力地想要忘记，鹰男在电话里的声音却依然在她耳边回响着。等她回过神来，却发现自己已经不知不觉走到了代官山，恒太郎的情人所住的公寓就在附近。

"真是的，我到底在干什么啊？"

卷子自嘲似的笑笑，正打算转身往回走的时候，却突然如坠冰窖，呆立在原地。

站在那栋公寓前的不正是母亲阿藤吗！虽然她手上拿着购物篮，用围巾遮住了半张脸。但卷子还是一眼就认出来，在那儿茫然若失地注视着那栋公寓的就是阿藤，绝对不会错。

卷子急忙想找个地方躲起来，但是忽忙之下，不小心碰倒了旁边的儿童自行车。阿藤闻声回头，看到卷子，惊讶地瞪大了眼睛，脸上掠过哀伤和羞耻交织的神情，嘴角露出了羞愧的笑容。她似乎想对卷子说些什么，却突然倒了下去。购物篮里的鸡蛋盒也随之掉在地上，盖子飞到一边，鸡蛋在水泥地上摔碎了，黄色的蛋液四处流淌。

"妈！妈！"卷子几近疯狂地大叫着冲到母亲身边。

来往的路人见状纷纷聚集了过来。卷子叫了救护车，拜托周围的人暂时帮忙照料母亲，自己转身跑向那栋近在眼前的公寓，用力敲着挂着"土屋"门牌的那道门。

"爸！爸！"

隔壁的门开了，一个有些风尘气的中年女人探出头。她头上卷着发卷，似乎刚卸完妆。

"土屋太太好像出去了。"

"那您……"

"一家三口一块出去的，有一会儿了。"

"请问您知道他们去哪里了吗？"

"那就不知道了。"

卷子大失所望，只好跑回母亲身旁。

远处传来救护车的警笛声，越来越近。

这个时候，恒太郎正在附近的一家冷饮店里。这是一家有着落地玻璃窗，充满现代气息的冷饮店，里面熙熙攘攘，满是带着小孩子的年轻父母。恒太郎和友子在一张靠近角落的桌子旁边相对而坐，男孩手拿着冰激凌，正在游戏区玩耍。

"你说有事要告诉我，是什么事？"

"我打算结婚了。"友子看着玩耍的儿子，语气平静。

"结婚……"恒太郎一时说不出话来。

男孩玩游戏机似乎中了奖，兴高采烈地欢呼起来。

"妈妈！爸爸！"

两个人向男孩挥手作答。投币点唱机播放着欢快的音乐。恒太郎和友子相顾无言。

友子对这位年龄相差悬殊的情人依然余情未了。她爱恒太郎，但同时她也清楚，分手在所难免。她苦思良久，终于下定决心。

恒太郎自然深受打击，不过他毕竟比友子年长许多，努力克制着内心波动的情绪。店里播放的背景音乐欢快依旧，他们却只能把哀伤埋藏在心底，静静交谈。

男孩跑向他们，恒太郎注视着友子的眼睛："是吗？那恭喜了……"

友子默默地点头。

或许是感受到气氛不寻常，男孩满脸诧异地看着父母。

纲子跪坐在玄关门口，与气势汹汹杀上门来的丰子互不相让地瞪视着对方。

"我家先生，不会是在您这儿吧？"

丰子拼命地压抑着内心的激动，脸上却控制不住地扭曲着。

纲子心下害怕，但还是努力做出一副和颜悦色的样子："怎么会，您是不是误会什么了？"

丰子试探似的四下打量着玄关："那鞋柜，打开看看的话，我家先生的黑色皮鞋该不会正好就在里面吧？"

"请您随便看，里面虽然有双黑色的皮鞋，但那是我已经过世的丈夫的遗物，还有我儿子的旧鞋子。"

纲子努力压抑着慌乱的心跳。贞治这时就躲在里面的房间里。

"请问您先生穿几号鞋子？"

"我丈夫穿二十五号半，我儿子穿二十六号。"

"是吗，父子俩都是一副好体格呢，我先生虽然个子不矮，但脚却不大……当然这些不用我说，您肯定也一清二楚。"

"您真会说笑，"纲子干笑着，"我怎么会知道？"

丰子突然柳眉倒竖，说了声："请让我看一下。"便要伸手打开鞋柜。

"啊！"纲子顾不上自己没有穿鞋，直接穿着白色布袜便跳到玄关的水泥地上，按住鞋柜门。

丰子一副"你终于露馅了"的神情："你也失去了丈夫，应该能够了解我的心情，了解女人被夺走另一半的痛苦……"

纲子飞快地打断她："但是你丈夫至少还活得好好的，我丈夫却已经死了。"

"人明明还活着，心却跑到了别人那里，这种感觉更难熬。"

"这句话请你对你先生说。"纲子傲气地扬起脸，却突然仿佛被人掐住脖子般惨叫一声——对面的丰子从皮包里拿出一把手枪，正对着纲子的胸口。

"你、你想干什么？"纲子本想质问她，但已经忍不住牙齿打架，腿如筛糠，根本说不出话来。这时，背后的纸门打开了，贞治眼看着事情要不可收拾，赶忙冲了出来，但当他看到手枪，也不禁瞪大了眼睛，一时不知所措。

"你、你别做傻事！"

纲子和贞治都脸色煞白，呆立在原地，一动不敢动。

丰子缓缓扣下扳机，枪口"嗖"地一声喷出水来，淋湿了纲子的衣服。

"水量还挺大，这水枪……"

"水枪……"纲子呆呆地看着丰子手上的枪。

"丰子！"贞治咆哮道，丰子把水枪扔到一边，尖声笑了起来，转瞬间又蹲在地上，放声大哭。

贞治左右为难，不知如何是好。他看看神情恍惚的纲子，又看看另一边泣不成声的妻子，正要出声叫丰子时，客厅的电话铃突然响了。

纲子猛然回过神来，上气不接下气地跑到客厅，拿起了电话。

"喂，哦，是卷子……"纲子拿着话筒，突然脸色大变，"妈晕倒了……喂！"

丰子逃跑似的回家去了。贞治目送她远去后，也走进客厅，但纲子的心思已经完全不在他身上了。

"医院在哪里？嗯，嗯，嗯，为什么不是在国立，而是在广尾，喂？好，我马上就去。"

"你妈妈怎么……"贞治刚一张嘴便被纲子冷冷地打断了："你请回吧。"

"……"

"虽然我并没有说要你保护我——但是刚才如果是真枪，我现在已经没命了。"

"不是，呃……"

"这么长时间，承蒙您照顾了。"

纲子已经不是刚才的纲子，她的语气中带着一股毅然决然的气势，丝毫没有商量的余地。贞治追上去想拉住她，却被纲子用力推开了。

那天晚上，姐妹四个赶到广尾综合医院时，阿藤正在打着点滴。她脸色死灰，完全看不到一丝生气。

姐妹四个满心焦急，却无能为力，只能守在母亲身边陪伴着。这时走廊上传来一阵慌乱的脚步声，鹰男扶着几乎是坠在他身上一般的恒太郎走了进来。鹰男匆忙结束出差赶回来，四处寻找，最后终于在国立老家，找到了喝到酩酊大醉才回来的恒太郎，把事情的经过告诉了他。

卷子冲到父亲面前逼问着："爸……爸，妈妈晕倒的地方，你知道是哪里吗？就是在那个女人、那个女人的公寓前啊，妈妈就站在那里啊！"

第一次看到卷子这么激动，鹰男惊讶地瞪大了眼睛，恒太郎也目瞪口呆。卷子厮打着恒太郎："妈妈早就知道了！你星期二和星期四下午去了哪里，干了什么！但是，妈妈什么都没说……即便她不说，毕竟妈妈也是女人，她拿着购物篮，就那样站在公寓前！爸爸！你倒是说话啊！"

"住手！"

鹰男张开手试图护住恒太郎，但卷子扬起的手还是重重打在父亲的脸颊上。

"你有什么资格跟自己的父亲动手！"

"这不是我打的，是妈妈打的！"

"少说那些自作聪明的话！妈妈并不反对，所以即使知道了也不说什么……"

卷子大叫着打断了丈夫："怎么可能同意！妈妈如果不反对，又怎么会到那个女人的公寓前边站着！妈妈明明是因为嫉妒到极点，生气到极点才说不出来！妈妈得有多寂寞，她一直都爱着爸爸！"泪水从卷子的眼中夺眶而出，"你对得起妈妈的爱吗，爸爸？"

鹰男双手抓着卷子的肩膀："他努力工作，买了房子，把四个女儿养育成人，之后……他没有给任何人添麻烦，只是偷偷享受一点人生的乐趣，就是那样的不可原谅吗？"

"以自己老婆的眼泪为代价去享受乐趣吗？"

"他心里肯定也是愧疚的，祈求着妈妈能原谅他。肯定一直在心里说着对不起，对不起。"

"既然这么愧疚，直接分手不就行了？"

恒太郎始终垂头丧气地一言不发。

纲子看不下去，走到中间把两人隔开，说："别说了！"

"不要在妈枕头边上说这种事！"泷子和咲子也大声说道。
这时，鹰男发现一个大礼金袋从恒太郎手中滑落下来。他捡了
起来，发现厚实的礼金袋背面写着'竹泽'二字。

"爸爸……"

"这个，你代我……"恒太郎的脸痛苦地扭曲着，"她要结
婚了。"

"结婚……"

众人讶异地看着恒太郎。恒太郎跌跌撞撞地走到阿藤的枕
边，对昏迷不醒的阿藤说："老太婆，我被甩了，被别人甩了以
后才知道回来，哈哈。"恒太郎嘴角掠过一丝自嘲的苦笑，但很
快便消失不见，他"呜呜"地哭泣起来。

众人默默走出病房，只留下恒太郎一个人。

来到走廊时，泷子忍不住先开口说道："那个人要结婚……"

姐妹四个不约而同地看向鹰男手上的礼金袋。

咲子打破沉默，喃喃地说了句："和我一样。"

"啊？"

"我要生孩子了。"

"生孩子？"卷子瞪大眼睛，"所以你之前不吃饭，说到底
还是因为孕吐的缘故？"

咲子点点头，卷子不由露出苦笑，鹰男也不禁失笑。

透过门缝，隐约可以看到恒太郎的背影。他低声呜咽着，肩
膀不住地颤抖着。众人默默无言，只是木然注视着老父的背影。

阿藤再没有睁开眼睛，就这样在昏迷中离开了人世。

再没有人去做腌菜了，腌菜桶就那样被弃置在了庭院的角落里。那把握柄发黑的菜刀，阿藤忘记拿回厨房，仍然原封不动地放在压菜石旁边。腌菜桶已经开始朽坏了，在幽幽月光的映照下，显出历经岁月风雨的饴糖色。

恒太郎独自坐在廊檐下，眺望着庭院。"喂。"他叫了一声，没有人回应。

"喂——喂——"

总是像空气般无处不在的阿藤已经不在，竹泽家的火似乎熄灭了。

春风逐渐和煦起来时，人们在一个午后，安葬了阿藤的骨灰。

从举行葬礼到最终下葬的这段时间里，竹泽家的人们也各自经历了一些变化。咲子和阵内结婚了，她肚腹隆起，孕相已十分明显。阿藤下葬这天，咲子已然穿上了孕妇装。泷子和胜又的关系虽然还是老样子，但两人的交往也已不再避人耳目。即使是这天这样的场合，胜又也仍然陪在泷子左右。

然而，最大的变化却是出现在恒太郎的脸上。数月以来，恒太郎仿佛一下老了十岁，走路的姿势也没有了以往的挺拔，本来就寡言少语的他似乎愈发的沉默了。

"那个……"胜又笨手笨脚地舀水冲洗着墓碑，在泷子的耳边小声说话。

"什么？"

"就是，漱石的《虞美人草》的尾巴。"

"尾巴？"

"这就是结尾，你知道结尾是怎么着了吗？"

"不知道。"

胜又小声说："'近来只流行喜剧。'"

安葬完母亲的骨灰，一家人把恒太郎送回了国立的老家。回家路上，鹰男不由喃喃地念叨一句："简直宛如阿修罗啊……"

"什么？"

走在两侧的胜又和阵内转过头，一脸讶异地看着鹰男。姐妹四个在他们前面并肩走着，鹰男看着几个女人的背影，说："女人就是阿修罗啊。"

听到鹰男似乎有感而发的话，胜又问："阿修罗是什么？"

"阿修罗是印度民间信仰一种的神祇，据说表面上标榜着仁义礼智信，但实际上气量狭小，喜欢说别人的坏话，是愤怒和争斗的象征。"

"所以也就是战神对吧？"

胜又也向几个女人的背影看去。

阵内重重地叹息一声："阿修罗吗……"

"男人完全不是对手啊。"鹰男说这句话时，四姐妹同时回头。

"你们在说什么？"

三个男人赶忙说："什么也没说。"

四姐妹再度往前走。

"小心点吧。"鹰男压低嗓门，另外两人深以为然地点点头。

花战

深夜时分，卷子一个人满怀心事地在街上走着。

阿藤撒手人寰已经一年有余，季节轮转，转眼又是一个冬天。街上的行人瑟缩着身子走在寒风里。一名身穿大衣的上班族，弓着背步履匆匆地从她身边走过；一个男人双手拢在和服棉袄袖子里，嘴里呵着白气小跑着越过卷子——然而，一心想着自己心事的卷子，丝毫没有感觉到周遭的严寒。

仿佛丢了魂似的，她不知不觉走进一家通宵营业的超市，手里拎着一个超市的黄色购物篮，茫然地看着货架上的商品。她拿起一个面包放进篮子，又拿了奶油。这个时间，超市内只有几对情侣的身影，没有人特别注意卷子。

卷子茫然拿起一个罐头，却没有放进篮子，而是随手塞进了手提包。然后，再拿了一个，又一次放进了手提包。她走过收银台时，一个年轻男人拍了拍她的肩膀。那男人嘴里嚼着口香糖，脸上的肌肉夸张地扭动着，要她把手提包里的罐头拿出来。

"偷东西……"卷子惊讶地张大眼睛，脸色瞬间煞白，"我偷东西？请你说话注意一些，我带着钱呢……你看，我有钱……我怎么可能做这种事……"卷子正说着，低头看了一眼手提包，两个罐头明明白白地躺在里面。

卷子面无表情地拿出罐头，放在柜台上："我会买下来，多少钱……"

年轻男人没有回答，只是用狐疑的目光上下打量着卷子。

柜台上还有另一个上了年纪的男人，他忙着在商品上贴价格标签，同时一直远远看着卷子和年轻男人对话。

卷子心慌意乱，她怎么也想不明白，自己怎么会突然去偷东西。

"为什么会这样，太、太奇怪了，我怎么会装到手提包里？一定是我一不留神，这种事，我以前从来没做过……我曾经，在公交车上遇到过小偷，被人偷了钱，但是我从来没有拿过别人的东西，真的一次都没有，你们只要打听一下，就能知道……"说到一半，她不由闭上了嘴——因为两个男人看她的眼神明明就是看小偷的眼神。

卷子内心突然涌起一股说不清是愤怒还是悲哀的激动，她忍不住脱口说道："我老公……在外面有女人，之前不知道对方名字的时候还好……自从知道是他的秘书赤木……晚上等他回家的时候，赤木、启子、赤木、启子的名字，简直像石磨一样咕噜咕噜在我脑子里转来转去，我在家里坐卧不安，所以才出来，所以才……求求你们，只是不要问我的名字。"卷子将这些仿佛是憋了很久的话，一口气全说了出来。

说完，一阵羞耻感涌上卷子心头，她低下头看着地面，不敢抬眼。

那个上了年纪的男人对年轻男人扬扬下巴，似乎在说"这次饶了她吧"。年轻男人语气生硬地报上价格，卷子匆匆付了钱，逃也似的走出超市。

走到街角的垃圾堆时，她停下脚步，把超市的袋子扔了进去。购物袋划了一道弧线，落入垃圾堆中，那两罐罐头从敞开的袋口中滚落出来。

终于走到家门口，卷子靠在门柱上长吁一口气。她无力地把头抵在门牌上，呆呆地出着神。

"你怎么了？"身后传来鹰男的声音。

"你回来了。"

"干吗呢，怎么站这儿？"

玄关亮起电灯，门打开了，洋子迎了出来。

"爸爸回来了！啊，妈妈，原来你去接爸爸了。"

"没有，我是因为家里面包吃完了才出去。"

"面包？"洋子露出惊讶的表情——从门里探出头来的宏男嘴上正叼着一片切得厚厚的吐司面包——"这不是还有面包吗？"

"我以为明天早上的面包没有了……原来还有。"卷子突然爆发出一阵大笑，声音异常尖厉。一家人都莫名其妙地看着她。

"讨厌，你们看我干吗？"

"你出去归出去，至少提前说一声去哪儿了啊。"

"哥哥一直嚷嚷着，说妈妈不见了。"

"我什么时候嚷嚷了，你嘴上怎么没个把门的？"

"好了！都几点了！"鹰男把儿女赶进屋里，转头对木然愣在门口的卷子说："你穿这么少傻站着，小心感冒。"

卷子进到家里时，玄关已经只剩下她一个人。她本来想整理一下丈夫的鞋子，然而手却颤抖地连鞋都拿不起来。她蹲在原地，呆呆地注视着丈夫的鞋子。

突然，卷子抬起头。"老公，要不要泡澡？"声音里透出的开朗连她自己都觉得出乎意料。

"今天不用了。"屋里传来鹰男的回答。

好容易平复心情后，卷子走进客厅，再一次审视着丈夫的脸，嘀咕了一句："老公，你到年纪了。"

鹰男满脸诧异，反问道："你在说什么？"

"现在你即使一天不泡澡，身上也不会太脏。以前的话，即使每天都泡澡，衬衫的领子总也不见干净，鞋垫也总是油乎乎地发黏……"

洋子打断了母亲的话，插嘴说："因为爸爸是个大汗脚。"

"别人吃东西的时候，你们偏偏讨论什么鞋子。"宏男抱怨说。

"你一个男孩子，这点承受力都没有，以后怎么出人头地？"

挨了鹰男的教训，宏男噘起了嘴。

"我根本就不想出人头地。"

"再过五年，你的想法就该大变样了。"

"赶紧去睡觉，小鬼们！"

"快被你们麻烦死了，快去二楼！快去！"鹰男催促着一对儿女，"这么晚了还吃那么多面包，都快把你老子吃空了。"

"咦，"洋子仿佛突然想起来，"妈妈，你不是去买面包了吗？"

"……我是去买了，但超市已经关门了。"

"哪一家超市，是丸……"

卷子没有让洋子说下去，就问鹰男："要喝茶吗？"

"车站对面的超市，这会儿应该还开着吧？"

"你爸爸的茶杯……"

卷子为了不让洋子继续说下去，转身往厨房走去。这时电话铃声响了，一家四口不约而同全都看向电话。

洋子指着电话："会是谁打来的，猜一猜？"

"打错的电话！"宏男回答。

"我猜应该是某个平时难得打电话来的人。"

卷子脑海里浮现出那两个超市的男人，脸上瞬间毫无血色，她跑上前去想接电话，但已经被鹰男抢先一步。

"这里是里见家，我妻子……她在……"

卷子瞬间有些喘不上气。

"请问您是哪一位……哦，国立的都筑太太。"

卷子的手紧张地颤抖着，她从鹰男手中接过话筒，胆战心惊地放在耳边。

"是我爸家的邻居……"卷子用力抓着话筒，"喂，我爸怎么了……啊？失火……您说失火……是指火灾吗？然后呢？"

电话是国立娘家的邻居打来的，国立老家发生了小火灾，幸好及时扑灭，只烧掉一小部分自家房子，但是据说家里已经被水泡得一片狼藉。恒太郎虽然平安无事，但毕竟年纪大了，这时候想必仍然惊魂未定。

鹰男和卷子互相看看对方，都觉得这时应该先通知其他的姐妹。卷子立刻拨了纲子家的电话，但没有人接。

这时，纲子正和贞治在一起。因为丰子曾经找上门来纠缠，这一年来，他们数次试图分手，但都未能成功。就这样拖拖拉拉、藕断丝连，直到现在仍然保持着关系。

电话铃声响起时，纲子本想去接电话来着。但看到还来不及收好的火锅、勺子、碟子横七竖八地扔在客厅里，就也懒得出去了，再加上想起身上未着寸缕，更是打消了去接电话的念头。纲子犹豫一下，决定忽略掉正在丁零作响的电话，"啪"的一声关上纸门，重新回到情人裸露的怀中。

卷子当然不可能知道这一切，她有些意外地挂上了电话。

"大姐没在家？"

卷子点点头，又一次伸手去拨电话。

"泷子家的电话……是多少来着……"

"我来打吧，你赶快去收拾一下准备出门。对了，我是不是也该去？"

"一去准又得熬通宵，你明天还要上班呢。"

"话虽如此，但是……"

"又不是房子烧没了，万一有什么事，我再打电话给你。"

卷子说完便慌慌张张地要离开客厅，鹰男叫住她："喂，钱，你那儿够不够？"

卷子从鹰男手上接过钱包，又叮嘱道："你再帮我打给大姐，还有泷子和咲子……千万都要通知到，否则以后又有的吵了。"

鹰男点头答应，等卷子出门后，便拨了纲子的电话。

听到电话又响了起来，纲子不能再置之不理。她从被窝里爬出来，心里嘀咕着拿起电话。

"噢，原来是鹰男啊……"

贞治也跟了出来，纲子动着嘴唇，无声地向他说了句"是我妹夫"，便又转向电话问："发生什么事了，怎么这会儿打电话……"

"国立的老爷子那边，说是失了点火。"

纲子吓了一跳："烧起来了吗？"

"倒是没有惊动消防队，但听说整个家都泡了水。"

"怎么会突然着火的？"

"听说是躺在床上抽烟引起的。"

"躺在床上抽烟！"纲子抢过贞治叼在嘴上的烟，伸手在桌上的烟灰缸里捻灭，"我就知道会出事，所以妈妈去世时候我就说还是跟人一块住的好，他还说一个人没关系……爸爸实在太顽固了。"

纲子看着贞治叹了口气，虽然依依不舍，但还是答应这就动身去国立，然后挂上了电话。

这天晚上，泷子和胜又约会来着。他们一起吃饭，又看了电影，与平时的约会相比，这一天格外的奢侈。他们看的电影是《洛奇》。电影散场后，胜又把泷子送回公寓。不知道是不是受了电影的影响，胜又心中充满兴奋，暗自决定今晚要孤注一掷。他模仿着拳击的动作，击打着栏杆，发出巨大的声响。泷子瞪了他一眼，"嘘！"地示意他安静些，胜又不由又缩起了脖子。

"晚安。"

泷子打开门，向胜又道别。但临进门时又迟疑了起来，她心中天人交战，想邀请胜又进屋，但又知道这样不行。

两个人深情地对视一眼，面对泷子直直望向他的目光，胜又又退缩了。

但是，当泷子再一次对他说"晚安"的时候，胜又紧张地咽了口唾沫，鼓起勇气问："还、还是不行吗？"

"不要用'不行'这个词。"

"……"

"又不是胜又先生不行，是、是我太缺乏女人的魅力了。"

"不，不，那次是……"

"那次的事，不要再说了。"

他们第一次相拥时，或许是过于紧张的缘故，两人没能顺利进展下去。从那以后，胜又便再不敢越雷池一步。看到胜又为了掩饰窘态做出拳击的动作，泷子移开视线："如果还是不行……"

"你也用了'不行'这个词。"

"啊……如果下次还这样，我们……可能真的不行。"

"下次……"

"啊……但是，今天……"

"泷、泷子，你今晚不就是这么打算的吗？你请我吃烤肉，又去看这个……"胜又对着泷子手上的电影宣传单作势出拳。

胜又一语中的，泷子本来确实也打算在今晚孤注一掷的，但事到临头却又退缩了。心底的羞怯被人看穿，泷子不由语气粗暴起来。

"你、你太失礼了，我……我才没有，你在说什么啊！"

这时候电话铃响了。

"来了，来了！我马上接。"泷子慌忙冲进屋里。

"我是竹泽……哦，姐夫！国立的爸爸家……失火？"

胜又垂头丧气，但是泷子早已把他的事情完全抛在脑后，她紧握着电话："那爸爸没事吧？哦……"她松了口气，"好，我马上过去。啊，对了，你有没有通知咲子？"

咲子和阵内趁结婚的机会搬了新家。新家是一栋崭新的高级公寓，装潢颇具几分暴发户的恶趣味。家里的各项陈设都是新买的，墙上满满地挂着婚礼的照片、婆婆真纪抱着婴儿在神宫祈福的照片、阵内成为拳王时的照片，还有阵内的拳王勋章和奖杯，摆得满满当当。

咲子穿着睡袍，正在为儿子冲奶粉。阵内穿着拳击裤蹲在地上，正组装着一个电被炉。

"这栋公寓有暖气设备的，根本不需要电被炉的。"

"我老妈在乡下待习惯了，不挨着被炉就会觉得不暖和……装好了！老妈！装好了！装好了！"

阵内想把被炉搬出去，却撞在了门上。

"你看！我早就说还是在妈的房间里装比较好。"

咲子嘴上数落着阵内，但脸上带着笑意。自从知道咲子怀孕以后，阵内一下子振作起来，刻苦努力之下终于拿到冠军。两人顺利完婚后，阵内的母亲也依着咲子的提议，从乡下搬来和他们同住。由于母亲阿藤去世，咲子无依无靠，对生孩子的事情也心里没底。幸好有阵内的母亲把她当做亲生女儿般悉心照料，最终咲子顺利生下一个男孩，取名为"胜利"。阵内自此洗心革面，之前动不动就怄气闹别扭的阵内，变成一个体贴母亲的孝子、疼爱儿子慈父。他棱角尽消，放松地享受着温馨的家庭生活。对丈夫的转变，咲子也是看在眼里，喜在心头。

看着在婆婆真纪的房间围坐在被炉前的母子俩，咲子不觉再次露出微笑。这时电话铃响了，胜利被铃声吵醒，放声大哭起来。

"啊……啊，好不容易睡着了……"

"最好去买一个这样的……"阵内两手做出一个盖起来的动作，"盖在电话上，啊，我来接，你去看儿子。"

"我来照顾吧。"真纪起身。

"老妈，你不用动了。"阵内飞快地站起来。

"妈，你不用管……"咲子把电话给了丈夫，冲到胜利身旁，把他从婴儿床上抱起来，奶瓶塞进嘴里时，胜利立刻不哭了。

"我是阵内，哦，姐夫啊……咲子在的，啊？什么！"

咲子听着阵内说话的声音，抱着胜利来到客厅。

"说是国立你父亲那里失火了。"阵内说。

真纪闻声出来，这时赶忙从咲子手中抱过胜利。咲子满脸焦急，上前接过电话。

咲子赶到国立家中时，骚动已经平息了。

庭院里堆着烧焦的家具，晾着泡了水的被子。榻榻米也被拆了下来。檐廊玻璃窗上的玻璃碎了，窗户摇摇欲坠，只能关上遮雨窗暂时将就一段时间。

"害我白担心一场，房子这不是还好好的嘛！"匆忙跑进玄关的咲子抱怨道。

泷子正好拿着抹布走出来，鄙夷地看了一眼打扮得花枝招展的咲子，出言讥讽道："要烧完了就不只是这么点事了。"

泷子穿着卡其色的夹克衫和长裤，头发也用丝巾扎了起来，显得十分利落。

"泷子，这是你的吗？"

咲子看着放在玄关水泥地上的长筒雨鞋，忍不住笑出声来。

泷子生气地说："有什么好笑的，你一身这样的打扮跑来火灾现场才奇怪吧？"

"姐姐她们还没来吗？"

"去邻居家打招呼了。"

这时，门外传来邻居的家庭主妇富子小声说话的声音。"其实这不是第一次了，之前有一次我还奇怪来着，怎么有股焦糊味儿，就问我们家儿媳妇，是不是忘了关火把锅烧焦了，哎呀，这样说起来好像背后说闲话似的……"

"我爸什么都没跟我们说过……原来有这种事……"

"我们也一直不放心来着。"纲子和卷子纷纷说道。

"让老爷子一个人生活，确实有点难为他了。"

"我们也劝过他，可是磨破嘴皮都没用。"

听到纲子的辩解，富子仿佛终于等到机会似的，赶紧说："要是真的酿成了火灾，左邻右舍都会受连累……"她正说着，突然看到咲子停在门外的汽车，忍不住赞叹起来，"哎哟，好高级的车子……"富子走进大门，做着拳击的动作，"咲子真是嫁对人了呢。"

"托您的福，这阵子状况还不错……不过，干他们那一行，大起大落也难说得很。"

"落下去之前赚的就已经够一辈子花啦。泷子呢，还是在图书馆……"

"对，还是在那里马马虎虎将就着。"

卷子话音未落，富子注意到了站在玄关的泷子和咲子，慌忙点头打招呼，虚情假意地说："你们姐妹几个都过得不错，所以……老爷子的事也……对吧？"

"我们几个会好好商量的。"

"那就拜托了。"

"给您添麻烦了，实在是抱歉。"

"那改天再聊。"

站在玄关的两姐妹也和纲子、卷子一起恭敬地深深鞠躬。

"晚安。"富子客气着走远。姐妹四个你看看我，我看看你，脸上的表情仿佛都在感叹：终于把她打发走了。

"姐姐你们也真是不知道省事，我原本打算把你们都接上再一起过来的，结果你们已经出门了。"咲子说。

纲子和卷子还没应声，泷子已经抢先嗤之以鼻："坐电车明明比开车快多了，你要是立刻出门刚好来得及赶上末班车，结果呢，你最晚才到。"

"家里有孩子，哪有那么容易说走就走，最起码得先把喂奶什么的料理好吧。"

"我看你时间都是花在打扮自己上了吧？"泷子语带挖苦地说。

咲子嘟囔了一句："谁像你，穿得跟去鱼市大采购似的。"

"你说什么？"泷子闻言不依不饶起来。姐妹四个就她一个人一副如临大敌的打扮，这让她浑身不自在之余，心情也急躁了起来。

"你刚才说什么？有话就说清楚。"

"你们两个别吵了。"

"现在不是吵架的时候，家里没出大事已经是万幸了。"

卷子担心恒太郎会听到。"爸爸会听到的……来，进去吧。"

纲子、卷子和咲子三人正准备进门。"等一下，"泷子拦住她们，"我觉得还是直接把话说清楚的好。"

泷子看着满脸讶异的三人，继续说道："爸爸……就是因为我们开不了口，一直这样含糊不清，所以才拖成了今天这样的地步，这次干脆……"

"把什么说清楚？难不成要说他自以为很硬朗，但毕竟年纪不饶人，已经有些老年痴呆了？"

"咲子……"

"爸会听到的。"

"老年人，因为我跟老年人一起生活，所以最清楚，要知道他们第一次失禁的时候……"

"失禁？"泷子问。

"就是尿床啊……这种难堪事会让他们深受打击，甚至因此万念俱灰上吊自杀也不稀奇。"

卷子忍不住推了咲子一把，表面上却故作开朗地大声说道："哎呀，冷死了，冷死了。快点把门关上，进屋，都进屋里来。"一边说一边还煞有介事地吸着鼻子，不由分说把三个姐妹推搡进屋，自己走在最后，用力把门关紧。

恒太郎穿着睡衣，坐在劫后余生的皱巴巴的被褥上，茫然看着庭院。屋里的景象让姐妹四个再一次惊讶地瞪大了眼睛——水桶歪倒在地，所有的东西仿佛都经历了一场水灾，一片狼藉的屋子里，墙上挂钟的嘀嗒声显得格外刺耳。

"又不是把房子烧掉了，四个人都跑回来干吗。"恒太郎声音干涩地嘟囔着，目光仍然看着庭院。

"爸爸……"泷子正想说话，卷子戳了她一下以示提醒。

"好疼！"

"爸爸，"卷子语气开朗地说，"现在终于体会到妈妈的好处了吧。"

恒太郎没有回答，却终于转过头来，看着几个女儿。

"妈妈总是会预先在烟灰缸里放些水……"

"就是，"纲子接口道，"客人离开后，也会一个接一个地，像这样摸着检查坐垫。"说着，她也学着记忆中母亲的样子伸手轻轻按着被子。

"还有每次爸爸上完厕所，妈妈都会去看一下烟蒂有没有捻灭。"

"还常说'一根香烟，火灾之源'。"

"明明是'一根火柴'。"泷子插口道。

"是烟。"纲子一脸认真地纠正道。众人想起阿藤，不禁陷入沉默，挂钟的嘀嗒声回荡在屋里，仿佛也跟着哀伤起来。

"还是男人死在前边的好，否则……"恒太郎突然毫无预兆地说道，边说边站起身来往外走，"男人真应该比女人死得早一些啊。"

泷子对着恒太郎离去的背影叫了一声："爸，我有事想……"

卷子飞快地打断她："明天再说也来得及。"

"爸你要睡哪里？"咲子问。

"那里，客房……"

"被子呢，都泡水了吧？"

"我会拿客人用的被子。"

"我去……"卷子起身想去帮忙。

"不用，不用了。"

"我来帮你拿。"

"我说不用就是不用。"恒太郎语气坚定，说完便走了出去。

姐妹四个望着老父的背影，不由纷纷叹息着。

"太逞强了。"卷子生气地说，纲子哑然失笑。

"有什么好笑的。"

"因为最像爸的人说这种话。"

姐妹四个又一次埋头收拾起来。

客房里仍能不时听到女儿们的说话声。恒太郎把头抵在柱子上，闭上了眼睛。自我厌恶的感觉在他心里翻涌着。想到自己年老力衰，老伴又撒手西去，作为一个男人却毫无用处地苟延残喘着，让他觉得无地自容。他抬起头，用力撞向柱子。和疼痛一起涌起的，还有那压在胸口的无尽哀伤。他闭上眼睛，重重地叹了口气，腿一软，瘫坐在榻榻米上。

时钟转到了深夜的位置。姐妹四个仍在全力以赴地收拾着烂摊子，时不时地叹息着。

"一、二、三、四……一张榻榻米一万元……那差不多得要六万元。"

咲子暗自盘算着。泷子见状，毫不留情地责问起来。

"咲子，如果你要做什么，拜托你先和大家商量。"

"什么？讨厌，我又没说要一个人做，拜托你不要疑神疑鬼。"

"我是在替你担心。你老公顺风顺水的时候固然不错，万一输了呢。"

咲子满不在乎地说："人生苦短，及时行乐，这样不是很好吗？"

"我之前去看了《洛奇》，"泷子向卷子和纲子比划着拳击的动作说道，"就是这个。"

咲子在一旁插嘴说："那个洛奇可是个超级疼老婆的人。啊，胜又哥哥——信用调查所先生最近还好吗？"

泷子对她的调侃置若罔闻："洛奇本来一贫如洗，后来一举成名变成拳王，就得意忘形，变得爱慕虚荣，花钱如流水。买了一栋暴发户式的大房子，又买了车子，还买别人根本不需要的高级手表送人，就连狗也戴项链，转眼间就把钱花光了……"

"但总比那些不知道自己该干什么，整天犹豫不决的人活得更有人样。"咲子还以颜色，泷子顿时柳眉倒竖："你在说谁？"

咲子一脸无辜。

"剩下的明天再说吧？"

"实在是干不完了。"

纲子和卷子不约而同地停下手。

"今天先睡吧，啊，要不先泡杯茶喝？"

但是泷子依旧不依不饶："你刚才在说谁？谁犹豫不决……"

"你们两个都别吵了。"

"如果要吵架，你们还是回去吧。"

"做妹妹的真是无忧无虑……"

"现在最紧急的是爸爸接下来的生活怎么安排，你们倒好，居然有闲心说什么洛奇、洛克希德。"

泷子气不过："你们自己还不是在说俏皮话。"

咲子探过身去，说："那你们是怎么考虑的，我来听听做姐姐的有什么高见……"

"这个嘛……"

"那……"

纲子和卷子相互看了一眼。

"总得给邻居个交待，至少不能继续这样下去。"

"那就是说，现在的问题就是谁把爸爸认领回去喽？"

"或者说谁搬回来，跟爸爸一起住。"

"不好意思，那我肯定没办法。"咲子抢先说道，"我上边有婆婆，下边有孩子。"

"这里倒是不缺房间。"泷子说。

"要说宽敞，最有条件的还是纲子姐吧。"

纲子慌忙说："我那里可不行，爸爸这样阴着脸在那儿一坐，学插花的学生们都不敢上门了。"

"学插花的学生啊……"卷子看着纲子话里有话地说。纲子也回瞪一眼。

咲子眼神闪烁地在两个人脸上扫了一圈："原来还有男学生。"

"当然有，"纲子说，"不管是学三味线还是学茶道，全都是女生可不行。班上有男学生——哪怕只有一个也好，女人才会打扮得花枝招展来听课，这是人之常情。"

"纲子姐，你在冒汗。"

被泷子突然袭击，纲子顿时结巴起来："我这不是眼看就到更年期了吗，现在动不动就会流汗。"

"完全看不出来呢。"卷子笑着说。咲子再次突然插嘴说道:"如果在光线比较昏暗的地方遇到,反而是泷子看起来更显老呢。"

纲子瞪了咲子一眼:"你怎么能对恋爱中的女人说这种话。"

"实话实说嘛,如果水分能挤出来比比的话,绝对是纲子姐更水灵。"

"又不是萝卜泥……"

"说到萝卜……"纲子拼命想把话题从自己身上转移开,"上次有人送我一种鼠萝卜[1],那种干瘪的萝卜还真的是鼠灰色的,没有什么水分,但是有点辣……"

泷子愈发怒不可遏:"所以我自然就是鼠萝卜了?"

纲子不明所以:"味道很不错啊,加在荞麦面里当调料刚刚好。"

"信用调查所先生搞不好也会这么说,'看起来不怎么样,吃起来味道却很好……'"咲子再次插嘴调侃。

泷子忍无可忍,用力推了妹妹一把。卷子和纲子看不下去,想劝开她们,但泷子甩开她们的手,抓着妹妹:"这种下流笑话,回你自己家说去!"

"我本来也没说自己家有多上流啊。"咲子也毫不示弱地还手。

"你们都给我住手。"

纲子和卷子终于把两人拉开了。

泷子狠狠地瞪着咲子:"咲子,你到底是来干什么的?七十

---

1 一种形状粗短,但底部细长形似鼠尾的萝卜,以坂城町所产最为著名。

岁的老爹家里着火了，你带着钻戒来干什么？"

"戒指拿不下来啊，呵呵，生完孩子以后我变胖了。"

"唉，姐妹多了，难免脾气有好有坏，真是难相处。"纲子夸张地叹着气。

"谁好谁坏啊！"

泷子又想不甘示弱地冲上去时，墙上的挂钟响了——已经深夜两点了。

姐妹四个不约而同地望着墙上挂钟。几个人实在是累坏了，只好决定暂时不再继续收拾，先在客厅里胡乱躺下将就着睡一会儿再说。

虽然躺下来了，但因为过于疲倦，反而久久不能入睡。姐妹四个都睁着眼睛，看着天花板。

"如果没有那件事，不知道妈妈现在会不会还活着。"泷子打破沉默，幽幽地念叨一句，却没有人应声。

那天母亲站在父亲情妇的公寓前，用围巾遮住脸的样子再一次浮现在卷子的眼前——她看到卷子，露出难为情的笑容，随即昏倒在地。

"如果爸爸没有外遇，妈妈也就不会在那样的大冷天里，倒在那个女人的公寓前……"泷子喃喃地说着，话语里不时夹杂着叹息。

妈！妈！——卷子看到阿藤昏倒在地上，立刻冲了过去。鸡蛋从阿藤手中的购物袋里掉落出来，摔破了，黏稠的黄色液体在地面上流淌……

171

"不过是阳寿到头了，即使没有发生那种事，妈妈也会先走，留下爸爸一个人——都是命中注定。"

纲子的话更像是在说服自己，其他人也都闷不吭声。

"那个女人，我忘了叫什么名字……就是爸的……"咲子问。

"友子，土屋友子。"

"他们完全没有来往了吗？"

"对方已经再婚了，怎么可能还有来往。"

"带着那个小男孩改嫁吗？那小孩子叫什么名字？"

"叫什么来着，那时候还记得的。"

卷子回想起遇见土屋友子和她儿子那天的情景。那是什么时候来着？男孩踏着滑板从卷子、纲子和泷子三人面前溜过。友子和卷子迎面相遇，四目相对，然后友子微微欠身，擦身而过……

"真是想不明白。"泷子深有感慨地说，"我还以为至少爸爸这样的人，是绝对不会做那种事的。"

"爸爸很久以前也外遇过一次。"纲子说。

其他三个人"啊！"的一声惊叫起来。

"我啊，"纲子继续说道，"本来都把这件陈年旧事忘得一干二净了，前一段时间不知怎么突然又想起来。那时候战争刚结束，爸爸在一家生产铝制品的公司帮忙，那段时间爸爸手头很宽裕。"

"那时候我还没出生呢。"泷子插了一句。

"……差不多就是你出生前后。那女人老公死在了战场上，她自己在黑市开了个小餐馆维持生计……"

卷子顿时睁大了眼睛："是不是穿得很花哨的那个女人？"

"你也发现了？"

"我半夜起来上厕所的时候，看到妈妈居然在推石磨——把乡下寄来的小麦用石磨磨成面粉。咕噜咕噜，咕噜咕噜，咕噜咕噜，咕噜咕噜。那时妈妈的表情好可怕，虽然我当时还是个孩子，但心里也清楚地明白：啊，爸爸又去那个女人那里了……"

我老公……在外面有女人，之前不知道对方名字的时候还好……卷子脑海中盘旋着自己在超市偷东西被抓住时解释哀求的言辞……自从知道是他的秘书赤木……晚上等他回家的时候，赤木、启子、赤木、启子的名字，简直像石磨一样咕噜咕噜在我脑子里转来转去，我在家里坐卧不安，所以才出来，所以才……卷子哀求超市店员不要问自己的名字时，石磨那悲哀的声音仿佛就在她耳畔回荡着。

黑暗中，卷子无声地叹了口气。这一晚，看来又是一个不眠之夜了。

这个时候，在里见家里，鹰男坐在电视机前的沙发上睡着了。电视仍然开着，桌子上放着喝到一半的威士忌。电视节目早已结束了，屏幕已经变成一片雪花，伴随着嘈杂的噪音，在一片黑暗中闪烁着。

起来喝水的洋子打开客厅的灯，关上了电视。

"哦，洋子啊。"

"妈妈一不在家，你就这样。"洋子捡起散落在地上的花生壳，"爸爸你吃的满地都是花生壳，以后直接买花生米吧。"

鹰男睡眼惺忪地看着洋子。这时，宏男手里拿着啤酒和鸡腿，蹑手蹑脚地从厨房溜出来。

"哥哥！"洋子大叫一声，把宏男吓得愣在原地。

"妈妈不在家你就乱来！"

"你这混小子！"

洋子和鹰男异口同声地说道，宏男啧啧舌："我真是倒霉。"

"拿过来。"鹰男指指桌子，"你今年几岁了？"

"不要明知故问嘛。"

"这种东西，你喝完还怎么读书？"

"总好过吸强力胶[1]。"

鹰男不禁苦笑，他起身走到碗橱前，拿出三个杯子。

"把啤酒打开！"

两个孩子面面相觑，鹰男神情严肃地帮他们倒了啤酒。

"只能喝一公分。"

他帮宏男倒了半杯，为洋子倒了少许，把杯子递给他们，三个人默默喝干了啤酒。

---

1 即通过嗅吸胶水、汽油等物质中的挥发溶剂，以产生暂时的快感，有一定的成瘾性，并且极其危险，易致窒息、器官衰竭等。上世纪中叶曾在东南亚等地泛滥，甚至成为台湾青少年首要的滥用药物。

"如果妈妈死了，我们家就像是这种感觉吗？"洋子唐突地问。

"啊？"鹰男有些意外，"你这么说，小心你妈妈变成鬼也要来找你。"

"她怎么可能死？"宏男耸耸肩，"不管是地震还是火灾，她绝对是活到最后的那个。"

"妈妈可是很顽强的……"

洋子笑着去厨房拿下酒菜。宏男看着她的背影小声嘟囔一句："真受不了。"

鹰男忍不住严肃起来："你要小心，女孩子可是比大学联考更麻烦。"

从厨房回来的洋子依旧笑容可掬，看不出她有没有听到两个男人的对话。"不知道妈妈现在是不是已经睡了。"

天快亮的时候，咲子开始发出均匀的鼻息，其他三个人依然辗转难眠，望着天花板。令人窒息的寂静中，卷子重重叹了口气。

"你的叹息还真大声。"纲子说。

"鼻梁高的人，叹息也会比较大声。"泷子也小声说道。

"我还是第一次听到这种说法，"纲子戳戳卷子的被子示意她，"你看。"说完转头看着咲子，泷子也看着熟睡的咲子。

"她还真是无忧无虑。"

"她要给儿子喂奶，又要照顾婆婆，肯定累得够呛。"

听到卷子这么说，泷子转过脸去："既然这样，干吗找她来。"

"你说话不要这么刻薄好不好。"

"毕竟是亲姐妹……"卷子突然打住，"嘘"了一声，竖起耳朵听着。

外面传来地板吱呀作响的声音，接着是厨房门打开的声音，突然"咣当"一声巨响。卷子、纲子、泷子三个人立刻爬起来飞奔到厨房，打开电灯，看到身穿睡衣的恒太郎弯着腰僵在那里。他脚边掉落着一个摔碎的酒瓶，厨房里弥漫着酒香味。洒在地上的酒流到三姐妹的脚下，沾湿了她们的足底。

恒太郎没有解释，只是默默弯下腰，准备收拾四下散落的玻璃碎片。卷子觉得心里有什么东西破裂了，情不自禁地上前推开父亲。

"爸，这里是你的家啊！如果睡不着，想喝酒，为什么不光明正大地开灯喝？我……不想看到你现在的样子。"

被推到一旁的恒太郎没有动弹，像尊塑像一样一动不动地蹲在那里。

泷子厌恶地抬起被酒沾湿的脚："果然，爸爸一个人住还是太勉强了，"她故意做出就事论事的口吻，"要是再不小心来一次火灾，恐怕不是向邻居道个歉就能解决的了。毕竟这里不是郊区的独栋别墅。"

"我戒烟总可以了吧。"恒太郎毫无预兆地蹦出一句。

"戒烟……"

三姐妹张口结舌。

"我戒烟，这样你们就不用担心了。"

"爸爸！"

恒太郎把杯子重重地放在地板上，推开三姐妹，走出厨房。

"连脚也不擦就……"

泷子叹着气，用抹布擦拭父亲留在地板上的湿脚印。纲子皱着眉："你也先把自己的脚擦干吧。"

"啊，一股酒臭味。"

"抹布要拿去浴室拧干。"

泷子出去后，纲子打开厨房的柜子翻找着："不知道家里还有没有酒……"

"你要拿去给爸爸喝吗？"

"这样一闹腾，爸爸肯定更睡不着了。"

卷子探头看向柜子，看到里面居然有泡面的袋子，不禁惊讶地瞪大了眼睛："有泡面。"

"他以前从来不吃这东西……"纲子叹着气说，"我觉得他这样很可怜，虽然这么说很对不起妈妈，但是如果他有交往的对象，不时去对方家里吃顿饭，我反而觉得轻松些。"

"我才不，"卷子说，"那样一来，妈妈岂不是白死了。"

"所以啊，我刚才也说，觉得这么说对不起妈妈。"

"姐姐，你只是嘴上说说而已。其实你根本不觉得爸爸对不起妈妈。"

纲子面露愠色："你这么说，是因为鹰男有外遇了吧？"

"他又不是你。"卷子淡淡地回敬一句。

纲子装作没有听到，再次在柜子深处翻找起来："找到了……"

"还能喝吗，会不会已经变成醋了？"

"没问题，没问题。"纲子打开盖子闻了闻，把酒倒进杯子里。这时泷子回来了。

"我跟你们说，咲子躺成了大字……啊，酒吗？"

"她说要拿去给爸爸喝。"

"不愧是长女，真会心疼人。"

纲子拿着杯子走出厨房，卷子和泷子跟在她身后。

来到父亲的门口，纲子叫门："爸，给你拿酒来了。"然后轻轻打开纸门。

"爸爸。"

恒太郎站在窗边，伸手打开窗户，手上抱着之前买回来的烟，头也不回，把烟一盒接一盒地扔向院子里。

三个女儿默默注视着父亲的背影，不知该说些什么。

天亮之后，咲子第一个醒来。她走到客厅，拿起电话打给家里。

"是我。"咲子用娇滴滴的声音对着电话说道。

"嗯？是你啊。"

接电话的是阵内。咲子手里玩弄着电话线，她时而拉拽，时而轻抚，一会儿又把它缠在手上，还不时扭动着身体，仿佛在和电话恩爱似的。她轻声对着电话说："该起床了。"

"嗯。"电话彼端传来阵内带着睡意的声音。

"快起来。"

"嗯。"

"要好好训练。"

"我会的。"

"睡觉的时候穿衣服了吗？"

"穿了。"

"骗人，你肯定什么都没穿。"

恒太郎走了出来，一身要出门的打扮。他在客厅停下脚步，看着咲子。

"你怎么知道？"阵内在电话另一头说。

咲子再度扭着身体："我当然知道。肩膀着凉就麻烦了。"

"我付罚款。"

"先别管罚款了，赶快起床……啊，胜利晚上有没有哭闹？"

"哭了一会儿，老妈哄他睡着了。"

"我中午前会回去，帮我跟你妈……"

"你那边情况怎么样？"

"只有被子和榻榻米烧焦了而已，姐姐她们太大惊小怪了。嗯，我爸有点受打击……啊，嗯，嗯……"

恒太郎轻手轻脚地离开客厅，悄悄走出门去。

稍后起床的几个女儿发现父亲不在家，个个吓得面无血色。

她们忧心忡忡，担心父亲会有轻生的念头，直到看到恒太郎在屋里留下的纸条才放下心来。

"泷子你真傻，爸爸怎么可能自杀。"看到泷子长舒一口气的样子，咲子虽然自己也在担心，却仍然抢着嘲笑泷子。

"咲子！"

"是啊，人天生就是厚颜无耻的动物，即使丢了再大的脸，最后也会忘得一干二净，照样活得好好的。"纲子一副世情通达的口气，全然忘了自己刚才也吓得脸色发白。

偷东西被逮住的羞耻再次涌上卷子心头。

"爸爸今天要去公司吗？"早饭的餐桌上，咲子嘴里满满地嚼着饭问道。

"不，今天不用去。"纲子也边嚼着东西边回答。

"可能是看到我们会觉得难堪。"卷子伸手去夹煎蛋。

泷子没说话，专心吃着饭。一晚上的辛苦过后，姐妹几个胃口都很好。

"这会儿他在做什么？"咲子自言自语地问了句。

纲子歪头想想："不知道。"

"他已经没有地方可以去了。"

"说不定正在哪里喝咖啡呢。再来一碗吗？"

"不用了。"

"虽然还没谈到关键的事，不过至少这阵子，爸爸应该会小心些吧。"纲子轻描淡写地说。

卷子也跟着点头："还是等过段时间，事情都风平浪静了，再心平气和地谈以后的安排会比较好一些。"

"现在谈，等于把爸爸逼得无路可退。"纲子放下筷子，"啊，对了，我上次说过的那件大岛[1]，我就带走了哦。"

"大岛……就是那件泥大岛吗？"

"颜色像焰火一样鲜艳的那件吗？那件我也想要呢。"卷子一脸认真地说。

泷子也说："我也最喜欢那件。"

"你们几个哪儿用得着穿和服。"

"正式场合还是得穿和服的。"

"可是大岛根本不是正式场合穿的和服啊。"

"可以在过年的时候穿啊。"

"那件和服是最贵的一件吧？"连咲子也急切地向前探着身。

纲子不满地说："我是用在工作上的。"

"又不光你用得到。"

"要不干脆分一分？"卷子提议。

"妈妈的……"

"分遗物吗？"

"爸爸也说过，说'你们几个商量着办吧'。"

"正好我们姐妹四个都在，机会难得。"

全体赞成后，咲子说："大家猜拳，一件一件地分怎么样？"

1　即用奄美大岛的特产"大岛绸"做的和服，因为采用泥染工艺，所以又俗称"泥大岛"。

"猜拳？"

"还是抽签吧？"

"妈又没什么值钱的东西，"卷子苦笑着，"妈总是给爸爸穿好的，自己却很节俭。"

"那就猜拳决定！"

"谁赢谁先选！"

纲子和泷子也表示同意。

四个人扬起手正准备猜拳，玄关的门铃响了。

"爸爸……"

泷子正准备冲出去，卷子却推开她自己抢先过去开门。"来了！该不会是我们家那位吧。"卷子的脸仿佛笑成了一朵花，"我跟他说不用来的，但他可能担心自己不出面，怕事情搞不定，所以——来了！马上就来！"

卷子来到玄关，看到毛玻璃门上映着一个男人的身影。

"你怎么还特意跑过来一趟……公司没事吗？我就猜到你会来。爸爸他……啊，门锁好紧……他见到我们觉得难堪，所以……"

卷子以少女般娇羞的声音说着，打开门却发现站在门口的是胜又。

"啊……"

"你、你好，今天……"

跟在卷子身后走出来的泷子叫了一声"胜又先生"，便再说不出话，呆立在原地。

胜又进屋后，纲子帮他倒了茶。

泷子却在忿忿不平："你别老是把人吓一跳好不好，突然跑来干什么？"

"呃……那个，因为昨晚在你家，正好你姐姐打电话过来……"

"哇哦！这么说昨天你们一起住的？"被咲子开着玩笑，胜又瞬间涨红了脸。

"不，那个……"

"才不是你想的那样。"泷子瞪着咲子，"只是看完电影后，单纯送我回家而已，你看你，都怪你没说清楚。"

"没必要生气吧？"纲子赶忙出言调解。

泷子将视线移回胜又身上，"你跑来干什么？"

"来干什么……探、探……"

"当然是来探望爸爸啊。"卷子为他解围。

"对啊，不来的也大有人在呢……"纲子望着卷子的脸。

"确实……"卷子叹口气。

泷子害羞之余，仍然是板着脸不依不饶："他不过是不懂事罢了。真是的，这种时候来凑什么热闹。"

"胜又先生，你真是够能忍的，"咲子笑了起来，"如果我是男人啊，早就把她给甩了。"

胜又很不自在地挪着身体，似乎既紧张又害羞："哪里，我、我也不奢求什么。"

泷子听到这句话更是怒火中烧。

趁胜又进屋后，大家在客厅里热闹地谈笑的机会，卷子悄悄起身，拿起角落里的电话去了厨房。她打电话回家，接电话的是宏男。

"爸爸出去了。"宏男漠不关心地说。

卷子压低嗓门问："这么早就出门，是去公司了吗？"

"谁知道呢……"

"我晚一点回去，你出门的时候记得锁好门。"

卷子正打算挂电话，洋子接过电话说："妈，我今天有事。"

"怎么了，洋子……"

"今天我要去目黑参加课外辅导，回来的时候可以顺路去爸爸的公司吗？"

"你爸爸同意吗？"

"他说可以。"

"那记得不要打扰他工作。要早点回来。啊，还有，记得跟爸爸说，妈妈对他很生气。"说完，也不多做解释，卷子挂上了电话。

把早餐的碗碟收拾妥当后，姐妹四个来到偏屋，从壁橱里拉出藤条箱和大木箱，把衣柜的抽屉也拉了出来，排在榻榻米上。

姐妹四个一脸认真地猜起拳来。胜又在一旁帮忙整理榻榻米，一脸错愕地看着她们。

"剪刀、石头、布！"

"剪刀、石头、布！"

卷子赢了，她欢天喜地地拿起了大岛。第二个赢的是纲子，她选了阿藤出席正式场合时用的和服腰带。

"大家都把好的抢走了。"泷子嘟着嘴说。

"下一个。"

"咲子……"

咲子环视一眼地板上摆的东西，说："我不要了。"

"你不要？"纲子有些惊讶。

"比较像样的也只有那两件吧，其他的不是旧了就是已经穿破了，要来也没法穿。"

卷子面带愠色地说："我告诉你，遗物和能不能穿没有关系。"

泷子也语带指责地说："这些东西不是你花钱就能买得到的。"

"随她去吧，"纲子耸耸肩，"人家既然不需要，你也不用硬塞给她吧，啊，这件也不错。"

卷子摊开和服："你看，这件很适合用来做后衬里。"

"什么是后衬里？"咲子问。纲子插口道："你居然连后衬里是什么都不知道？"

"就是垫在和服屁股位置上的内衬，以前妈妈总是很仔细地缝在和服内侧。"

"那时候妈妈经常一直到深夜还在缝呢。"

"忙活来忙活去，到头来辛苦了一辈子……"

卷子拿起压在衣柜底的一件花式陈旧的和服，轻轻抖了抖，展开看看，然后缓缓站了起来，正打算披在肩上试试，四五张纸从中掉了下来，飘落在榻榻米上。卷子和纲子探头定睛一看，姐妹俩同时"啊！"地叫出声来——那是几张色彩艳丽的春宫画。

泷子和咲子也好奇地伸长了脖子。"这是什么……啊！呃！"看到实物时两人同时语塞。姐妹四个愣在当场，仿佛时间突然停住似的。

咲子的笑声打破了沉默。

"有什么大惊小怪的，讨厌，赶快把这东西收起来啦！"

泷子皱着眉，厌恶地甩着双手。卷子也背过脸："撕了吧。"

"有什么好生气的。"纲子从最初的惊讶中回过神来，窃笑着说。

"都跟你说赶快收起来了！"泷子尖声叫着，"我讨厌这东西。"

姐妹四个正乱成一团，听到动静的胜又冲了进来。

"怎、怎么了？是不是有、有蟑螂……"说到这里，他也看到了春宫画，顿时惊呆了。

"不许看！"泷子大叫。

"他已经看到了。"咲子耸耸肩。

"男人不要过来凑热闹。"

"你在说什么啊，这本来就是男人看的，女人看才奇怪呢。"

"这、这种东西为什么藏在这里？"

虽然五个人内心里都想看个究竟，但在众目睽睽之下，也不能堂而皇之地看个明白，只能不时用余光瞥着那些春宫画。

"妈妈放在这里的。"纲子说。

卷子一听恍然大悟："该不会是妈妈……"

"肯定是出嫁的时候带过来的。"

"我听说过的，"卷子也点头赞同，"以前……会用这个。"

"我也听说过，"胜又说，"以、以前人们在女儿出嫁时，做母亲的……会把这东西……塞在女儿的嫁妆底下……"

"是吗。"泷子含糊地附和一句。

"真令人意外，如果是别人……"咲子说到这里，终于忍不住再度笑了起来，"也还罢了，没想到妈妈居然……"

"虽然听别人说过，但是没想到我们家居然也有……"纲子也喃喃地感慨着。

"我受不了，自己的妈妈……把这种东西藏了几十年，我不想看到这么俗气的妈妈……"泷子表情严肃地说。

纲子笑着说："这也是妈妈的可爱之处啊，不知道爸爸知不知道。"

"应该不知道吧？"

"如果知道，肯定会提前藏到自己那边去的。"

咲子笑着环视几个姐妹："大家惊讶得嘴巴都合不拢了呢。"

"哪有人大白天看这种东西的。"泷子把散落的春宫画扒拉到一起，藏在身后。

"真是难以接受，我、我……"卷子喘着气，"我们只看到了那个整天都在洗衣服、洗米、缝衣服辛苦操劳的妈妈，却对那个十九岁带着这些嫁进这个家，然后把这些在衣柜底下压了一辈子的妈妈一无所知。"

大家都说不出话，不约而同地看向神龛上阿藤的遗照。

"那咱们怎么处理这些东西？"纲子故意用分外开朗的声音问，似乎已将刚才的惆怅全都抛在脑后。

"猜拳后大家分一分？"咲子抢先回答说。

泷子一脸不满地瞪着妹妹："我不要了。"然后把翻到背面的春宫画放在大家中间。

公司的办公桌前，鹰男正在打电话。

"嗯，嗯。不是，你说来说去，满口不离规定，嗯，喂？我并没有说叫你违反规定。"他正在教训外地分店的下属，"我的意思是，你如果只会傻乎乎地墨守成规，业绩是根本没办法提升的。嗯，嗯，所以，按常理讲大米应该是管制品对不对，可不也是在超市堂而皇之地卖吗？'东北78号大米十公斤装，4850元'，就跟你开车一样，哪有不违章的。这些问题……嗯，要懂得变通！变通！嗯。"

这时恒太郎走了进来。他向办公室其他员工欠了欠身，站在门口，注视着鹰男。从女婿身上，他仿佛看到了自己年轻时的影子。

"总之，九州只有你的业绩差了一截……"鹰男正冲着话筒大声怒吼着，突然注意到门口的恒太郎，惊讶地停住了。恒太郎对他挥挥手，示意他继续打电话，不用顾忌自己。

"好啦，我也知道你肯定有你的难处，拜托你了，嗯，那就先这样。"鹰男挂上电话，慌忙起身，"爸……"

"不好意思，打扰到你了。"恒太郎走到鹰男的办公桌旁边。

"我正想去抽根烟，要不要出去坐会儿？"鹰男努努下巴指向门口，恒太郎看看办公桌旁的沙发。"坐这里就好。"

两个人面对面在沙发上坐下来。鹰男从口袋里拿出烟，递给恒太郎。

"我已经……戒烟了。"恒太郎习惯性地伸手要接，犹豫一下，又收了回来。

鹰男说了句"您说什么呢"，从烟盒里抽出一支烟，不由分说塞到恒太郎的手里。恒太郎把烟放进嘴里时，鹰男立刻为他点上。

"是不是遭到围攻了？"鹰男笑着说。

恒太郎露出苦笑："早知如此，就不该生四个。"

鹰男笑着说："关键是不该四个都是女儿。"

"一点没错。"

"当年有没有想过，如果再生一个，说不定会是儿子？"

"我倒是还好，老太婆好像这么想过。"

"确实，没个儿子传宗接代，总是觉得底气不足。"

"以前是有这种想法。"

说完，两人一阵沉默。鹰男神情严肃地看着岳父的脸："您来找我……"

恒太郎没有回答。过了一会儿，挤出一句："没事，我刚好路过而已。"

这时，鹰男的下属赤木启子端着咖啡走了进来。

"我爸不喝这个，换日本茶过来吧。"

"对不起。"

"没关系，这个就行了。"

恒太郎打量着转身离去的启子，深深地吐了一口烟。

鹰男看着岳父吞吐着烟雾，仿佛是在叹息着没有儿子的悲哀、被几个女儿责骂的悲哀，以及连成为他唯一乐趣的烟也无法自由享受的悲哀……看到岳父百般不舍地细细品尝似的抽着烟，鹰男感慨万千。

抽完一根烟后，恒太郎把烟蒂在烟灰缸中小心翼翼地碾灭，缓缓站起身来。

"爸爸，你找我……"

"不，没事。"恒太郎举起手，走向门口。

门打开了，恒太郎走了出去。鹰男情不自禁地追到门口叫住了他："爸爸！"

恒太郎停下来。

"要不要搬到我家来住？"

"……"

"我家虽然小，但忍耐一下还是……"

恒太郎一时说不出话，对着鹰男露出淡淡的苦笑："我想死在自己家里。"

恒太郎走了，鹰男站在走廊，目送岳父孤独的背影离去。

姐妹四个收拾完老家的烂摊子，便相继离开，回归各自的生活。卷子和纲子直接回家去了，泷子则去了图书馆，咲子因为要接受某个女性周刊杂志的采访，驱车前往东洋摄影棚……

埋头整理堆积如山的图书时，泷子不时停下手，呆呆出神。和胜又的关系，父亲今后的生活，以及在母亲遗物中发现的春宫画……纷乱的思绪在她脑海里交错盘旋。

东洋摄影棚里，作为明星拳击手的太太，咲子在配合着摄影师拍照，努力露出灿烂的笑容。

"我会抓拍你回答问题时候的样子……"

咲子很自然地理了理头发，露出灿烂的微笑。一阵快门的声音响起。

"身为拳王的妻子，你在哪方面最花心思？"

"应该是饮食生活吧，我买了计算卡路里的书，很认真地照着做。"

"性生活方面呢？"

"我也买了专门计算这方面热量的书……"

记者笑了起来："我记得你们的儿子叫'胜利'。"

"读作katsu-toshi。"

"在你们家，'输'这个字是禁忌吗？"

"我在我先生面前不会说这个字眼，但在蔬菜店和老板讨价还价的时候，还是免不了说：'老板，再让[1]一点嘛……'"

咲子巧妙地逗笑记者的同时，自己也配合地笑了起来。无论在谁看来，她都是一个极其幸福的年轻妻子。然而，记者和

---

1 在日语中和"输"是同一词

摄影师都没有注意到，在闪光灯的空当，咲子不经意间露出的严肃神情。

纲子一回到家中，便拿着母亲留下来的和服在镜子前试穿起来。她把好几件和服披在身上，看起来就像穿上了十二单衣[1]，层层堆叠的领口中露出雪白的肌肤，娇艳恍若少女。

纲子突然望向电话，眼前浮现出情人的眉眼。她没有系腰带，就那样让和服随意敞开着，身体微微一斜，拿起了电话。

纲子不假思索地拨通了手指都已经记熟的号码，心情激动地等待着。两三声铃响过后，电话里传来老板娘丰子的声音："您好，这里是'枡川'。"

纲子顿时僵立在原地。

"喂，这里是'枡川'。"

纲子慌忙挂了电话，直接瘫坐在地上，仿佛浑身的力气一下子被抽空了。天色渐暗，纲子一动不动地坐在地上，望着黑亮的电话机。五彩缤纷的腰带和腰带绳宛如蛇一般缠在电话旁。女人的执念啊，连身处其中的纲子也委实觉得可怕。

里见家，卷子一脸茫然地在客厅的桌前坐了下来。

桌上放着鹰男公司员工旅行的照片。应该是在宴会上拍的：鹰男坐在正中央，女职员都穿着同样款式的棉服，摆出各种不同的姿势，鹰男的手搭在身旁赤木启子的肩上。虽然卷子不想

---

1 起源于平安时代的豪华礼服，"十二"意指层数很多，并不一定恰好为十二层。

看，但目光还是不由自主地被那张脸吸引了过去。

这时，电话铃响了。卷子回过神，跑过去接起电话，是女儿洋子打来的。

洋子说她正在鹰男的公司。这样说起来……卷子突然想起，洋子说过今天要去鹰男的公司……

"我要和赤木小姐一块吃饭……"女儿突如其来的话让卷子惊讶地睁大了眼睛。

"赤木小姐，就是赤木启子。"电话另一端继续传来洋子兴高采烈的声音，"爸爸临时有工作，不能陪我。嗯，我今天晚上不回家吃饭了。"

洋子说她难得去一次鹰男的公司，却赶上鹰男有紧急会议。启子看到洋子满脸失望，便邀请她共进晚餐。

卷子心乱如麻，但还是拼命强作镇定，说要向启子打个招呼。

"啊？哦……我妈妈想和你说几句……"

洋子说完，电话里传来一个年轻女孩充满朝气的声音："找我吗？"

卷子待启子接过电话后说："我家先生一直承蒙您照顾，这次又……会不会给您添麻烦？"

卷子努力压抑着狂乱的心跳，尽量平静地说完。启子不假思索地回答说："不会，本来我今晚也没别的事。"

"是吗？她只是小孩子，去吃碗拉面或吃个汉堡就行……真不好意思，那就……"

挂上电话后，卷子出神地望着电话，胸口仿佛回响着石磨咕噜咕噜转动的声音。

赤木、启子……赤木、启子……

石磨的声音，听起来就像那个讨厌的名字。卷子闭上眼睛，阿藤穿着棉裤推石磨的身影再次浮现在眼前，那身影与色彩浓艳的春宫画渐渐重叠在一起。

这天晚上，对母亲的心思一无所知的洋子在鹰男的公司附近吃了晚饭。两个年轻女孩聚在一起，聊得兴高采烈。

"不需要什么特别的专长，如果会打字和速记当然更好，但在眼下的日本，这么能干的秘书很难找。你想当秘书吗？"启子问。

洋子害羞地点点头："我喜欢秘书那种干练的样子。"

"可是很容易引起误会哦，很多人一听到秘书这个词，就会觉得不靠谱。"

"但是如果换成secretary，听起来就好多了。"

"就和toilet一样的道理。说toilet，就会觉得是冲水式的，如果说是厕所，感觉就是没有冲水装置的粪坑土厕。'秘书'跟'secretary'也是一样的道理。"

"对哦。"

"是不是觉得这个话题很适合在吃饭的时候讨论呢？"

洋子流露出的向往的眼神令启子非常欣喜，启子的活泼健谈也令洋子乐在其中，两个人相顾而笑，俨然已经变成无话不谈的好友了。

"你们家一共四口人。"启子看着洋子的脸。

"十分典型的'核家族[1]'。"

"你父亲……"启子歪着头思索着，似乎想问鹰男在家里的情况。

"我们叫'爸爸'。不是外语式的冲水厕所，而是日本式的乡下土厕……"

两人心领神会地笑了起来。

"叫'爸爸''妈妈'吗？"

"奇怪的夫妻俩。"

"怎么奇怪了？"

"遇到小事他们会认真商量，比如说哪一种牌子的杀虫剂味道最小啦，但是重要的事情反而从来不说，总是一天拖过一天。"

"重要的事？"

洋子突然压低了声音："比如说，外遇的事……"

"哪一边？爸爸，还是妈妈？"

"我爸爸有外遇？"洋子注视着启子，眼神格外认真。

启子有些不知所措："因为，你说外遇……"

"是我外公……七十岁了，居然在外面有女人，不过现在已经分手了。"

"日本真进步。"

"秘书这个职业，肯定也会得到认同。"

---

1 即人口较少的小型家庭。

"不知道能不能变成冲水式的。"

两人再度放声大笑。笑了一阵，两个年轻女孩胃口大开，吃起晚餐来。

洋子兴高采烈地回家了，兴奋地拿出启子送的胸针给母亲看。

"礼物……是赤木小姐给你的礼物吗？"卷子满脸惊讶。启子的好意，反而更加深了卷子的疑虑。

"她说要送我礼物。"

"你们聊了些什么？"

"什么都聊！比如我们家的事，她还问起了妈妈你的事了呢。"

"是吗？"

"她很漂亮，腿又细又直。"

卷子没好气地说："谁年轻的时候不苗条。"

洋子去厨房后，卷子拿起桌上的胸针。她看着胸针，仿佛又听到了石磨推动的声音。卷子打开胸针的别针，刺向手背，红色的鲜血顿时涌了出来。

这天深夜，卷子穿着母亲留下的和服，在卧室内叠着丈夫的衣服。

鹰男趴在地板上抽着烟。

"我原本打算早上上班前去那边绕一圈的，然而考虑到老爷子的心情……换成是我，肯定不想别人来看我的。"

鹰男想起白天在公司见到恒太郎时的样子，忍不住说出了自己的想法："其实说起来，你们姐妹四个都跑过去吵吵嚷嚷，真的好吗？本来，只要咱们俩过去处理一下就可以的……"

"这样的话，就变成我们要负责照顾爸爸了。"卷子反驳道。

鹰男无言以对，讪讪地说："啊，这样啊……"

两人陷入沉默。

"那位赤木小姐，你的秘书……"

卷子还没说完，鹰男便打断她："我说怎么觉得眼熟，原来是你妈妈的。"

"是不是有霉味？"

鹰男吸吸鼻子："多少有一点。"

"昨天收拾屋子的时候，找到了很惊人的东西呢。"卷子故弄玄虚地说。

"私房钱吗？"

卷子摇头。

"那会是什么？"

"画……"

"画？"

"……"

"什么画？"

"什么画……"

看到卷子欲言又止的样子，鹰男恍然大悟："有很多吧？"

"好像四张，还是五张来着。"

"清、清楚吗？"

"我没看过其他的，所以也不知道算不算清楚……不过真是吓了一跳。"

鹰男难掩好奇心："大家都是什么表情？泷子肯定……"

卷子没有理会鹰男的问题："我越来越觉得妈妈好可怜。刚开始知道我爸有外遇，妈妈一个人在家独自等待的时候，我们并没有特别担心，因为我们一直觉得妈妈能够承受得住。她向来端庄严肃，表面上对那些男女之事漠不关心。但是，事实并非如此，我妈把那些画，在衣柜抽屉里一藏就是好几十年……"

"……"

"藏在衣柜底下，就代表我妈……"卷子掩着胸口，似乎越说越激动，语气激愤地说道，"这里还是有……"

鹰男情不自禁伸手按住卷子的膝盖安抚她，却被卷子用力推开。

"那些画，最后怎么处理的？"

"还是原封不动地放那儿了。"

鹰男把剩下的烟按进盛了水的烟灰缸里，烟蒂"嘶"的一声熄灭了。

卷子站起来要走的时候，鹰男再次伸出手，紧紧地抓住了卷子白色的布袜。

这天晚上，泷子回家后，做了一件对她来说极为罕见的事情。

她打开抽屉，拿出化妆品，涂上口红，画了眼线，又描了眼影。她买这些化妆品的时候只是出于好奇心，买回来试了一两次之后，便再也没有碰过。天生手笨，外加技法生疏，泷子的化妆俨然变成一场灾难：口红超出了嘴巴的轮廓，眼线也画歪了，涂完眼影后简直像个小丑。

但是泷子还是坚持画完了。完成最后一步的刷睫毛膏后，她关上电灯，脱掉毛衣，又脱了裙子，一丝不挂地躺在床上。闭上眼睛时，眼前又浮现起白天看到的春宫画。

门外的敲门声将泷子从朦胧的春情中惊醒——似乎已经敲了好一会儿，但她一直没有察觉。

"来了来了！"泷子跳起来，捡起刚才随手扔下的衣服胡乱往身上一套，便冲玄关跑了过去。

"谁啊？"

"是我。"

"胜又先生……"泷子身体里仿佛有一股电流在窜动。

"我突然想见你……"

"我也……"

泷子正要开门，不经意间瞥了一眼玄关的小镜子，看到自己拙劣的妆容和半裸的身体，便又猛地关紧了门，惊慌失措地喊道："啊，不行！"

"我们不是约好了吗，不能说'不行'这两个字？"

"真的不行，我、我在敷脸。"

"我想看……"

泷子心潮澎湃，心脏几乎要跳出来了。她把门打开一条缝，不让胜又看到她的脸，从门缝里把手伸了出去。

"下一次……"

胜又在门外握紧泷子的手，嘴唇贴着她的手掌，一次又一次地亲吻着。看到胜又强忍着冲动在门外急得直跳脚，泷子几乎无法抵抗开门的诱惑。

泷子好容易狠下心把手收了回来，用沙哑的声音呢喃："下一次……"

"晚安。"胜又失望地说。

门虽然关上了，但这一对笨拙的恋人仍然呆立在原地，久久不愿离去。门外的胜又张开双臂紧贴在门上，屋里的泷子也紧紧倚靠着房门。情热如火的夜晚渐渐深了。

"血压这东西，要是一直吵吵着说太高、太高，就会真的越来越高了。"走出医院时，恒太郎难掩得意，脸上的神情仿佛在说"看到了吧"。

"是没错啦……但你要知道这可是妈妈的遗言，每三个月一次，要按时来医院检查。"

恒太郎向来讨厌去医院，这天几乎是卷子硬押着他来检查的。确认血压正常后，父女俩并肩走在回家的路上。

"爸……"

"我走了。"

"你直接回家吗？"

"不，我去公司看一下。"

"如果有什么要买的东西，我陪你去……内衣或者袜子之类的。"

"不用，暂时还够穿。"

"是吗？"

两人走在大街上，路过一家烟店时，卷子停下脚步。

"爸爸，家里没烟了吧？"

"不，不用了。"恒太郎看也不看一眼，径直走了过去，"我戒烟了。"

卷子注视着父亲的背影，快步追了上去。

"我在想，给国立的家里，找个寄宿的人，你觉得怎么样？"卷子不动声色地观察着父亲的表情，"我们几个女儿和你同住，你可能会觉得不自在，不如找一个外人。找个男人，至少能帮你打扫家里。"

"聊天说话太麻烦了。"

"那个人也不爱说话，所以不用担心，而且那个人你也认识。"

恒太郎露出讶异的神色："谁？"

"胜又。"

"和泷子交往的……那个？"

"爸爸你讨厌他吗？"

"那倒没有。"

"学历、收入之类的可能不太尽如人意，但这方面不稍稍放宽一些，泷子恐怕一辈子都嫁不出去了。"

"你考虑得可真周到。"恒太郎苦笑。

"这点考虑对女人来说简直是家常便饭。"

"是吗？"

恒太郎忍不住笑出声来。卷子也跟着露出了笑容，她刚要松一口气，整个人却突然僵住了。

土屋友子和她的儿子省司，还有一个中年男人，一家三口正迎面走过来。早已看到他们父女俩的友子，神色有些慌乱。这时，原本东张西望的男孩也看到了恒太郎。

"爸爸！"男孩叫着。

卷子和恒太郎一动不动站着，连呼吸仿佛都停顿了。

友子拉起男孩的手，一家三口从他们身旁走过，男孩被母亲拽着，却一次又一次依依不舍地回头看，嘴里一直在无声地叫着"爸爸，爸爸"。

直到三人远去的身影渐渐在视野里消失，恒太郎仍然一动不动地呆立在原地，少年无声的呼唤在他耳边隆隆作响。

卷子望向父亲，看到莫名的光辉在他眼中闪动。父亲的脸上，先前那对人生的疲惫与厌倦，已全然不见踪影，取而代之的是充满生气的神采——那是一个男人有自己深爱的人，有自己必须要保护的人时才会有的神情。

里鬼门

÷

风水用语，东北方向的「艮」位为「鬼门」，与之相对的西南方「坤」位为「里鬼门」。

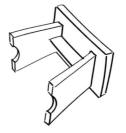

这天是胜又搬进国立老宅的日子。

阿藤去世以来一直顽固地坚持独居的恒太郎，在经历了失火风波之后，也不得不接受卷子的提议。

卷子和鹰男向胜又提起这件事的时候，胜又半是惶恐半是欣喜地同意了。胜又生性不擅与陌生人交往，而恒太郎一眼看上去又是个性格严肃、极其难缠的人物，和他同住在一个屋檐下，胜又心中难免会惴惴不安。但即便如此，如果从他和泷子的未来的角度考虑，又可以说是一个绝佳的机会。

恒太郎坐在檐廊下，等待着胜又的到来。他眼神空洞地望着庭院，心思却早已飞到了别处。时不时地，他会回过头，望向黑色的电话。

他想起前些日子，在路上碰巧遇到省司的事。爸爸！爸爸！——男孩当时的叫声久久地在他耳边回荡。说不定省司会打电话来？真想再一次听到那个声音啊……一想到和他并没有血缘关系的省司，居然还叫他爸爸，还牢牢地记着他，恒太郎仿佛看到，自己孤独的岁月隐约亮起了灯光。

"爸，行李搬来了。"

门外传来泷子的声音，接着，他听到卡车在门口停了下来。

恒太郎走出门来，看到胜又和泷子正从卡车上往下搬书柜，便要上前帮忙，泷子伸出一只手冲他摇了摇。

"爸，也没多少东西，不用你动手。"

胜又腼腆地向他鞠躬问好。

"是吗？"恒太郎收回手，转而帮忙拿一些小件的行李。泷子和胜又把书柜搬进去后，又回到车旁，准备搬五斗柜。

恒太郎发现货车司机正在看他们，轻轻碰了碰女儿。

"怎么了？"

"小费……"

"没必要吧？"

"那可说不过去。"

泷子凑到胜又耳边小声说："胜又哥，你准备小费了没有？"

"啊？哦……"胜又在口袋里掏摸着，拿出一张皱巴巴的五千元纸钞。恒太郎从自己口袋里拿出一千元，说："我来付吧。"

"不好意思。"

胜又恭敬地鞠了一躬，转身把五斗柜从货车上搬了下来，气喘吁吁地准备搬进屋里。本要上前帮忙的泷子，却突然跑回恒太郎身边。

"爸……"

"怎么了？"

"……我还没有决定呢，所以胜又先生还是外人，钱的事还是算清楚……"

"我知道。"

看着泷子和胜又抬着五斗柜进了屋，恒太郎露出苦笑："这丫头真是死脑筋。"

恒太郎付了小费，等货车离开后，便抱着小件的行李进了屋。

靠里的小房间里，泷子和胜又正在和五斗柜奋战着。这个房间以前由泷子和咲子同住，如今主人变成了胜又。

"啊！不要硬拖！会撞坏的！"

"啊！"

五斗柜"咚"的一声撞到了柱子上。胜又看着墙上的破损，吓得脸色惨白。

"这个不是你弄的，早就有了，以前……"

"啊……吓死我了。"

"那是我和咲子打架弄的……我们不是一个房间吗？所以吵架是家常便饭，我们俩性格差太多，完全合不来……就放这里？"

"就放那儿吧。"

放好五斗柜后，两人长舒一口气。

"姐妹几个就属她从小特立独行，功课差劲得要命，坐在妈妈的梳妆台前干这个却很擅长……"泷子做出擦口红的样子，"折腾完便撒丫子跑出去玩得不见人影。甚至连内衣裤——其他衣服更不用说了，自己的从来不洗，总是穿别人的。"

胜又看到纸门上贴着花朵形状的千代纸，问："这个呢？"

"应该是我弄的吧。"

"看起来好像是……"胜又做出丢东西的动作。

笼子偏着头说："可能是扔镇纸砸出来的。"

"镇纸？"

"我们家人都这么干。"泷子做出丢东西的样子。

胜又惊讶地瞪大了眼睛："姐姐她们也这样？"

"嗯……嗯……"

"从长相上完全看不出来呢……"

"可能是家族遗传吧。"泷子若无其事地说，胜又不禁缩缩脖子，仿佛有些被吓到了。

"我出去一下。"

傍晚时分，恒太郎出门去了，不知是不是特意给两个年轻人留些独处的时间。

胜又的房间里，两人正在进行最后的收尾工作，把置物架挂起来便大功告成了。泷子站在小板凳上，用铁锤钉钉子时，突然忍不住笑了起来。

"再怎么有恐高症，也从来没听人说过连小板凳都怕的。"

"我上二楼倒是轻轻松松。"

"二楼不是更高吗？"

"但是有扶手啊。"

"哦，原来是因为板凳没扶手。"

泷子终于忍不住放声大笑。胜又用力吞了一口口水。

"你、你笑起来的时候，身体的肌肉好像地震，或者说是海啸……尤其是这里。"

胜又忽然抱住泷子的屁股，把脸贴在上面。

"啊！你要干什么？"

"泷子。"

泷子想挣脱出来，但胜又更加用力地抱紧了她。

"住手，我爸快回来了。"

"别担心。"

"我讨厌这样。我不要在这种地方草草了事，一辈子……的第一次，你放手！"

泷子愈是抵抗，胜又的手愈用力。情急之下，泷子不及细想，手里的锤子一下子敲在胜又的头上。胜又像被轧扁的青蛙似的一声惨叫，松开了手，抱着头倒在榻榻米上。

泷子慌乱地把铁锤扔到一边，抱住脸色苍白的胜又。

"胜又先生！你没事吧？胜又先生。"

"啊……"

胜又呻吟着睁开眼睛，这时玄关的门铃响了。

"承蒙惠顾！菊寿司！让您久等了！"

泷子一脸讶异："我们没叫菊寿司啊！"

"菊寿司！您好！"

"我们家没叫寿司！"泷子又大声回答了一遍，寿司店的外卖小哥却没有走开的意思。

"真是的！"泷子"啧啧"地叹息着，起身往玄关走去。一打开玄关门，外卖小哥便把两个大得夸张的寿司盒一下子递到她面前。

"特级寿司五人份，请签收！"

"我不是说了吗？我们没有叫寿司。"

"不，呃，钱已经付过了。"

泷子一头雾水："难道是爸爸？"

"不，是一个女人点的。"

"女人？"

泷子话音未落，便听到了咲子的声音："正好送到，辛苦您了。"

咲子穿着毛皮大衣，手指转着车钥匙走了进来。看到她嬉皮笑脸的样子，泷子顿时火冒三丈："咲子？这是怎么回事？"

"我特意叫他们多放你最爱吃的金枪鱼和星鳗，快吃吧。"咲子说着，径自走进家里。

"咲子……等一下，你要去哪儿？"泷子抱着寿司盒，慌忙在后面追赶着。

咲子走进里屋，在神龛前跪坐下来。

"先让我跟妈妈打声招呼。"

泷子看着妹妹身上那件花哨的毛皮大衣，不由皱起眉头："你就穿成这样拜吗？"

"家里向来冷得很，因为舍不得开暖气嘛，而且……"她敲了佛铃，"叮"的一声余音袅袅，"我想穿给妈妈看……"咲子一脸虔诚地合掌祭拜，"我和那个人在一起后，一直连件大衣都买不起，天冷的时候，只好出去跑步。妈妈曾经说要用她的私房钱帮我买一件，结果说完没几天就倒下了。"

"这是什么，貂皮吗？"

"America-red-fox。"

"所以说，你是把狸猫或者狐狸什么的穿在身上了？"

咲子不理会泷子的挖苦。"胜又先生……在哪儿？"她四处张望。这时，胜又捂着头走了过来。

"怎么回事？"

"被铁锤……稍微……砸了一下……"

"撞铁锤上了吗？"咲子凑上前去，想看胜又伤势如何，泷子语气严厉地说："他没事！"

"头怎么会撞到铁锤上？"

"呃……"泷子吞吞吐吐，胜又从旁解围："我站在高处咚咚敲钉子来着……"

"然后不小心脱了手？"

咲子满脸狐疑地打量着他们俩，耸了耸肩，缓缓地从皮包里拿出一本杂志，封面上写着"拳击迷"。

"有个不错的工作机会。"咲子把杂志塞到胜又手里，"是在这本杂志的编辑部工作，我老公帮他们做过广告，他们那儿月薪很高的。"

"等一下……"泷子惊讶地看向胜又，"胜又先生，是你自己拜托的吗？"

胜又有些不知所措："没有，我拜托的是里见姐夫……"

"我也是听鹰男姐夫说的，他问我这边有没有好的去处……"

"只有我什么都不知道……"泷子瞪着胜又。

"大哥……"咲子的话还没说完，泷子就打断了她："拜托把称呼用正确！"

"什么？哦，你是说'大哥'啊……我就是随口一说嘛。"

"那就是和鱼店的大哥、寿司店的大哥一样的意思吗？"

"泷子……"

"男人的事业并不光靠薪水高就行了。"

"你是说，和拳击杂志的编辑相比，反而信用调查所的工作更高尚喽？"

"至少对社会有贡献。"

"是哦，不干这一行，爸外遇的事也挖不出来呢！"咲子极尽讽刺地说。

胜又张口结舌地看着姐妹俩，不知如何是好："呃，关于那件事……"

"流汗总比流血好。"泷子说。

咲子听了不禁气得火冒三丈："拳击可是一项运动，是有清清楚楚的规则的。虽然我不知道您二位到底发生了什么，但被人用铁锤敲头，可比拳击危险多了。"

泷子和胜又想起刚才的事情，互相看看对方，不由无言以对。

"我在路上看到爸爸了，他去哪儿了？"

"谁知道呢，可能去买周刊杂志了吧。"

"要不要先吃？金枪鱼的颜色都快变了。"

"我肚子满满的，吃不下。"泷子冷冷地拒绝。

咲子听完嘴巴噘的老高："你真爱闹别扭。"

泷子故意大笑起来："我有什么好闹别扭的？我有一份正经工作，也有存款……"

咲子也一脸钦佩陪着她笑着："工作和存款啊，原来女人只要有这些就能幸福了呢。"

"……"

"我呢，虽然既没工作，也没存款，但每天却都庆幸自己生为女人。"

泷子一脸怅然，不再说话。咲子笑咪咪地转向胜又："其实这都是胜又先生的责任啦，你没有做好男人该做的事，泷子才会这样歇斯底里……"她脸上虽然带着笑容，话中却带着刺。

"你回去吧。"泷子已经怒不可遏。

"你怎么又恼了……"

"你走吧。"

"这是爸爸的家，走不走又不是你说了算。"

"是你们把爸爸塞给我们照顾的，怎么，觉得买点寿司就能弥补吗！"

早已一肚子气的泷子尖声叫嚷着，用力把寿司盒打翻在地。

咲子气鼓鼓地走了。

泷子此时的心情也是低落到极点。她痛恨自己不争气，无法坦诚回应胜又的求爱。她想回应却又无法做到，两人像小孩子一样纠缠打闹，却又不小心弄伤了胜又。而且，还偏偏被咲子一语中的，说穿自己的欲求不满。她既感到羞耻，又嫌弃这样的自己，气得怒火中烧。

泷子一脸气愤地捡着散落一地的寿司，胜又战战兢兢地伸手想要帮忙。

"胜又先生，不用你动手。你是男人，不需要做这种事！"

泷子气鼓鼓地冲他怒吼着，胜又吓了一跳，看着泷子的脸不知所措。他慌忙低下头避开泷子的目光，缩手缩脚地退开，不料却踩到了脚边的寿司，便手忙脚乱地想拨下脚底粘到的米粒。看着胜又滑稽的样子，泷子的自我嫌弃的心情愈发不可收拾。

咲子从国立老家被赶出来之后，决定干脆顺便去里见家转一圈，向卷子倾诉满腹的牢骚。

听完咲子的话，卷子苦笑着说："是你不对呢。"

"我也是为了他们好嘛。"咲子嘟起嘴。

"可你做事的方法，实在太蹩脚了。"

姐妹俩正说着，洋子和宏男走了过来。

"啊，咲子阿姨。"

"阿姨，你来了。"

咲子从皮包里拿出红包："来，给你们零用钱。"

"谢啦。"

"谢谢。"

卷子皱起眉头："里面有多少钱？"

"不用在意。"

"你一来就给他们钱……让我很伤脑筋呢。"

"就今天这一次。"

"快还给阿姨！"卷子瞪着两个孩子。

"啊！？"

"为什么吗！"

两个人嘴上抱怨着，但还是乖乖把钱还给了咲子。

"卷子姐……"

"姐妹也好亲戚也罢，都是要礼尚往来的，你如果钱太多，不如存到银行里去。"

咲子一脸的不服气，但随即又正色道："照你说的那样做的话，会感觉像下一场就要输了似的。大手大脚地花钱享受，才能大把大把地赚钱回来，就是讲究一个势头。如果抠抠缩缩地存钱，自己也会觉得下次卫冕赛就会被打下拳王的宝座……干这一行的人都这样，真的，我没骗你。"

"那拜托你在你自己家里挥霍。"卷子丝毫不留情面地回复一句。看到洋子正在试穿咲子那件花哨的红狐大衣，卷子立刻从洋子身上扯了下来，把两个孩子赶出客厅。

咲子叹了口气，重新回到刚才的话题："泷子绝对是欲求不满。这段时间，我可是都看明白了。甚至走在街上，有女人从身边擦身而过的一刹那，哪个人生活满足，哪个人欲求不满，我都能立刻分辨出来。"

"那你看我怎么样？"

"我不说，我可不想和你也吵起来。"咲子干脆地说完，拿起卷子帮她倒的茶，"姐夫常常晚回来吗？"

"差不多吧。"

"要不委托信用调查所，查一查？"

卷子忍不住发火了："就是因为你这么说话，人家才会忍不住跟你吵架。"

咲子耸了耸肩，老老实实地喝起茶来。

国立竹泽家里，泷子正在打扫着厨房，胜又无所事事地在泷子身旁打转。老旧的房屋里寒气逼人，冷风从四下的缝隙里不断吹进来。两个人不时搓着手，擤着鼻涕，忍受着寒意。

"不能说，这件事情绝对不能说。"泷子神情严肃地说。

"但是……如果装傻不提，心里仿佛总有个疙瘩似的——所以我想把一切都坦白说出来，然后请求他原谅。"

"做父亲的不会在意这种事的，我们在哪里认识之类的。"

"但是我觉得很愧疚。"

"觉得愧疚，就赶紧帮我打扫吧。"

泷子正说着，突然听到恒太郎叫她的名字。恒太郎不知道什么时候已经回来了，正站在他们身后。

"你今晚就住这儿吧。"恒太郎神情自然地说。

泷子一时说不出话来："爸……你可是我爸，怎么能说这种话？"

"啊？不是……"恒太郎看向胜又，胜又一脸呆滞地傻站在一边。恒太郎苦笑着说："在说什么啊？不必介意我的，傻姑娘……"

胜又回望着恒太郎，两个男人微妙的目光交织在一起。

"纲子那边，她儿子正树也要从仙台调回来了，他们一家，这下也应该会安定下来了。"

恒太郎若无其事地说完，便走向客厅，留下泷子和胜又呆愣在原地。

这边的三田村家，纲子正准备着牛肉火锅，手忙脚乱却又满心期待。桌上两人份的筷子和碟子——这天晚上，她要和儿子正树一起吃晚饭。

晚饭准备完毕，纲子走到梳妆台前坐下，准备把口红涂得比平时更加浓艳一些。她打开抽屉，却发现里面仍然放着贞治的护肤液。她在屋子里面转来转去，想找个地方藏起来。这时，玄关的门铃响了。

"来了！"她一面慌忙应声，一面赶紧冲到厨房，把护肤液藏在酱油瓶后面，"来了，来了！"

纲子跑到玄关，打开门。

"小正，你不要突然吓人一跳嘛。隔壁改建成了公寓，你又向来是个冒失鬼，正想着说你会不会走错门吧，害妈妈担心了半天。"

纲子一看到儿子便兴奋地滔滔不绝起来，说完才看到儿子正树身后还有一个人。

正树察觉到母亲的视线："阳子……妈，这是坪田阳子。"

"哦……"

纲子一时有些不知道说什么好，反而是阳子向她鞠了一躬："您好。"

屋外正飘着雪花。

"客套话什么的进屋再说也不迟嘛，这么冷的天。"正树为了掩饰腼腆，故意用力把阳子推进玄关。"啊，好冷。"他故意动作夸张地做出冻得发抖的样子。

不料被正树推了一把的阳子收势不及，撞到了纲子身上，重重地踩了纲子一脚。

"好痛……"纲子疼得直跳脚。

纲子本想和许久不见的儿子吃顿团圆饭——只有他们母子俩，亲密无间，无话不谈——可是没想到突然冒出一位年轻的姑娘，让纲子心里很不是滋味。

不过当两人走进客厅时，纲子还是故意用开朗的声音说："你过年的时候不是没有回来吗？说什么要去滑雪，我当时就觉得奇怪来着。有了女朋友就早点跟我说嘛。"

"我是觉得写信说不清楚，打电话说的话又觉得好像太草率了，所以我一直跟她说等等再说，等等再说吧，就拖到了现在。"

正树说完，看看阳子的脸，阳子害羞地偷笑。

纲子看看正树，又看看阳子。"佳代子[1]，你……"纲子原本想问她有几个兄弟姐妹，刚开口便被正树飞快地打断了。"她叫阳子。"正树纠正道。

"啊，阳子，实在抱歉。"

"是太阳的阳。"

"你属什么的？"

"骆驼。"看到纲子一头雾水的样子，正树解释说："她可以一整天不喝水都不觉得渴，而且走再多路也不觉得累。"

"我比他大一岁。"阳子赶忙插口解释。

1　日语中，阳子（yoko）与佳代子（kayoko）发音近似。

"哦，这样啊，你家里……"

纲子再一次想问刚才的问题时，电话铃响了。她接起电话，便听到一个大嗓门的女声问着："阳子吗？"

"啊？哦，请等一下。"纲子把电话交给阳子。

阳子接过电话。"对不起，本来想在车站就打电话给您的，但是那里队伍排得老长。嗯，嗯，我在他家……嗯，嗯，今天晚上？还没有决定呢……"说到这里，阳子征询似的看了正树一眼。

"哎呀，直接住这儿不就行了，是吧？"

"对啊，请不要客气……"纲子的语气依然和蔼可亲，内心却大受打击。她走进厨房，打开水龙头，听着背后传来两个年轻人的欢声笑语，呆呆地看着喷涌飞溅的水流。

这天晚上，阳子住在了纲子家。吃完牛肉火锅，纲子烧好洗澡水，又在正树房间里给他们铺了两床被子后，便回到厨房收拾碗碟。

走廊上传来两个年轻人的说话声。正树似乎正要带着洗完澡的阳子去自己的房间，语气兴奋地说："我老妈真够能担心的，居然还问我：'她的被子，铺在你房间里可以吗？'"

随即便传来阳子含羞带笑的声音，两个人的脚步声在楼梯上渐渐远去。

纲子拿出先前藏起来的男用护肤液，拿到水槽前准备倒掉，但又突然打消了念头。已经不必再为顾虑儿子而把它扔掉了……她抚摸着瓶子，紧紧抱在怀里，贞治的脸庞浮现在她眼前。

国立这边，恒太郎、胜又和泷子三人正围坐在桌旁吃饭。

恒太郎像平时一样从容不迫地动着筷子，但泷子和胜又却局促不安。特别是胜又，他紧张到极点，脸几乎都歪了。他嚼着腌萝卜，咯吱咯吱发出极大的声响。

"啊……不好意思。"

"啊……"

"哦……"

三个人各自含糊地应了一声，再次有些尴尬地拿起筷子。胜又这次小心翼翼地嚼着腌萝卜，以免再次发出尴尬的声响。谁知越是在意，声音反而变得比先前更加刺耳。看到胜又缩头缩脑，完全不会掩饰自己的窘态，恒太郎为了让他放松下来，便想着找个话题跟他搭话聊天。谁知泷子突然尖着嗓子冒出一句："阿、阿拉伯石油的……"

"啊？"两个男人一脸茫然地抬起头。

"他们的石油部长，名字很像日本人的那个，叫亚、亚、亚……"

"亚马尼[1]吗？"

"亚马尼石油部长。"

"对，对对，亚马尼石油部长。我、我每次听到这个名字，怎么都觉得他的名字应该写成山，然后跟着一个二（yama-ni）……"泷子伸出两根手指，"……每次都这么觉得。"

1　艾哈迈德·扎基·亚马尼（1930—），沙特阿拉伯石油和矿产资源大臣（1962—1986在任），在1973年石油危机中，成功地领导各产油国完成石油提价。

"啊，我、我也觉、觉得……"胜又仿佛终于抓到救命稻草，赶紧插口附和着。

"之前不是还有一个？对，就是披头士的鼓手。"

"林戈·斯塔尔（Ringgo Starr）。"

"他的名字也是这样。苹果[1]的汉字不是很难写吗？但听到那个名字，苹果两个字便会啪的一下在脑子冒出来。"

"因为你在图书馆上班，什么都容易联想成汉字，哈哈，哈哈哈。"胜又笑了，因为是拼命挤出来的笑声，所以声音很尖，很不自然。

这个话题说完，沉默再次笼罩了餐桌。吃饭的咀嚼声和碗筷的碰撞声，在安静的屋里显得格外刺耳。

恒太郎本来就是个寡言少语的人。并且又是在自己家里，沉默对他来说并不是多么苦闷的事情，反而宁静更让他觉得是一种享受。不过对于胜又这个外人来说便没有那么轻松了。因为过于紧张，他不小心噎住了，不由用力咳嗽起来。

看到被吓了一跳的恒太郎和泷子投来讶异的目光，他抬起手摇了摇示意自己没事，强忍着继续吃饭，不料又噎住了，这一次把刚吃进去的东西一下全吐了出来。他呼吸困难，痛苦地团成一团在地板上乱滚。

泷子慌忙手脚并用地爬到胜又身旁。

"怎么了！噎到了吗？"

胜又想要说话，却发不出声音。

---

1 苹果在日语中对应的汉字为"林檎"（ringo）。

"后背！后背！"恒太郎大叫着。

泷子慌忙在胜又后背拍打着。胜又勉力扭动着身体，似乎想说自己没事，却无法呼吸，鼻涕淌得老长，抓着榻榻米痛苦不堪。

"怎么了？没办法呼吸了吗？"

"肯定是呛到气管了，快搓他后背！"

"你没事吧？"

胜又的眼泪和鼻涕流得脸上一塌糊涂，但还是拼命想点头。恒太郎有力的手使劲为他搓着后背，这才算把症状缓和下来。

"啊……啊……"胜又一脸茫然地喘着粗气，泷子见状总算松了一口气。

"啊呀，吓死我了，刚才差点以为你要死了。"

"不是开玩笑，这样死了的还真大有人在。"

"啊啊……"胜又仍然说不出话，只是大张着嘴喘着气。

"你不用太介意别人，还这么紧绷着不放松的话，等一下又要呛到了。"恒太郎说着，放下了筷子。

"爸，我帮你添饭。"泷子伸出双手，恒太郎挥挥手站了起来。

"上厕所？"

"嗯，嗯……"恒太郎含糊地答应一声，走出客厅。

"你没事吧？"

泷子为吸着鼻涕的胜又拿来面巾纸，胜又垂头丧气地说："我总是在紧要关头把事情搞砸。"

"这又不是什么紧要关头。"

"可这是我搬来这里的第一个晚上，也是第一次和你以及你爸三个人一起吃饭，可能是我命中注定吧，总是在第一个晚上把事情搞砸。"

"啊呀，你讨厌！"

"啊，啊，我不是这个意思。"

想起那天晚上在泷子公寓第一次表白爱意时的狼狈，两个人都忍不住羞红了脸，觉得浑身不自在。

这时，外面传来脚步声，泷子来到玄关，发现恒太郎正在穿鞋。他已经穿上大衣，脖子上还围着围巾。

"要出门吗？"

"嗯。"

"要去哪里？"

"我想起有点事。"

"什么事啊？"

胜又也跟了出来。"如果要买烟，我这里有。"

"不，是其他事……"

"其他的什么事？"

"你们俩慢慢喝会儿茶吧。"

恒太郎话音未落，泷子早已皱起了眉："爸，我不喜欢这样，你这样处处刻意替人着想让人很讨厌的。"

"我又不是刻意这么着。"

"那是怎么回事？"泷子羞愤交加，呼吸也粗重起来。

胜又不知如何是好，走到他们父女面前。

"呃，我……我还是不住这里了，我不住这儿了。"

"胜又先生……"

这时恒太郎突然笑了起来："难道你还要再搬次家吗？"

他推开两人，走出门去。

这天晚上，泷子决定睡在恒太郎的房间里。只有睡在父亲身旁，才能证明自己仍然守身如玉。对胜又，她当然是喜欢的。但一想到和胜又肌肤相亲，又会羞得无地自容。而且，一想到哪天被父亲知道了，整个脸几乎都要烫得冒出火来。

泷子抱着被子进来时，恒太郎还没有睡着，但他什么都没说。父女俩各自沉浸在自己的心事中，默默地看着天花板。睡在里屋的胜又同样辗转难眠，也在默默看着天花板。

卷子则不是睡不着，而是压根没有睡觉的念头。已经凌晨一点多了，鹰男还没有回来。她坐在客厅的桌旁吃着花生，望眼欲穿地等待着，丈夫和赤木启子缠绵的画面接连不断地浮现在她眼前。

这段时间，我可是都看明白了。哪个人生活满足，哪个人欲求不满，我能立刻分辨出来。咲子的话再次在她脑海中回响着。

——那我呢……？

卷子看向碗橱，目不转睛地望着玻璃上映出的自己的脸，咲子当时曾暗示卷子欲求不满来着。**说的是呢**——卷子心想。

卷子抓起花生，用力向玻璃上的那张脸扔了过去。

第二天一早，卷子前脚把孩子们送出门，后脚正树便过来拜访。卷子把正树请进客厅，为他泡了茶。这时鹰男也匆匆忙忙地起来了。他昨天很晚才回家，脸上带着睡眠不足的倦意。

鹰男一边系着领带一边说道："你这也太早了吧，最近银行都是一大早就要上门催账吗？"

正树恭敬有礼地欠身后说："因为怕这些鱼板放久了会坏掉。"

"你一定是怕待在家里会被你妈唠叨。"

卷子插嘴说："纲子姐刚才在电话里说了哦，说你'突然就带了个女朋友回来'。"

"啊？她已经告诉你们了？"

"你一出门，你妈马上就……"

"你们可不能太高调哦，想想你妈，毕竟还守寡呢。"

正树神情严肃地问："这样没关系吗？"

鹰男和卷子互相看了对方一眼。

"我是说我老妈……她一点没有再婚的意思？"

鹰男没有回答，只是把烟递了过去。正树接过，抽出一根。

"我只是觉得我妈就这样白白老去，好像有点可怜似的。"

"听起来好像很孝顺……实际上该不会只是想把你妈推销出去吧？"

鹰男把打火机丢了过去。正树接过打火机，耸了耸肩，点上烟用力吸了一口。

"四月之后，我们就会搬回这边住了，我只是想，这样对彼此都好……"

"纲子姐怎么说？"

"我也不清楚，阿姨，可不可以请你帮我问一下？"

卷子没有回答。其实她根本无法回答。纲子和那个有妇之夫的不伦恋……今后她还打算这样继续下去吗？

卷子觉得坐立不安，便起身走进了厨房。

这天下午，贞治来到了纲子家。

听完纲子的话，贞治在刚洗完澡的脸上擦着护肤液，一边说："像骆驼的儿媳妇也确实不错呢。"

"哟，你已经开始护着她了。"

"他会不会是想说有拖油瓶？"

"啊，说不定会是这样呢……"

"我是开玩笑啦。"

"现在的年轻人真没有羞耻心，"纲子噘着嘴不悦地说，"即使关系再亲密，回来的第一天晚上，总应该一个人睡在家里。即使留女孩子住在这里，至少也应该睡不同的房间吧……"

"确实那样更体面些。"贞治观察着纲子的脸色，"这段时间你的态度也是大转弯呢。你说棉袍也好这个也好……"他摇着爽肤水，"统统都要丢掉。还说'我儿子也要娶媳妇了''这下我要跟所有麻烦事一刀两断，专心抱孙子，安度晚年'……你改变主意了？"

"都怪我当初太认真，现在才进退两难。"纲子站起来时，身体摇晃了一下。

"站得太快头晕了吧？"

贞治扶着纲子坐下，从碗柜里拿出红葡萄酒，倒进大玻璃杯里，塞到纲子手上。

"真想啪的一下扔出去。"纲子用空着的手做出了甩向纸门的动作。

"想扔就扔吧。"

"扔完还得重新贴纸门，太麻烦了。"

"我帮你糊。"

纲子把红葡萄酒泼向纸门，红色飞沫好像血一样溅在白色纸门上。

这时玄关的门铃响了。两人惊讶地相互看了一眼，悄悄拉开纸门向外望去，毛玻璃上映出一个人影。

"纲子姐。"是卷子的声音。

玄关的脱鞋处放着男人的高尔夫鞋，门口还放着高尔夫球球袋——贞治从家里溜出来时谎称去打高尔夫球——现在无论如何都是不能开门的。

纲子和贞治屏住呼吸不发出一点声响。

"纲子姐，你不在家吗？"卷子又叫了一声，咣当咣当地摇着门，还隔着玻璃向内张望，但无人应门。卷子无奈，只好转身离开，刚走到门口却被"枡川"的老板娘丰子叫住了。

"您是她妹妹吗？"

丰子自我介绍后，邀卷子一起去喝茶。得知对方是姐姐外遇对象的妻子，卷子有些不知所措，却也不好直接拒绝，只好跟着她走进附近的一家日式咖啡馆。

她们面对面坐下，两人都点了年糕红豆汤。待点完饮品服务生离开后，丰子说："出嫁之后，虽说是亲姐妹，其实也算是两家人了……"丰子重重地叹了一口气，"我并不是想请求您帮我做什么，只是希望能有个人诉说心情……"

一阵尴尬的沉默过后，卷子为自己的姐姐辩解起来："之前，姐姐曾经不经意地跟我说起过，她最讨厌的就是参加完葬礼，回到自己家进门的那一刻。因为没有人帮她撒驱邪的盐，她只好在出门前把盐装在一个碟子里，放在玄关。回家的时候，打开门拿出盐，自己站在门外，草草把盐撒在身上了事。光听着就让人觉得又寂寞又凄凉。"

"可这世上有谁不寂寞呢？"丰子幽幽地说，"一个人当然很寂寞，但明明有丈夫，却要经常独守空房，那才更加寂寞。"

丰子的话直直地刺进卷子的心里，让她一时说不出话来。

"对您这样幸福的人来说，可能很难理解吧。"丰子自嘲似的笑笑。

卷子突然抬起头来："其实我能理解。"

"没关系，您不用勉强……"

"不，我能理解。因为我家老公也有外遇……甚至不光是我老公，我爸也有同样的事情……"

始料未及的话语让丰子一时说不出话来。

"还有一个年纪比我们小很多的小男孩……我们家姐妹四

个，每个人都担心得不得了，以为只有我妈不知道，所以我们无论说话还是脸色都小心翼翼，不让她看出破绽……没想到，妈妈居然在像今天一样冷的天气里，独自站在情妇的公寓门口……"

丰子惊讶地瞪大了眼睛，注视着卷子的脸。

卷子叹了一口气："然后，她就倒在了那里……"

丰子不觉向前凑了凑："结果，您母亲……"

"她再没有醒来，就这样在昏迷中去世了。"

"看来是经受不住这个打击。"

卷子没有理会丰子的话："她是在代官山昏倒的……手上的鸡蛋全打破了，蛋黄流了一地，把路面涂得滑溜溜的，看起来好像玩具滑梯。"

当时的景象再一次鲜活地浮现在卷子眼前。凝重的沉默中，两人沉浸在各自的心事里。

过了一会儿，丰子仿佛终于回过神来，问道："那，您父亲和那位，现在仍然……"

"不，听说她带着孩子，找了个更年轻的人结婚了。"

两个人再次陷入沉默。

丰子叹了一口气："这种事情，我也不知道该说什么好了。我们都要保重自己——把自己气死就太不值了——这样说似乎也是挺奇怪的。"

"不会啊，您说得很对。"卷子说着，站了起来，"我赶时间要去另一个地方……我先生今天去诊所做全身检查，去年做胃镜检查的时候，吞了那个东西后，觉得反胃……"

卷子伸手去拿账单，丰子赶紧抢了过来："不，我来付。"

"不行。"

"但是，是我请您来的。"

"怎么好让您请。"

两个人僵持不下，拉扯中不经意间看到了墙上的镜子。看着彼此在镜子中的身影，两人不禁哑然失笑。

"我们俩有什么好争的。"

"是啊，有点搞错对象。"

两人互相看看对方。

"那……"

"各付各的。"

她们各自从钱包里拿出硬币放在账单上，同时说了句"三百五十元！"，相视一笑。

两人走出咖啡店，互相微微鞠躬道别，各自离开。

和丰子道别后，卷子用公用电话打到医院。

"请问是向井诊所吗？哦，我是今天去做全身检查的里见的太太，请问他做完检查了吗？里见，里见鹰男，对……什么？"

对方回答说，鹰男的检查马上就能结束了，卷子急忙赶去医院。

卷子赶到医院，在问讯处问了一下，得知鹰男刚做完检查，果然这次又觉得不舒服，正在病房休息。

卷子赶忙跑到病房，一把推开病房的门，却不由愣住了。鹰男躺在病床上睡着，陪在他枕边的却是赤木启子。她正用手帕细心地为鹰男擦拭额头上的汗水和嘴边的口水。

　　一瞬间，卷子有些不知所措，大声说了句"不好意思"，便冲出病房，"咣当"关上了门。但当卷子深深吸了口气，冷静下来，才顿觉自己的慌乱毫无来由。于是她笑着，再一次推开病房的门。

　　"你干什么呢……"鹰男坐起身来问道。

　　"我以为走错病房了……"

　　"真是个冒失鬼。"鹰男苦笑着，转头对启子说，"我们新婚旅行的时候，她一个人去大浴池泡完澡回来，刚一进房门，看到我正在换衣服，居然也是大叫了一声'不好意思'，就跑出去了……"

　　"讨厌……那种事就别提啦，我先生每次都承蒙……"卷子故作平静，向启子道谢。启子也起身鞠躬还礼。

　　"哪里哪里……"

　　"又是觉得恶心，和去年一模一样呢。"

　　"可能是我天生受不了做胃镜的缘故。"

　　"不好意思，给您添麻烦了。"卷子再度向启子鞠了一躬。

　　"刚好有份紧急的资料需要送过来……"启子说。

　　鹰男也点头说："幸亏及时送了过来。"

　　"你的手帕，是不是弄脏了？"

　　"没事……"启子慌忙准备把手帕放回包里。

"先留下吧，我洗干净以后再还你。"

"那怎么好意思。"

"真的啦，不用客气。"

卷子有点过于认真的坚持着，但启子还是笑着把手帕塞进了皮包。三个人神色间都有些尴尬。

启子无法忍受沉默的尴尬，起身说："我来倒茶……"

"烟……"卷子也恰好同时说。

两个人都有些张口结舌，停了一下，这次卷子说"喝水"，启子说"香烟"，两人都以探询的眼神看着鹰男。

"那就抽根烟吧。"鹰男回答说。

卷子心里暗暗恼怒："抽烟不好吧，这种时候。"

"反胃的感觉已经过去了……"

卷子在鹰男挂在置物柜里的西装口袋里找烟，但没有找到。启子从皮包里拿出柔和七星。

"因为刚好抽完了，所以我托她帮我买的。"鹰男辩解似的说完，从启子手上接过烟。

"你不是一直抽七星的吗？"卷子惊讶地问，启子说："部长三个月前就改抽柔和七星了。"

"你没有发现吗？"

"我自己又不抽烟。"

"这两种烟太像了。"启子打圆场似的说。卷子虽然心里十分气恼，却没有怒形于色，只是目不转睛地看着一脸陶醉地抽着烟的丈夫。

"菊村先生打电话过来了。"启子向鹰男报告。

卷子不假思索地插口道:"真难得呢,不知道菊村先生家买房子了没?"

"不是那个菊村,是千北银行的菊村先生。"鹰男淡淡回复一句。

"这是贷款金额的明细……"启子继续说。

"明天一大早就打电话给他。"

"好。"

卷子仿佛成了外人,只能默默站在一旁。她内心怒火中烧,但还是拼命克制着,面带微笑地走到床边。

"呃,工作的事,如果可以的话,晚一点我再……"

"那,请您多保重身体。"

启子微微鞠躬后站了起来,有点尴尬地从衣篮里拿出皮外套,颜色款式居然和卷子那件一模一样。

"啊……好像啊……"卷子喃喃地说,启子有点不知所措,但还是鼓起勇气穿上外套。

卷子目瞪口呆,两件外套岂止是很像,简直就是一模一样。

鹰男夸张地干笑着:"我真是干不了坏事呢。"他仿佛不经意地看了启子一眼,"其实也没有这么严重啦。"

"我用年终奖金买了这件衣服,部长看见我穿说很好看,想给自己太太也买一件,还问我在哪里买的……"启子接着鹰男的话头继续说着。

"是吗……"卷子虽然脸上带着笑容,但声音很不自然。

232

启子一出门，卷子立即脱下外套丢在一旁。"我不知道和她的一模一样。"

"你也知道我最不擅长买衣服了。"

"她那一件也是你买的吧？"卷子厉声问道。鹰男苦笑着说："就算是我买的话，也不可能买两件一样的啊。"他冲门口的方向努努下巴，"人家有男朋友的……"

"对方是谁？"

"我怎么知道对方的名字。"

"纲子姐也有呢，正交往的人……"

卷子也不明白，自己为什么会在这个时候突然提到姐姐的事。难道是因为在姐姐家门口遇到丰子，又一起在咖啡店聊天，两个人的谈话始终盘旋在耳边挥之不去？

"那家日式咖啡馆的店名，我记不清了……"卷子注视着丈夫的眼睛，"我遇到那个人的太太了，还一起喝了红豆汤。"

"嗯。"

卷子把刚才的事简明扼要地告诉了鹰男。

鹰男脸色平静，他早就看出了纲子和贞治之间的关系。

"她说，遭到背叛的感觉很寂寞，还说两个人在一起，对方的心却不在自己身上，比一个人时更寂寞。我听了觉得很心酸……"卷子借丰子的话倾诉着自己的心声，她也只能用这种方式去责难丈夫。

鹰男一言不发，仰面躺在床上。

卷子突然想到似的说："纲子姐，还是再婚比较好吧。"

"……"

"老公，这件事还是要拜托你呢。"

鹰男闭上眼睛。

"睡着了吗？"

鹰男没有回答。卷子看着丈夫的脸，深深地叹了一口气。

那天晚上，纲子来到里见家。她白天假装不在家让卷子无功而返，心中到底还是放心不下。

卷子一见面便向纲子提起再婚的事。

"我还以为你要说什么呢。结婚这种事，一次我都嫌多。"

纲子一笑置之，卷子却露出与平时截然不同的严肃："如果能和一个人厮守一辈子当然好，但是……"

"但是什么？"

"但是会让别人流泪的啊。"

纲子假装没听懂："谁，谁在流泪？"

"不是有吗？"

"有人笑，有人哭，这个世界本来就人各有命。"

卷子戳了戳丈夫："你来说。"

"大姐，要不要喝一杯？"鹰男起身，拿出酒杯。

"你除了劝酒以外，也劝一劝那件事嘛。"卷子斜眼瞪着鹰男。

鹰男苦笑着说："她说无论如何都要让你再婚。"

"我新做了一件和服，想找机会穿嘛。我去拿冰块……"

卷子走去厨房时，鹰男向纲子使了一个眼色。

"她这个人比较洁身自好。"

"她岂止是洁身自好，简直根本就是教育敕语[1]嘛，'兄弟友爱，夫妻和合，朋友互信'……"

"大姐，你还真是老古董。"

"还有博爱——后面什么来着？"卷子说着，一手拿水瓶从厨房走了出来。

三个人绞尽脑汁地回忆教育敕语时，玄关的门铃响了。

"来了！"

卷子打开门，看到泷子瑟缩着身子站在门外。

"泷子……"

"这时候方便吗？"

"方便啊，纲子姐也来了……"卷子用下巴示意着客厅。

泷子毫不关心，她一面往客厅走着，一面迫不及待气鼓鼓地说了起来："我再不想理咲子了。"

"又怎么了？"

"她太看不起人了。"

"虽然我不知道她说了什么，但毕竟是姐妹嘛。"

"即使是姐妹，我也讨厌她，整天拿自己有钱炫耀个没完……"

鹰男请泷子坐下："咲子只是有些天真而已。"

"她只是装出一副天真的样子，借机报复而已。从小她就功

---

1 日本明治时期颁布的教育文件，成为二战前日本教育的总纲领。

课不好，成绩最差，又和没出息的拳击手同居，现在她终于发达了，要把以前我们对她的看不起都以牙还牙地还回来。"

"行啦，随她去嘛。"卷子说。纲子也说："别人是别人，自己是自己，人比人，只会气死人。"

"但是，我还是讨厌她。"泷子歇斯底里地坚持己见。

"泷子啊，你的 No 太多了。"

鹰男的话，刺中了泷子的痛处。

"什么 No？"

"这个讨厌，那个错了，这个不喜欢，你'No'说得太多了。"

纲子佩服地说："果然还是男人的眼光不一样，说得真好。"

泷子有点不安起来："我真的说 No 说得太多了吗？"

"很多啊。作为女人这样很吃亏的，往往会在关键时刻让幸福溜走。"

"所言极是！"纲子大力赞赏，卷子立刻接口说："你和纲子姐正好相反。纲子姐整天都在说 Yes，所以才那么有男人缘。"

纲子瞪了卷子一眼："原以为姐妹是最好的朋友，没想到是最大的敌人。"

卷子笑得合不拢嘴："你到现在才知道吗？"

泷子不理会两个姐姐的谈笑，一脸严肃地陷入沉思。她想的是胜又的事。

这一天，咲子家又在举行惯常的聚会。

屋里回响着与现代化的公寓格格不入的念经声，透过玄关半开的门，从屋外都能听到。玄关摆着奖杯的架子旁边，挂着那件红狐毛皮大衣，大衣下面的地上密密麻麻地摆满了穿旧的和服鞋以及有点脏的鞋子。身穿朴素的和服，戴着佛珠的老妇人们鱼贯走进真纪的房间。

阵内的母亲每个月都邀集附近的老妇人在家里聚会，大家一起念经，为儿子的健康和胜利祈福。

阵内在走廊上玩着射飞镖。他看着贴在墙上的标靶，定睛瞄准目标，然后投出飞镖。咲子端着一大盘橘子从厨房走出来，差点撞到他。咲子慌忙让到一旁，结果手上一晃，橘子滚落一地。

阵内帮她捡着橘子："对不起啦。"

"嗯？"

阵内冲真纪的房间努努下巴："你不喜欢这样吧？"

"又不是每天都这样。"咲子嘴上通情达理，脸上却满是不悦。

"老妈只有这点乐趣，只能请你多忍耐一下了。"

阵内双手合十地拜托着咲子，咲子顿时转怒为笑，依偎在丈夫身上撒娇，结果刚捡起的橘子又滚落一地。

这时，里面房间传来孩子的哭声。

阵内从咲子手上接过托盘，让咲子去照顾孩子，自己端着橘子送到母亲房间。打开门，房间里坐满了老妇人，六张榻榻米大的小房间被挤得满满当当。老妇人们背对门口坐着，专心念着经。真纪挤出人墙，来到门外，从阵内手上接过托盘，踮起脚凑到儿子耳边小声问道："今天有什么特别的愿要许吗？"

阵内指了指自己的眼睛。

"你眼睛有问题？"

"等有了问题再拜佛哪儿还来得及，老妈，要记得好好帮我许愿。"

看到真纪点头答应，阵内轻轻掩上门，站在走廊上，静静听了会儿念经声，便重新捡起脚下的飞镖，对着标靶试图瞄准，但在他眼里标靶仿佛在摇晃，看起来好像竟有了两个。

阵内正眨动着眼睛试图看清楚的时候，卧室的门开了，咲子抱着胜利走了出来，正柔声哄着。阵内拉住正准备去厨房的咲子，把胜利抱了过来，脸在他的头发、脸颊、手脚上贴着，蹭着。咲子看着丈夫，脸上洋溢着幸福。

和胜利玩了一会儿，阵内把他交还给咲子。咲子拿奶瓶贴在脸上确认着温度，走进了厨房。

阵内再度拿起飞镖，注视着标靶——标靶很模糊，而且的确变成了两个。他咬咬牙投出飞镖，结果偏得老远。念经的声音仿佛突然如响雷般在他耳边回响着。阵内神情痛苦，木然地愣在原地。

国立老宅里，恒太郎正坐在檐廊上眺望着庭院。

胜又在厨房和客厅之间来回往返着，动作笨拙地把盘子和酱油碟摆在桌上，一门心思地准备着晚餐。

恒太郎回过头："我来帮忙吧？"

"不用，不用了。"胜又回答，一个人跑来跑去忙碌着。

这时，电话铃声响了，恒太郎顿时精神一振，转头望向电话——电话一声接一声地响着，恒太郎动作异常敏捷地冲向电话，全然不见平时的老态。但胜又却抢先一步接起了电话。

"喂？"

"爸爸？"是省司打来的。

"啊？"

"你……不是爸爸？"

"你拨的哪个号码？"

电话咔嚓一声挂断了。

"打错的电话吗？"恒太郎问。

"是个小孩子……"

恒太郎强压着胸口的激动："小孩子……"

"是个小男孩，可能想问大人，放学回家的路上能不能顺便看场电影之类的吧。"

"应该是吧。"恒太郎重新回到檐廊下，眺望着庭院。

胜又把锅端上桌，开始往碗里盛饭。

"胜又君……"恒太郎突然叫了他一声，却并没有回过头来。

"嗯？"

"你知道'初时闪亮奈良刀'这句话吗？"

胜又眼睛转来转去，努力地思考着："初时闪亮奈良刀……是什么意思？"

"大概是在室町时代吧，奈良一带曾经大量生产品质不佳的廉价刀，被称为奈良造。"

"哦，原来奈良刀是这么来的……"

"刚买来的时候虽然亮闪闪的，看起来好像很锋利的样子，但稍微一用就会原形毕露了。"

"啊，您、您是在说我吗？"

"我并不是说你不好，只是想说你有点太过卖力了。"

"……"

"老年人很容易依赖别人，如果我从今往后一直觉得这是理所应当，你一直这样辛苦下来，也是受不了的吧？"

"不会的，我至少体力还算不错。"

"把自己弄得这么辛苦，没必要的。"

胜又不答，稍稍沉默一下，便转开话题："咱们开始吃饭吧？"

恒太郎走到餐桌旁坐下，盯着胜又的脸："还是说，你该不会是觉得对我有所亏欠吧？"

"怎、怎、怎么会。"

"那就一半一半，咱们每人一天，轮流做饭。"

恒太郎轻轻低头，沉默地行过餐前礼，便拿起筷子，两个人默默吃起饭来。

没吃几口，电话又响了。恒太郎随手扔下筷子，慌忙准备起身。但胜又制止了他，自己飞也似的跑过去接起了电话，但是他嘴里被食物塞得满满当当，手里虽然拿着话筒，却一时说不出话来。恒太郎一把抢过电话。

"喂……"电话中传来一个娇滴滴的女声。

"原来是你啊。"

"爸爸？怎么是你……"

恒太郎一言不发地把电话塞到胜又手里，自己回到餐桌前。

"喂，泷子……"

"你们那边相处得顺利吗？"

"嗯，还算不错。"

"晚饭都是你做的？"

"嗯，反正我已经习惯了……"

"我爸他不吃芋头的。"

"啊？！"泷子的话让胜又大吃一惊，"今晚我恰好做的就是炖芋头，切成小块和马铃薯一起炖的。"

"啊，那样做的话就没事，除此以外他从不吃芋头。现在正吃着吧？"

胜又偷偷看了恒太郎一眼："嗯，正吃着呢……"

"啊，我也好想吃！"

泷子今天有些异于往常。昨晚鹰男的一席话大概说到了她心里，让她终于能够勇敢地袒露自己的内心。在与胜又有一搭没一搭地闲聊的过程中，她的心情也变得越来越放松。聊着电话的同时，泷子在心里暗暗发誓，决定以后再也不说"No"了。

吃完晚饭，胜又到厨房收拾碗碟，这时省司又一次打电话过来。这一回接电话的是恒太郎。

"爸爸，你最近好吗？"

"很好。"恒太郎紧绷的脸色不知不觉缓和下来，"小鬼你也好吗？"

"不好。"

"那可不行，要打起精神。"

"没办法。"

"那可怎么办呢。"

"只要见到爸爸，就有精神了。"

恒太郎瞬间脸色一亮，但随即强压住喜悦："那可不行。"

"为什么？"

"我要挂电话了，晚安。"

"我可以再打电话吗？"

恒太郎没有回答就挂上了电话。虽然并没有血缘关系，但是省司确是他唯一的儿子——唯一一个叫他爸爸的男孩。恒太郎又何尝不想见他……然而，他内心却在拼命说服着自己：绝对不能去见他。

恒太郎怀着满溢的思绪在檐廊坐下。这时，厨房传来"咣当"一声碗碟的碎裂声。

这天晚上，恒太郎辗转难眠。他像往常一样看着天花板，眼前却浮现出省司的脸。他咳嗽几声，想赶走萦绕在眼前的影像。这时走廊上传来脚步声。

"竹泽先生……"纸门拉开一条细缝，胜又探头进来，"我、我有话想对你说……可以进去吗？"

恒太郎坐了起来，胜又惴惴不安地走了进来。他只是在睡衣外面随便披了件外套，脚上却什么都没穿。

胜又在恒太郎脚边郑重地跪坐下来，开门见山地和盘托出："竹泽先生，当初就是我负责调查你的外遇，是我查到你每个星期去土屋友子的公寓两次，而且我还查到那个男孩不是你的亲生儿子。"

恒太郎没有回答，目不转睛地看着胜又的脸。胜又用手背擦了擦额头上的汗水："我也是因为这件事才认识泷子的。"

"……"

"虽然现在还不知道我们能不能结婚，但如果我们结婚了，我会好好疼爱她，我保证一辈子都不会有二心，好好补偿在这件事上对她的亏欠。"

恒太郎突然笑了，并且笑得愈来愈大声，最后终于仰天大笑起来。胜又瞪着眼睛，惊讶地看着恒太郎。

"我已经好多年都没这么笑过了。"笑完之后，他拍了拍胜又的肩膀，打发他出去。

去见省司吧——不知道为什么，在这个时候，恒太郎突然下定了决心。

几天后，省司又打电话过来。恒太郎在省司的央求下，同意在省司家附近的咖啡店见面，并且答应辅导他功课。

"不对哦，爸爸，你不行啦。"

"现在的功课都太难了，我以前根本没学过。"

"应该这样！"省司凑过来，但恒太郎说："既然你不满意，就自己做吧。"省司慌忙说："没有不满意，不说了，啊，真厉害！"

"拍马屁也没用。"

"还是妈妈比较厉害。"

两人你一句我一句地斗着嘴，却如同亲生父子一般亲密和睦。

咖啡店外，一身素雅和服，用披肩遮住脸的友子远远看着他们，胸中感慨万千。

这时候的国立老宅里，泷子正站在小板凳上，拿铁锤在墙上钉钉子。胜又则和之前一样帮她扶着小板凳。

泷子提出要把架子装上去的时候，胜又一脸难以置信："你特地跑过来，就为敲钉子？"

"因为上次没弄好嘛。"

泷子仿佛是在给自己鼓劲似的，用力地敲着钉子。突然，她停下手："你能不能逗我笑？"看着一脸不明所以的胜又，泷子继续说，"说些好笑的事给我听……"

"你突然这么说……"胜又惴惴不安地看着泷子手里的铁锤。

泷子察觉到胜又的视线："今天不会掉下来的……"

胜又愈发一头雾水："也没有什么好笑的事……"

泷子羞涩地看向别处："我在想，你能不能把上次的事情重来一遍……"

"啊？"

"这次，我不会说……讨厌了……"泷子用几乎听不到的声音说。

胜又惊讶地抬起头，看到泷子正低头看着他，仿佛快要哭出来了。

胜又用力咽了口唾沫，战战兢兢地抱住泷子的小腿。泷子拉住胜又的手，往上拉，让他抱住自己的腰。胜又把脸贴在泷子的臀部，泷子的身体颤抖起来，胜又也在颤抖着。

泷子偷偷把铁锤扔到一边，两个人相拥着躺倒在榻榻米上。锤子落在榻榻米上，发出"咚"的一声巨响。然而，两个人都无意去理会，忘情地沉浸在热烈的拥抱中。

几天后的晚上，泷子来到里见家。

这天晚上，泷子一反常态地穿了一件颜色可爱的毛衣，还画了淡妆。整个人仿佛由内而外散发着耀眼的光彩。

"你说有事想找我们商量，到底什么事？"卷子问。泷子瞥了一眼洋子，欲言又止地说："嗯……等会儿再说。"

"什么事嘛？"

"是不是我在场不方便？"

"不，姐夫，请你也听听……"

"嗯？哦，哦，我知道了，洋子，你先去二楼……"卷子用眼神向洋子示意，洋子吃着零食说："泷子阿姨，你是不是要结婚了？"

泷子瞠目结舌："洋子，你听谁说的？"

"真的吗？"卷子和鹰男异口同声地问，泷子羞涩地点点头。

"和胜又吗？"

"嗯……"

"我猜对了！"洋子欢呼起来，"我就知道……因为泷子阿姨和平时完全不一样，整个人都在闪闪发光。"

"马上要当新娘子了，自然容光焕发了，你快去二楼……"

"二楼……"洋子被父母催促着，噘着嘴一脸不情愿，走出客厅时嘴里还在抱怨，"每次我只要一把实话说出来，就会被赶去二楼。"

鹰男对着她的背影大声说："要不我们干吗费那么大力气建两层，小傻瓜！"

"现在的小孩子真是不好对付。"卷子也叹着气。

"这些家伙，无论体力还是脑力都远在我们这些大人之上。"

"姐姐你们也真是辛苦呢。"

"往往有些事我还懵懵懂懂没有察觉，这孩子却早已经看得清清楚楚。"卷子别有意味地瞥了丈夫一眼，"根本不容有半点大意。"

"我看往往是'言者无意，听者有心'吧。"

泷子面带笑容地听着他们夫妻的对话。卷子转头看着妹妹："你早就该这么做了。"

"确实呢，你们姐妹四个里面，论长相就属泷子最漂亮——如果五年前就开窍的话，就能更……"

"更什么？"

"更……"

"你想说，能找个比胜又更好的对象吗？"

鹰男慌忙说："不，不，我是说，可以更早就尘埃落定了。"

"就是啊，害我们这么担心。"卷子也在一旁打圆场。

然而，这天晚上的泷子，无论别人说什么，都始终笑容可掬。

"没关系，不管姐夫和卷子姐说什么，我都不会生气，不过……"

鹰男打断了泷子的话："准备什么时候办仪式？"

"说起来，婚礼还是必须要办呢。"

"那当然！别人都办婚礼，你为什么不办。"

"我们两个都很讨厌这种场合。"

"这不是你喜欢或是讨厌的问题，否则，小孩长大以后，你们就伤脑筋了，到时候孩子一定会闹着要看你们的结婚照……"

"可以办得简单些，只有近亲参加。"

"衣服也可以用租的，但一定要办。"

"嗯……"泷子勉强点头答应。

"问题是要请什么人。"

"父母、兄弟姐妹，还有……"说到这里，泷子陷入沉思，"姐妹哦……"

这时，宏男走了进来。

"怎么连一声'我回来了'都不说？"

"我回来了。"

"看到阿姨来了，连声招呼都不打……"

"阿姨。"

鹰男苦笑着说："你属鹦鹉的吗？"

泷子也笑着说："宏男好像又长高了。"

"一天吃四顿，再不长高点，岂不是亏大发了。"

"又登了。"

宏男扔下一本周刊杂志后走了出去。卷子翻开杂志，发现在"拜访名人家庭"的专栏中，刊登了阵内和咲子幸福和美的照片。

泷子皱着眉头说："我不想请这个人。"

"泷子……"

"我无所谓，不管她说什么，我都不会当回事，但胜又先生太可怜了。好不容易建立了身为男人的自信……"

"啊？"

"嗯……他刚要鼓足勇气准备大展身手，我不想他再受打击。"

"你不请她吗？"

泷子点头。

"胜又也同意吗？"

"没有。"

"原来是你的个人意见。"鹰男低哼了一声，"到时候心里会留下疙瘩。"

"我也是这么想。"卷子也说，"自己亲姐姐的婚礼，居然没有通知他们，无论咲子还是阵内，一辈子都……"

"你们女人，真是一群肤浅的傻瓜。"

听到鹰男这么说，两姐妹都露出了讶异的表情。

"我说留下疙瘩，是指胜又，不是别人。"

"……"

"如果是我，知道老婆连这种事情都为我操心，我作为一个男人，会更觉得自己没用。"

两姐妹沮丧地互看了一眼。

"在古代即便是被全村人断绝来往的人家，遇到婚丧嫁娶的事情还是要通知一声的，何况现在。"

泷子突然抬起头："不对，是只有葬礼的时候才会去通知的。"

"你就爱瞎较真。"卷子扯扯泷子的袖子，"现在不是争辩这种细枝末节的时候。"

泷子笑着点头。

"咲子那里，我会委婉跟她提一下，好吧？"

"……"

"其实阵内并不是喜欢出风头的人，只是咲子有点得意忘形了，所以……"

听了卷子的话，泷子终于用力点了点头。

从里见家出来，泷子在回家前特意到国立老家绕了一圈。听她说完咲子的事，胜又涨得满脸通红地抱怨说："泷子，这太不合适了！你竟然跑到你姐姐家说这种事，实在太不像话了。"

"但是……"

"你们不是姐妹吗？既然是姐妹，当然应该邀请她参加。不管她是像洛克菲勒一样的亿万富翁，还是杀人犯，这些都不是问题。"

"……"

"当然，我也是凡夫俗子，心里当然也会觉得别扭，也觉得很不服气，但这是两码事。"

恒太郎手里拿着进口威士忌正要去客厅，路过门口时，他停下脚步，听着两个人的谈话。

胜又的反应让泷子心中十分欣慰，但还是忍不住有些担忧。

"万一她做了什么令人讨厌的事……"

"我到时候肯定紧张得要命，什么都无暇注意。"

"呵呵呵。"

恒太郎走了进来，在胜又面前晃了晃手中的威士忌。

"哇！好厉害！"

"我特地留下来的。"

泷子赶紧拿来酒杯，恒太郎在三个杯子里倒了酒，三人碰碰酒杯，一口喝干，各自细细品味着。

终于到了举行婚礼的日子，来宾只有两边的近亲，仪式也很简单。

狭小的休息室里挤满了人，胜又穿着一件松松垮垮的礼服，被大家围在中间，你一言我一语地调侃着。

"很不错嘛，胜又君。"鹰男拍了拍胜又的肩膀。

"这件衣服太大了……"纲子调侃着。

"纲子姐……"另一边的卷子瞪了她一眼,"挺合适的。"

"一眼就能看出来是租的。"

胜又腼腆地站着,有些手足无措。

"婚礼上的礼服当然都是租的,反正只有今天穿一次而已,自己买的和租的有什么差别。"

"背要挺直。"卷子说,纲子却说:"我倒是喜欢有点驼背的男人呢。"

鹰男苦笑着说:"你们这一人一个说法,别把胜又给听迷糊了……"

恒太郎坐在角落的椅子上,面带微笑地听着他们闲聊。

这时,门口传来一阵骚动。阵内和咲子走了进来。阵内穿着一件夸张的花边衬衫,系着一条酒红色的腰带。咲子穿了一件长裙,颜色不像阵内那么花哨,却也同样引人注目。

卷子和纲子互相看看对方。

"这是怎么回事?"

"我特意叮嘱过她的……"

阵内和咲子走了过来。

"恭喜……"阵内正准备向新人道贺,屏风外涌起一阵欢呼。

"那不是阵内吗?"

"是拳王阵内英光啊!"

"阵内在这里呢!"

"哪儿?在哪儿?"

一道人墙顿时把阵内夫妻俩团团围住,民众纷纷递上笔记本和手帕索取签名。服务生听到骚动，也拿着彩色的信笺跑了过来。阵内被人群挤得东倒西歪，但还是为众人签起名来。

卷子和纲子拉着咲子的手，把她从人群中拽了出来。

"之前不是和你说了吗，要穿得低调些，不要抢了新娘的风头。"

"今天的主角不是你们。"

咲子不悦地说："我当然知道。"

"你知道还让他穿成这样？"

"我本来为他准备了黑色的西装，但临到出门，他又突然改了主意，说不想穿黑色，想穿明亮的颜色……"

"他本来就已经够引人注目的了。"

"穿得跟个街头艺人似的。"

"我去跟他说……"

姐妹俩走向人墙，向周围的人彬彬有礼的鞠躬道歉："不好意思，今天是我们家族喜宴，请大家见谅。"

"婚礼已经开始了，不好意思……可不可以结束之后再说。"

然而，阵内却丝毫没有罢手的意思。

"大姐、二姐，没关系，干我们这行，必须重视自己的拳迷。"

胜又也露出亲切的笑容："热、热闹一点比较好，这样反而比较好。"

卷子·纲子愤愤不平地瞪着阵内。

阵内比平时更加活跃其实事出有因。他面带笑容地签着名，实际上内心却在惶恐不安着。这段时间他视力急剧衰退，以至于现在这些字在他眼里，不仅有两三层重影，还在晃动扭曲着。再这样恶化下去该怎么办？不仅会失去拳王的宝座，甚至可能就此便告别拳击生涯了。他内心几乎快要被不安所压垮，却无法向任何人言说。为了掩饰内心的不安，他才故意做出兴奋的样子。

阵内突然抬起头，看着胜又的脸："恭喜啊。"

"谢谢。"胜又回答，眼睛却在看着阵内手指的动作。他觉得有点不太对劲，却说不清是什么地方让他有这种感觉。

"怎么不把灯光调亮一点？"阵内推开人群，摇摇晃晃地走向胜又，小声抱怨一句。

"什么？"

"一辈子一次的大喜事，灯光也太暗了点。"

"啊？"

会场内灯光亮得刺眼。周围的人都惊讶地看着阵内。这时，服务生正好端果汁过来。

"把灯都打开。"

阵内冲服务生喊了一句，整个人突然重重地摇晃了一下。胜又"啊"的一声，伸出双手，却没能扶住他，两个人一起倒了下去，撞上了服务生。盘子上的果汁撒了出来，不偏不倚淋在胜又的头上，胜又雪白的衬衫也沾上一片橘色污渍。

泷子在不远处看着这场骚动，看到胜又跌倒时，忍不住焦急地尖叫一声，拉起婚纱的下摆冲过来。她一把推开跑向阵内的咲子，狠狠瞪了她一眼说："你走吧。"

卷子和纲子慌忙抱住泷子，免得婚纱也沾到果汁。泷子转头看着阵内和咲子大叫："你们给我回去！如果你们不走，我们走！"

咲子恨恨地瞪着泷子，拉着阵内的手说："我们走吧。"转身准备离去。

这时，一旁的恒太郎看不过去，起身走了过来，搂着泷子和咲子的肩膀。

"十年之后你们想起这件事，会觉得就是一个笑话。"他用平静的语气说道，然后转头看向胜又，"你穿我的吧，反正你身上那套也实在是不合适。"

"但是，爸……"

"我在这里租一套衣服就好。"

这时，负责主持婚礼的工作人员来叫他们。

"胜又先生、竹泽小姐，请两位进入会场。"

"来了。"纲子故作开朗地回应道。

"请稍等一下！"卷子也拜托工作人员。卷子和纲子率领一行人缓缓走出休息室，只剩下阵内和咲子。

咲子握着阵内的手问："你是不是哪里不舒服？"

"没事的。"

"刚才怎么会跌倒？"

"因为有人挤我。"

虽然咲子半信半疑，但阵内的表情明白地表示拒绝她继续追问。在房间角落，一个瘦小的男孩害羞地拿着彩色信笺看着阵内。阵内露出笑容，向男孩招了招手。

"老公……"

"我马上就过去。"

阵内用眼神示意咲子先走，咲子内心充满不安，但还是走向会场。

咲子离开后，阵内走到男孩身边，接过彩色的信笺。他拿着签名笔的手不住地颤抖着。"勇往直前！阵内英光"——这几个字他写过无数遍，这时却写得歪歪扭扭，乱成一团。

男孩抬起头惊讶地看着他。就在这时，签名笔从阵内的手中滑落，掉在地上。他弯下身想捡起来，却身子一沉，倒在地上，失去了意识。

胜又换上恒太郎那身印有家徽的和服裤裙后，顿时显得仪表堂堂，身穿婚纱的泷子也喜上眉梢。他们站在神父面前接受祝福，沉浸在幸福中。

在这个喜庆的场合，只有咲子如坐针毡，强压着心头的不安。身旁的座位仍然空着，阵内还没有进来。她终于按耐不住，准备起身去看看情况时，身穿黑色服装的工作人员走了进来，在咲子耳边悄声说了几句话。

咲子顿时脸色大变，起身时几乎都站不稳了。卷子、纲子、鹰男面面相觑，不知道发生了什么事。卷子起身想跟咲子一起出去，却被恒太郎用眼神制止了。恒太郎的眼神仿佛在叮嘱她，绝不能把这个庄严的婚礼搅得一团糟。

　　一行人掩饰着内心的不安守候着这场婚礼。卷子，纲子和恒太郎凝视着沉浸在幸福中的泷子，想到即将降临在咲子身上的不幸，不祥的预感在胸中翻腾不已。

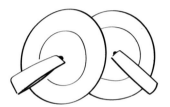

碎裂

阵内英光被送进附近的医院后，随即住了院。咲子赶到医院，再也没有回到婚礼现场。

　　恒太郎和三个女儿，以及鹰男和胜又，在喜宴结束后才得知情况。纲子、卷子、泷子听到消息便想立刻赶去医院，却被恒太郎阻止了。他觉得在阵内病情稳定下来之前，外人还是先不要打扰他们为好。

　　两天后的下午，卷子和泷子联络后，相约一起前往医院探视。阵内所住的是脑外科病房，头上包着绷带的形形色色的患者们让这栋小楼显得有些刺眼。有的患者坐着轮椅，有的把点滴架当拐杖挂着步履蹒跚，凄惨可怜的样子让卷子目不忍睹，心中一阵刺痛。她找到有阵内名牌的病房，敲了敲门。

　　"请进。"里面传来泷子的声音。

　　卷子打开门，看到病房内的情况，顿时惊讶得愣在原地——病床上的棉被和床单已经被取走，只剩下光溜溜的床垫，泷子孤伶伶坐在上面。

　　"阵内……他……他……"卷子说不出话，"该不会是，死……"

　　"听说他出院了。"泷子耸耸肩。

　　"出院？"

　　"我也吓了一跳，我来之前急急忙忙地吃了一碗荞麦面，结果不停地打嗝，怎么都止不住。谁知道走进病房一看，心里咯噔一下，啊，死了——居然瞬间就不打嗝了。"

　　"不要说这么不吉利的话。"

　　"呵呵，你自己不也是这么想的……"她笑了起来，没想到又"呃呃"地打起嗝来，"讨厌，刚才不是好了吗……"

卷子疑惑不解："难道是病情好转了，所以出院？"

"好像并不是，我刚才问过护士，她说是他们无论如何都想回家，一再坚持，这才出院离开了。"

"她不是知道我们今天要来吗？"卷子说着，突然"啊"的叫了一声，拍了泷子后背一下。

"一点都没有吓到——这种小把戏哪有用。"

"是吗？"卷子苦笑着，"即便是急着出院，至少也该打个电话通知一下啊。"

泷子用打嗝回答了姐姐的问话。

"再说了，我们今天来，也是咲子她们定的时间啊？"

泷子不停地打着嗝说："她从小就光顾着自己。"

"真是本性难移。"卷子瞥了泷子一眼，"啊，早知道就不用买玫瑰花了。"说完，随手把花束扔在床垫上。

"我也买了橙子，三百元一个呢，要不要吃？"泷子冲放在一旁的纸袋努努下巴。

"不要，在这种地方，吃什么都会觉得倒胃口。既然都大老远跑来了，要不要干脆带这些东西去咲子家？"

"嗯……"泷子看着手表犹豫着，"不……不行，我约了人。"

"啊，胜又吗？"

泷子打着嗝点头。

"那我就顺路去看看吧。"卷子说。泷子把装水果的纸包递给姐姐，姐妹俩起身走向门口，却又不约而同地回头，看着空空如也的病床。

"以后，这一行，"卷子模仿着拳击的动作，"可能再干不成了吧。"

"胜又也说……"泷子打了一个嗝，"他可能是眼睛出了问题。"

"你们心里肯定也很不舒服吧？他在你们婚礼上当场晕倒，如果真有什么万一……"卷子深有感慨地说着，突然扯着嗓子"哇！"的一声，又拍了泷子的后背一下。

泷子翻翻白眼："啊，好了……"

两姐妹谈笑着走出病房。

这时，咲子家的客厅里，阵内正一个人呆呆地站着。他穿着睡衣，外面罩了件睡袍，眼神空洞，四处看来看去。墙上依然挂着他成为拳王时的照片，柜子上陈列着各种大大小小的奖杯。

从真纪的房间传来念经的声音，老妇人们似乎逐渐热情高涨起来，念经声也越来越大。

咲子端着一盘橘子从厨房走了出来，看到站在客厅神情恍惚的丈夫，便努力压制着心中的不安，不让自己看向阵内的目光有丝毫异样。

"头还在疼吗？"

阵内没有回答，似乎有些心不在焉。

咲子走到阵内身边，刚想问："你的头……"但看到阵内魂不守舍的样子，一时再也说不下去。她努力让自己平静了一下，重新问了句："头还疼吗？"

阵内没有看咲子，只是小声地回答一句："不疼了……"

"要不我去跟你妈说，叫她不要念了好不好？"

听到咲子这么说，阵内露出笑容："谢谢你。"

"啊？"

咲子有些意外，不禁看着丈夫的脸。阵内却眼神温柔，双手合十，低声念叨一句："谢谢你。"

咲子不安起来，却故意用笑容掩饰着。这时，里面传来婴儿的哭声。阵内从咲子手上接过托盘。

咲子把掉落的奶嘴重新放回儿子嘴里，等他不哭了，便准备回到客厅。经过走廊时，咲子发现丈夫正呆呆地站在玄关——他在干什么？——咲子走近一看，不由惊讶地愣在当场。玄关的水泥地上堆满了那些老妇人的和服鞋，阵内正瞄着那些和服鞋，一个接一个地把橘子扔过去。一个橘子落进去，他便再用其他橘子瞄准之前的橘子，像撞桌球一样把它撞进鞋子深处。橘子扔偏了便捡起来再重新瞄准。他拿着橘子，眯着一只眼睛瞄准着，那神情专注的样子令人感到毛骨悚然。

"你在干什么？"咲子问，阵内不理会她。

"你在干什么？"咲子又问了一次。

"玻璃球……"阵内回答。

"小时候，我很喜欢玩玻璃球。"

咲子走到玄关的水泥地上，准备把和服鞋里的橘子拿出来，却被阵内一把推开。

"你不要干扰我。"

"老公……"

阵内不理会咲子，重新拿起橘子，眯着眼睛瞄准和服鞋。

"请你别闹了，别闹了！"咲子和身扑过去想阻止丈夫。

阵内用力推开咲子，咲子撞在门上，发出巨大声响。

咲子又惊又怕，呆立在原地不知如何是好。阵内漠不关心转过身去，继续拿着橘子眯着一只眼睛瞄准着。橘子接二连三地被扔进他瞄准的和服鞋里，把鞋子都撑满了。

这时，念经的声音变得更大了。

"吵死了！"阵内突然怒不可遏地把橘子用力向门扔了过去，橘子被撞得稀烂，门上汁水淋漓，不断淌落着。

"别念了！都给我别念了！"

屋里的人被吵闹声吓了一跳，房门打开了，一群老妇人跟着真纪纷纷探出头来观望着。

"你……"

"你们都走。"阵内狠狠瞪着那群老妇人。

"你在说什么？大家都是为了你……"

"滚！快滚！"

"不是你说要帮你祈祷吗？"

"滚！快滚！"

阵内拿起托盘上的橘子冲那些老妇人扔了过去。

"住手，阿英！住手。"

"老公，你别这样。"

咲子和真纪一起扑向阵内，阵内恶狠狠地甩开她们，不断捡起来再扔，继续发疯似的扔着橘子。

在橘子雨点般的攻击下，那些老妇人四散奔逃着，忙不迭地寻找自己的和服鞋。突然，其中一个人小声念起经来，其他人也纷纷跟着念了起来。

"滚！快滚！"

那群老妇人念着经，鱼贯而出。

这时，卷子刚好捧着花束和装水果的纸包站在门外，差点被奔涌而出的老妇人撞倒，匆忙躲避中又被阵内扔出的橘子砸个正着，外套的肩膀上留下一片黄色污渍。

"卷子姐！"咲子瞪大了眼睛。

阵内转过身，仿若没有看到呆立在当场的卷子，又大吼了一句"滚！"，随即眼神空洞、摇摇晃晃地走向里面的房间。

咲子和卷子来到公寓的楼顶，这里整齐地排列着标有房间号的晾衣杆。咲子把卷子的大衣挂在晒衣竿上，用湿毛巾拍打、擦拭着，想努力擦去污渍。她的表情很开朗——强忍着打击和不安，故意做出毫不在意的样子——大声谈笑着，不时发出爽朗的笑声。

"都怪我婆婆。出院回来，本来心就已经烦透顶了，她还找一堆人来大合唱似的念什么南无阿弥陀佛。"

卷子一脸茫然地注视着妹妹。

"即使我老公没那么做，搞不好我也会忍不住。"

"但是……"

"这点斗志都没有，还怎么在拳击这一行滚打？"

咲子越是强颜欢笑，反而越显得她的话空虚无力。卷子不由一阵揪心。

"出院没问题吗？"

"没问题，再说后边还有人等着要住进去呢，单人病房又不好申请，我们也不好意思一直住下去。啊，污渍还是擦不掉，我赔你一件新的。"

"不用了，这种事无所谓的。反倒是你，今后有什么打算？"

"今后？"

"阵内他……这一行……"卷子做出拳击的动作，"是不是没办法再继续干下去了？"

"怎么会？稍微休息一段时间，等到了春天的时候，还要准备卫冕战呢。"

"……"

"泷子怎么样？有没有多一点女人味……"

"嗯。"

"这么说，他们之间很顺利呢。你说泷子向胜又哥撒娇的表情该会是什么样子？"

卷子想要笑，却只能挤出一个僵硬的笑容。

咲子一脸认真地说："不要告诉泷子。"然后又咯咯咯地笑了起来，"让新娘子也跟着操心多过意不去。"

卷子点头，她能感觉到妹妹是在故作平静。虽然如此，她却无能为力，只能在一边看着干着急。卷子低下头心中焦躁不安，凛冽的寒风无情地吹打着她的脸颊。楼顶晾晒的衣物也被寒风吹起，飘落在她们脚边。

那天晚上，鹰男、洋子和宏男三人，关掉房间里的灯，看起家用八毫米录像带来。录像里，洋子和赤木启子正在打网球，启子穿着白色百褶短裙，裙摆不时翻起，露出白色内裤，修长结实的双腿在球场上来回穿梭奔跑着，洋溢着青春的气息。随风扬起的长发，微微抬起的下巴，白皙的手臂，笑容中不时露出的雪白牙齿……虽然外行人拍摄的画面有点粗糙，反而更令观者有一种身临其境的感觉。

"这是谁拍的？"

身后突然传来卷子的声音，三人"啊？"的一声回过头，录像也随即中断了。

"原来是妈妈。"

"你回来了。"

"啊，吓死我了。"三人七嘴八舌地抱怨着。

"谁拍的？爸爸吗？"卷子又问了一遍，声音不知不觉尖厉起来。

"怎么可能是我拍的嘛。"鹰男回答。

洋子也解释说："是我网球部的朋友纪美拍的。她最近迷上了八毫米录影机，无论去哪儿都随身带着，到处乱拍。"说完，她转向宏男，"哥哥，快接着放嘛。"

八毫米录影机似乎卡住了，发出咔答咔答的声音，宏男摆弄几下让它复位。客厅的墙上再次映出洋子和启子打网球的景象。四个人接着看起来，但卷子加入后，气氛在不知不觉中变得有点尴尬。

"呵呵，我还以为是你爸爸拍的呢。"卷子嘀咕一句。

鹰男假装没听到，问她："情况怎么样，医院那边？"

卷子还来不及回答，洋子就插嘴问："赤木小姐是不是很漂亮？"

"真漂亮啦，真厉害啦，你们年轻人的形容词，妈妈……"卷子正说着，不小心被椅子绊了一下。

"黑咕隆咚的不要乱动啦，很危险的。"宏男说。

卷子对自己被绊到毫不在意，反而问："和赤木小姐打网球的事，怎么没听你说过？"

洋子气恼地说："我都告诉过你啊。"

"你没说过。"

"我说了！"

"什么时候……"

"我说的时候，你正在织毛衣。"

"我之前不是说过吗，不要在我算针数的时候跟我商量事情。反正我不记得你说过。"

"行啦，又不是去偷偷干坏事。"鹰男打着圆场。这时，画面中启子的裙摆高高地翻了起来。

卷子又被不知什么东西绊了一下，但其他人盯着录像无暇注意。

"厉害！帅呆了！"

听到宏男的叫声，卷子不由皱起了眉头："简直就像脱衣舞……"

"什么？"其他三个人都露出惊愕的表情。

"难道不穿这么短的裙子就不能打网球吗？"卷子不悦地说这句话时，录像正好也结束了。鹰男起身开了灯，房间顿时明亮了起来。

洋子直视着卷子的眼睛："为什么我不能和爸爸的秘书打网球？"

卷子一瞬间有些慌乱："我没说不可以，只是……"

"医院那边情况怎么样？"鹰男插嘴说，"喂，医院！"

卷子回过神："我们到了之后才发现，阵内已经出院了。"

"那不是很好吗？"

"一点都不好，咲子是不想让我们看到阵内，才硬把他带回家的。"

"不想让你们看到？阵内他……"

"他的情况很不寻常，还冲我……"她比划着阵内扔橘子的动作正说着，突然意识到孩子们还在场，不觉吞吐起来。

"……然后呢？"

"我想，他可能不行了。"

"什么不行了，拳击……"

"他不能再打拳了？"宏男和洋子纷纷问道。

"不知道咲子有什么打算？"说到这里，卷子注意到了宏男面前的啤酒杯，"今天是什么日子？"

"什么日子？"

"既不是过年，又不是生日，居然趁我不在家就乱来。"

"他也就是舔点泡沫而已，对吧？"

"你就会讨好小孩子……"

卷子一脸怫然地瞪了丈夫一眼，走进厨房。鹰男也跟着她走了过去。

"喂！"卷子闻声回头，鹰男愤怒地声讨着她，"家里姐妹四个，难免人多事多，但你不能把什么都带到家里。"

"……"

"我是说，你不要回来就乱发脾气。"

"你说我是在乱发脾气？"

洋子和宏男在鹰男身后竖耳听着父母的争执，卷子故意用小孩子也听得到的声音说："看到咲子这样，我觉得心里难受。"

"不也有新婚燕尔的喜庆事吗？"

卷子无奈地笑了笑。她的不悦不是因为担心咲子，而是赤木启子让她心中气愤难平。卷子喝了口水，又回到客厅，恨恨地瞅了一眼刚才映出启子身影的那片白墙。

等两个孩子都回到各自的房间后，鹰男又一次问起咲子的事。卷子正在擦拭大衣上的污渍。

"叫国立那边的老爷子过去问一问情况，是不是能好些？"

"我爸？"

"咲子……她大概是不愿意向你袒露心事吧？"

"不管怎么看她都是在虚张声势地硬撑。当初她和阵内在一

268

起的时候，大家不是都反对吗？她不顾大家的反对硬是结了婚，事到如今，也不愿意在我们面前说软话。"

"如果她开口求助，我肯定会尽力帮忙，但她什么都不说，总不好意思厚着脸皮上门，你说是不是？"

卷子停下手，叹了口气。

"其实还是得找老爷子出面，他现在除了每周两次去公司以外，其他时间都没什么事吧？"

"你是问他的外遇的事吗？"

"嗯，嗯，差不多。"

"现在应该已经断了，之前那个叫土屋的女人带着孩子改嫁了。啊，对了，说起来上次我们刚好在路上遇到过他们呢。"

"找一些事和他商量，对预防老年痴呆也有好处。"

"其实不光咲子，家家都有本难念的经……"卷子注视着丈夫。

鹰男一脸惊讶："我们家有什么事？"

"嗯，谁知道呢。"卷子的视线又开始在白墙上游走，突然，她仿佛想起什么似的问："对了，纲子姐的相亲对象，有着落了吗？"

"五十岁的男人要再娶很容易，五十岁的女人就……"

"纲子姐才四十几岁。"

"差不多啦。"鹰男压低声音问，"她还在和那家餐厅的……交往吗？"

"就是为了让他们一刀两断，才托你帮忙找对象啊！"

"'一刀两断'啊，原来如此。"

"这种一辈子都见不得光的交往实在太凄凉了。如果最终能结婚，不管多少年吧，等也就等了。但对方是二三十年的老夫老妻，不可能轻易离婚和纲子姐结婚，你不觉得吗？"

"按常理来说，应该是这样。"

丈夫背后的墙上，仿佛又浮现出启子打网球的身影，卷子突然用不容置疑的语气说："纲子姐像现在这样下去是绝对不行的。"

"你到底在说哪边的事？"

"啊？"

"不是在说你担心咲子的事吗？"

"对啊。"卷子叹了一口气，将视线移回大衣，"啊，还是擦不掉。"

国立老宅这边，晚餐后不久，恒太郎和胜又下起了将棋。

胜又轻声咳嗽着，恒太郎"啪"的一声，干脆地落下棋子。

"啊……"

胜又看到自己又要输了，难为情地抓了抓头。恒太郎看着胜又，仿佛在说"要不要再想想？"。胜又摇了摇手，示意"没关系"。恒太郎"啪"地又走了一步。

胜又又不好意思地轻轻咳嗽着，浣子经过他身边时，把一件外褂披在他身上，又一言不发地转身离开。胜又腼腆地笑了笑，恒太郎也含笑望着他们。两个人互看了一眼，立刻又低下头盯着棋盘，摆上棋子重开一局。

不一会儿，纸门后方传来咔嗒咔嗒的声音，泷子正在关遮雨窗。关了两三扇之后，似乎遮雨窗有些卡住了，咣当咣当不停地响着，连带纸门也跟着抖了起来。

胜又向恒太郎示意自己过去看看，便站起来。恒太郎则继续盯着棋盘，一边把放歪的棋子一一摆正，一边说道："可能是第三扇或是第四扇卡住了。"说着，便站起身来，"要一边向上用力一边往里面推，有诀窍的……还是我去帮忙吧。"

恒太郎一边说着一边来到走廊上，发现他们夫妻俩正站在遮雨窗旁。泷子拉着遮雨窗，胜又从身后紧紧抱着她，泷子的脸颊泛着红晕。

恒太郎重新回屋坐下，继续在棋盘上摆着棋子。

"原来不需要我帮忙……"

外面再次传来关雨窗的咔嗒声。煤气炉上崭新的红色水壶正冒着热气，恒太郎心中也仿佛有一阵暖风吹过。

翌日，胜又去"枡川"谈工作，在门口遇到了迎接客人的老板娘丰子。

"欢迎光临。"

"米本先生订的……"

"他已经到了，您请进……"胜又进门后，丰子定睛打量了他一下，忽然"哎呦"一声张大眼睛，"这位先生，我们以前好像见过面呢。"

"对，我来过一次……"

"对了，我想起来了，您和三田村太太一起的，就是以前在我们这里插花的三田村纲子太太……"

"她现在是我大姨子。"

"这么说，您就是娶了她妹妹的……在信用调查所工作的……"

"对，因为帮了客户一点小忙，他说要请我吃饭，就约在这里。"

"那真是可喜可贺。"丰子露出模式化的亲切笑容，"谢谢您时常照顾小店生意，之前也曾经多承您大姨子帮忙，她最近好吗？"

"很好。"

"是吗？麻烦您帮我问候她。"

"好。"

胜又弯下腰把脱下的鞋子放整齐，丰子制止了他，自己弯腰帮他放好鞋子。然后，满脸笑容地问："您是在哪一家信用调查所工作……能不能给我一张名片？"

贞治在账房里地听着他们的对话，脸上写满了苦恼。

这天晚上，卷子和纲子一起来到国立娘家，准备和父亲商量咲子的事。姐妹俩进门后先走到神龛，把带来的点心供在阿藤的遗照前，然后敲了下佛铃，合掌祭拜。

"喝清酒还是啤酒？"厨房传来泷子的声音。

"清酒。"

"啤酒。"

纲子和卷子同时大声答道，说完之后，两人纳闷地互相看了对方一眼。

"声音好像和以前不一样？"

"你是说泷子吧？我也刚想这么说呢。"

两人忍不住偷笑起来，一道起身走向客厅。

胜又正在客厅准备牛肉火锅，泷子在客厅和厨房之间来回往返穿梭，搬运着碗筷，百忙之中还不忘焦急地看着挂钟。

"你们难得回来一趟，爸爸却这么晚还不回来，真拿他没办法。"

卷子在餐桌前坐下："没关系……反正我们也是打算看够你们的恩爱生活后再回去。"

"爸没说去哪里吗？"纲子也在卷子身旁坐了下来。

"他只说'和朋友在一起，晚一点回家'，就咔嚓一声挂了电话。"

"原来爸爸也有朋友。"

卷子刚说完，纲子立刻接话道："当然有了，男人如果没朋友自己也差不多快到头了。他当年学校里的老朋友们应该也都还活得好好的吧。"

"呃，还剩魔芋丝需要准备。纲子姐，你要喝清酒对吧？"

"我们去帮忙吧？"纲子和卷子同时站了起来。

"不用了。"

"我……"

"不用了……将就一下……"泷子拿了啤酒给胜又,"先喝这个吧。"

胜又在杯子里倒了啤酒,三个人喝了起来。

"不知道咲子到底有什么打算,"纲子喝了一口啤酒,"她婆婆上了年纪,孩子还没断奶……"

"还有他们住的房子,也要还贷款吧?"泷子把一大盘蔬菜摆到桌上,插口说道。

卷子点头:"我不知跟她说过多少次,不要花钱如流水,要存一点钱。"

"我也说过她,结果你猜她怎么说的?她说如果我们花钱土里土气的话……"纲子说。

"她是说小里小气的吧?"

"啊,原来她也跟你这么说过。"

"她是不是说不敢花钱就意味着生怕自己会输?"

"她说那个行业的人都这样……她说这话的时候居然一脸认真呢。"

"跟我说的时候也一样。"

"所以说,阵内生病就生病嘛,有什么好遮遮掩掩的,我们不是姐妹吗?"

"正因为是姐妹才更加难以启齿,我们是男人的话,情况可能还不一样,女人跟女人反而不好开口。"

"说不定真是这样呢。"

"尤其是……她肯定不想让泷子看到她这么落魄。"

"对，肯定是这样。"

"为什么？"泷子不悦，噘起嘴，"我们的年纪最相近，小时候还一直同住一个房间……"

纲子打断了泷子的话："你们忘了你们从小就跟对方合不来吗？"

"哪有合不来？"

"简而言之，你总是考第一，却从来没有收过情书。咲子呢，学习成绩虽然很差，但身边的男孩子几乎挤破头。"

"哎呦，我虽然没跟你们说过，但也不至于一个人也没有……"

"'简而言之'——我不是都提前说好了吗？"

纲子和泷子你一言我一语的节奏极快，胜又简直就像在看打乒乓球一样，左看看这个，右看看那个，脑袋晃来晃去。

"大家一直都说她最没出息，"纲子继续说，"后来阵内终于出人头地，她也总算是扬眉吐气，一雪这二十多年来的前耻。变成现在这样，"她学着咲子眼高于顶的样子，"等于一下子跌到了谷底，事到如今，当然不甘心示弱嘛。"

卷子也点头："况且相比之下，泷子现在这么幸福。"

"她可不想听到别人说'看吧，早就跟你说'。"

"我怎么可能说这种话？"

"谁当然也不会笨到直接说出来。只是人一旦落魄，往往容易性格扭曲，总觉得别人在心里笑话她。"

"确实。"胜又心悦诚服地赞成道。

"你也说句话啊。"

被泷子这么一说，胜又缩了缩脖子。

"你们说话太快了。我刚想开口，你们已经说到下一件事了，根本就没办法插手。"

"是插嘴。"泷子飞快地纠正他。

卷子苦笑说："随口一说有什么关系。"

纲子也说："意思都一样嘛。"

泷子表情严肃地说："他日语根本就乱七八糟的。"

"胜又吗？"

"他说话的顺序和别人不一样，举个例子，'我昨天在东京车站捡到一个钱包'……"

"捡到钱包了？"

"里面有多少钱？"卷子和纲子纷纷问道。

"例[1]啊！"

"哎呀，空的啊。"

"空欢喜一场。"

"不是，我不是说零，不是zero！——我都说了是举例而已。"

"原来是这个意思……"

"普通人会这样说，对吧？他却只说'我捡、捡、捡到了'。"

"不好意思。"卷子轻轻瞪了泷子一眼。

"泷子……"纲子也拉着泷子的袖子，但泷子满不在乎地

1　日语中"例"和"零"的发音均为"rei"。

说："有什么关系，我说的是真事啊，对吧？"

"嗯，是啊。"胜又也毫不在意地点点头。

"得等到你追问'捡到什么？在哪里？什么时候？'，他才会把事情说完整。"

"有什么关系嘛。"卷子说。

纲子也附和说："泷子，你太死板了！"

"帮纲子姐倒啤酒……"

泷子吩咐完，便起身走向厨房，胜又听话地往姐妹俩的杯子里添着啤酒。泷子回来时端着一个盘子，上面摆着切成薄片后用水氽过的马铃薯。

"啊！马铃薯！"卷子和纲子看到后像小女生一样欢呼起来。

"我们家吃牛肉火锅都放这个！"

"我一直想吃！"

"姐姐你们平时吃的时候不放这个？"泷子问。

卷子苦笑着说："他们说放了芋头之类的，牛肉火锅就会变甜，所以不爱吃。"

"我们家也一样。"纲子说。

"反正姐夫已经不在了，你想放就放啊。"

"没这么简单，人死了牌位还在呢，吃起来总觉得有点愧疚。"

"哇……圣女贞德。"

"中村汀女[1]。"

胜又一脸错愕："那是谁？"

"写俳句的诗人！"

"是不是差不多了？"卷子看着锅子。

"油……好烫！"

纲子刚要倒油，手又缩了回来。胜又一边叫着"好烫好烫"，一边往锅里倒油。

"酱油……"

"说要酱油啦。"

纲子往锅里夹着肉，一边说道："人生不是过山车，大起大落的时候你尖叫几声就没事了——信用调查所也是一样的道理。"

"纲子姐……"卷子拼命地使着眼色。但泷子却丝毫不以为意："我们家只能算是三轮车或是自行车……"

"说不定你们家还略胜一筹呢。"

"如果薪水再多一点的话。"

"不过，做这种工作，诱惑也很多吧？"

"听说也有人会趁机捞点油水，不过他不行啦。"

这时，胜又嘀咕了一句："怎么办呢？"

"嗯？"

"既然你提到这件事，那我就趁机坦白了。"

胜又迟疑了一下，从长裤口袋里拿出一个白色信封交给泷子："今天拿到这个。"

---

1 中村汀女（1900—1988），昭和时代代表性的女性俳句诗人。

泷子打开看了一下："哪儿来的钱？"

胜又张开一只手。

"五万！"

姐妹三个惊讶地瞪圆了眼睛。

"有个女人叫我调查她老公的外遇，除了付钱以外，还约我到咖啡店……"

"肯定是拿出了自己的私房钱。"

"已经不顾一切了……"

胜又又从上衣内侧口袋拿出一个牛皮纸信封。

"这个也是？"

泷子瞪大了眼睛，胜又摊开双手。

"十万元？"

"一天之内拿了两份？"

"这收入真是惊人呢。"

姐妹三个纷纷欢呼起来。

"这个也是女人吗？还是调查外遇？"卷子问。

胜又说："不，这个是男人。"

"男人？"

"这个的……"他张开一只手，"老公。"

"她丈夫？"

"女人前脚刚走，男的就立刻来找我，一见面就这样。"胜又在榻榻米上做出磕头的动作。

"喔……"

"啊！"

"这样啊。"

三姐妹各自点着头恍然大悟："所以说是先下手为强呢，那个老公。"

"他说，请我看在大家都是男人的分儿上……网、网……"

"网开一面！"

"这个老公也是豁出去了。"

"难怪会露出马脚。"

大家你一言我一语地聊了半天，卷子说："那就收太太的五万，收先生的十万，两边都照收不误。"

纲子忍着笑说："虽然你在笑，但五万对女人来说也不是小钱呢。"

"一定是从私房钱里拿出来的，简直就像是割肉啊。"

泷子问："你准备怎么办，照实调查吗？"

"你们说该怎么办，遇到这种事……"胜又看着她们姐妹三个问道。

"还是应该调查吧，"卷子说，"信用调查所不就是吃这碗饭的吗？"

纲子左思右想："所以，就收五万——收太太的钱，把丈夫那边的十万退回去？"

"从贴补家用的角度看，还是把太太这边的还回去比较划算。"

"呃，那个……"胜又正打算说什么，泷子突然打断他："胜又先生，你不会收吧？"

纲子一脸惊讶："你还叫他胜又'先生'？"

"我会把两边的钱都还回去。"胜又说，"这种违反行规的事只要有一次，直接就是这个下场。"胜又伸手做了个砍头[1]的动作。

"我还是觉得可以收其中一个人的钱。"纲子说。

卷子指着白信封说："那当然是收这个。"

"太太的……"

"应该是这样吧……"

"你刚才不还说，五万对女人来说不是小钱吗？"

"好！决定了！"纲子用力拍了一下手，"不要太死脑筋，这个嘛……"她做出切手刀[2]的动作，然后又做了放进口袋的手势，"就这样吧！"说完，把白色的信封交给了泷子。

"泷子，要请客喔！"

"嗯……"泷子还是有些不甘心。

"这个还回去！"纲子把装了十万元的牛皮纸信封交给胜又，"就这么决定了！"

"就这么决定了！"卷子也在一旁跟着起哄。

胜又坐立不安地说："说完这个……"

"难道还有？"

"不是，有人叫我向大姐问好。"

纲子惊叫起来："我吗？"

1　日语中职位、解雇等说法都与头（首，Kubi）相关。

2　相扑力士取胜领奖时所做的一种礼仪性的动作。

胜又点头。

"谁？"

"太太那边。"

"是谁啊？叫什么名字？"

"就是那家'枡川'餐厅的老板娘。"

纲子张口结舌，卷子恍然大悟地看着姐姐，毫不知情的泷子莫名其妙地看着她们俩："哦，就是纲子姐之前打工插花的地方啊……"

"是、是啊……"见惯风浪的纲子也吓得脸色发青，"是啊，原来是那个人委托你……委托你……"

卷子忍不住笑了起来，然后笑得一发不可收拾。

"真是人生何处不相逢，世界真小，日本也真小呢。"

泷子不解地看着捧腹大笑的卷子，也附和说："是啊。"

"原来如此，原来是她委托你……"纲子一脸木然地重复着。

卷子终于收住笑声："然后呢？那太太说，她完全不知道对方是谁吗？"

"好像是。她说之前一度以为他们已经分手了，没想到又勾搭上了。"

"之前纲子姐在那里打工，也算受他们的照顾，你不帮这个忙有些说不过去呢。"

听了泷子的话，卷子再一次笑得花枝乱颤："当然说不过去啊，是吧……"

纲子拧了卷子的屁股一把："但如果你去查了，他们夫妻又要吵得一塌糊涂。"

"纲子姐，你刚才不是还说，就这么决定了吗？"

纲子又拧了卷子的屁股。

"啊呀，疼！"卷子扭着身体。

泷子一直一头雾水，这是终于忍不住有些恼怒："你们在干什么？哈哈哈哈笑个不停，有什么好笑的。"

"嗯，所以呢……"卷子探身向前，"就收这个，把那个还回去。"她拿起装了五万元的信封，做出把装了十万元信封还回去的动作。

胜又疑惑不解地翻着白眼："不，这个……"

"泷子，拿酒来！"纲子突然大叫。

"这里不是还有吗？"

"哪里有，把酒温上！我要用那个有南天竹图案的小酒盅喝。"

"你突然提出这种要求，我哪来得及找？"

卷子也说："用哪个酒盅喝，不都一样吗？"

纲子却不依不饶："我就要南天竹的！就在上面的柜子里，快去拿！"

趁泷子起身去给她找酒盅，纲子向厨房张望了一下，动作利落地把装了五万元的信封推开，把十万元的信封塞进胜又的口袋。

"呃，这……"胜又不明所以地瞪大了眼睛。

"你就说，之前好像有这样的对象，但现在已经没来往了。"

"大姐……"

"那个人就是我！"

胜又目瞪口呆地看着纲子。

卷子也从一旁探出身体："胜又，你说话的顺序确实够奇怪的，为什么不先说名字？"

"呃……"胜又眨巴着眼睛努力思索着，终于听懂了纲子的意思。

"我从来没有笑得这么开心过。"卷子还在按着肚子，"原本为了咲子的事心情很闷，现在都一扫而光了。"

纲子也笑着说："你千万不要告诉泷子，那孩子太死板了……"

"嗯。"胜又点头。

"你是信用调查所的，保密也算是你的本职工作。还有，如果那个五万元的太太问，你就对她说，那个女人最近正张罗着再婚呢。"

卷子话音未落，屁股上又被纲子狠狠拧了一把。

"好疼！疼死我了！"

这时，泷子从厨房回来，拿着一个造型古旧的酒盅，上面满是灰尘，"是这个吗？"

"就是这个……"

纲子和卷子说着，又笑得前仰后合。胜又也忍不住低头偷笑，赶紧往自己嘴里面塞了一块肉来掩饰笑容。

"有什么好笑的？"只有泷子一个人觉得莫名其妙，"我们有这么好笑吗？"

　　姐妹三个在国立娘家吵吵闹闹的时候，恒太郎来到咲子的公寓，但并没有进去屋里，只是站在玄关和咲子说话。

　　咲子如天神下凡般挡在门口，不让父亲看到家里的情况。

　　"他很好。"咲子开朗地笑着，"他原本体力就很好，连医生也惊讶他怎么恢复得这么快，现在他去健身房了。这一阵子一直在休息，身体都变得懒散了。"

　　咲子正说着，屋里传来阵内的声音。阵内像个小孩子一样大叫："老妈！老妈！"

　　咲子假装没听到："身体不是变懒撒了吗？所以打个沙包也会气喘吁吁，他说是因为食物的关系。"

　　这时，阵内又大叫起来："老妈！老妈！咲子！咲子！"

　　恒太郎不知如何是好，只能努力地掩饰着，移开目光不去看她。

　　咲子强打欢颜："这边完全不用您担心，他春天的时候应该就可以上场比赛了，完全不用担心。"她一口气飞快地说完，立刻改变了话题，"爸爸，倒是你要多小心，如果再像上次那样睡觉时抽烟，引起火灾就麻烦了。"

　　"……"

　　"我真的没事。"

　　"咲子！咲子……"阵内的嗓门越来越高，咲子似乎再没办法假装听不到，匆忙想把恒太郎推出门外。

"我婆婆在叫我……对不起，连杯茶都没倒。"

恒太郎顺从地走出门外，低声说了一句"晚安"，突然抬起头看着咲子的脸。

咲子笑了笑，关上了门，在门缝中伸出一只手向他挥了挥。

恒太郎的脚步声远去之后，咲子靠在门上，强忍着不让涌到眼眶的泪水流下来。

这时，阵内从里面的房间走了出来。他的睡袍衣襟敞开，露出赤裸的胸膛，脸上毫无神采，空洞的眼神没有焦点，飘忽不定地四下张望，一看就知道情况不容乐观。阵内走到门口时，突然摇晃了一下。咲子慌忙冲到丈夫身边扶住他。

阵内突然毫无来由地嘟囔了一句："青蛙在叫。"

咲子大惊失色，关切地看着他。

"你听……是不是？"

咲子竖起耳朵努力听着，却没听到任何声音。

"是吧，哈哈。"

咲子只听到婴儿的哭泣声。真纪抱着孙子出现在走廊上，看着他们。阵内看到母亲，视线又飘忽起来。

"青蛙在叫呢。"

咲子注视着神志不清的丈夫，仿佛坠入了黑暗的深渊，陷入无尽的悲伤之中。

第二天，咲子去图书馆拜访了泷子。她依然穿着那件红狐毛皮大衣，乍一看还是一如既往的精神焕发。

反而是泷子吓了一跳，不由脱口而出："咲子……"

咲子笑着说："让你们担心了。"说完递上一个大礼金袋。

"病愈祝贺……咲子……"泷子念着上面的字。

"泷子，你擦口红了呢，啊，还喷了香水，你真是变了。"

咲子喋喋不休地说着，仿佛是为了不让泷子开口问她。

"咲子……"

"既然整个人都变了，干脆把眼镜也换了吧，你带粉红色镜框应该会更亮眼。"

泷子察觉到妹妹的兴高采烈有点不太自然。

"要不要出去喝杯茶？"

"不好意思，我还要赶着回去照顾我家小鬼头，还有我婆婆也……大家都在等着我呢，哈哈哈。"

"……"

"胜又和爸相处得怎么样？"

"还不错。"

"太好了。"

"我这么说可能有点多管闲事……"

泷子刚要开口问她，咲子早已转过身，挥了挥手说："拜拜！"泷子只能呆立在原地，看着妹妹的身影远去。

纲子回到家时，相亲对象的照片已经送来了。照片上的男人大约五十六七岁，表情一本正经。

纲子来不及换衣服，就伸手拿起电话，歪头打量着榻榻米上的照片和履历表，同时手上拨着电话。

"你突然寄快件过来，我还以为出了什么事。"

纲子一边打着电话一边探身够着，打开了煤气暖炉的开关。她侧身坐在榻榻米上，脱掉了溅到泥巴的布袜。

电话那头的卷子手里拿着织到一半的毛衣："已经送到了吗？"

"我原本以为你在开玩笑，没想到是当真的。"

"当然是当真的。"卷子回答，"一、二，两针的平针……嗯……啊，对不起，刚好织到要紧的地方，一时停不下手，一、二、三……"

"我相亲的事，还不如织毛衣重要？"

"当然不是，但织图案的话，一、二，这里是扭针，一针不对图案就会乱七八糟……一、二、三，好了……"

卷子自言自语地计算着针数，纲子把电话搁在榻榻米上，爬到暖壶旁，往茶碗里倒了一杯热水。

"让您久等了，喂，喂……喂！喂！"

听筒中传来卷子的声音，纲子赶忙重新拿起电话。

"对不起，我快冻僵了，所以去倒杯热开水喝。"

"你看过照片了吗？"

"瞻仰了一下。"

"觉得怎么样？"

纲子又看了一眼照片，照片中的男人看起倒是个正派人，但光看照片并没有什么特别的感觉。

"我想对方应该也是个事业有成的人物，估计现在也是功成名就，孩子们也都成家立业了。"

"紧接着你要说'但是'了吧？"

听到卷子这么说，纲子含糊其辞地笑了起来。

卷子苦笑着说："看来还是十万元那边比较合你的心呢。"

"你在胡说什么呀。"

卷子突然止住笑声："总有潮起潮落的时候，顺势而为才是道理。"

"'欲向海鸥问潮音'[1]吗？"纲子装着没听懂似的开着玩笑。

"别忘了歌词的下一句也说'我如归程之鸟'啊。"

"原来你这么会说俏皮话。"

卷子脸色严肃起来："正树不是打算四月的时候，就带着媳妇从仙台回来吗？"

"还没决定要不要住在一起呢。"

"即使不住在一起，只要住在东京，会比现在更常去你那里吧？当子女的其实心里什么都清楚，只是表面装不知道罢了。"

"也要考虑一下五万元那边的心情……"

"我的话被你抢走了。"

纲子不好意思地笑笑。

"总之，先找时间见一下面，怎么样？"

"嗯。"

"我软磨硬泡，好容易才托我老公找到一个，就见一下吧！啊……竟然挂了。"卷子对着电话不满地哼了一声，这时，洋子

---

1 出自《拉网之歌》，日本北海道地区的渔夫小调。

手拿着网球走了进来。

"去打网球吗？"

"穿成这样总不能去打棒球吧？"

"现在的初中生都是这么说话吗？为什么就不能老老实实地回答一句'是啊'？"

"即使不问，看我穿的衣服不就知道了。"

卷子气鼓鼓地问："和谁？"

"赤木小姐。"

卷子说不出话，洋子观察着母亲的表情说："怎么可能嘛，她要上班，只有周末才有空。"

"人家比你年纪大，一口一个'她'的太没礼貌了。"

"妈妈，她——像赤木小姐那样的人，你讨厌吗？"

"我挺喜欢她的。"

"我挺喜欢她的。"洋子模仿着卷子的语气，让卷子一时不知如何是好，"对了，上次的录影带还得拿给她看呢。"

洋子的口气仿佛是在故意刺激着卷子的神经，然后，她又学着卷子的口吻说："不是'她'，是赤木启子小姐。"说完，就转身离开了。

卷子被女儿耍得团团转，毫无还口之力。

"小心不要感冒了。"卷子无奈，只好对洋子的背影嘱咐了一句。

女儿出门后，卷子不由陷入纷乱的思绪中。

和卷子通完电话，纲子去了了国立老宅。

她正准备进门，又突然停下了脚步，看着门柱上的两块门牌。其中一块写着"竹泽"，另一块写着"胜又"。看到写着"胜又"字样的门牌有些歪斜，纲子便把它扶正，然后捡起脚边不知谁忘记拿回去的修花剪，从边上的栅栏便门走进了院子。

恒太郎正在客厅打电话。

电话那边是土屋友子的儿子省司。省司近来隔三差五地便会打电话过来。恒太郎虽然深知不能和他见面，但每次听到省司那"爸爸，是我。"的可爱声音，又会不顾一切地想要见到他。

"我不是说过不能打电话吗？嗯，不能打电话……你是用公用电话打的吧？嗯，嗯。"他一副教训小孩子的口吻，同时竖起耳朵听着省司的每一言每一语，听着听着便忍不住笑出声来，"你真是满嘴的歪理。"

恒太郎平时说话时罕有这样温和的口吻。他的两眼放光，浑身上下洋溢着喜悦。

爸在和谁说话——纲子悄悄探头向客厅内张望。

"那不行，不能再这样了。之前不是说好下不为例的吗？嗯，嗯……嗯……唉，真是拿你没办法。好，就这一次，真的下不为例哦，嗯，嗯，好。嗯……好的。"

该不会是……纲子愣住了。

恒太郎挂上电话，哼着小曲儿走到檐廊。看到纲子站在那里，顿时满脸惊愕。

"怎么不从玄关进来？"

纲子举起剪刀让他看："万一绊倒了来送货的人怎么办？"

恒太郎接过剪刀，放在檐廊上。

"来学插花的学生送了我一些很好吃的酒糟鲑鱼卵。"

纲子把手上的盒子递过去，恒太郎"哦"了一声，接过盒子。纲子四下打量一番："家里好像变干净了呢。"

"家里有年轻人在，房子也返老还童了。"

"所以爸爸你也变年轻了。"

"到了能免费搭公车的年纪就彻底完蛋了。"

"觉得人生到七十才刚开始的也大有人在。"

恒太郎为了掩饰自己的窘态，问纲子："要喝茶吗？"

"不，不用了。"

父女俩在檐廊坐了下来，默然不语地看着庭院。

"卷子有没有跟你说？"

"咲子的事吗？"

"不，我的……"

"鹰男帮你找相亲对象的事吗？"

纲子从手提袋里拿出照片和履历表，推到父亲的腿边。恒太郎扫了一眼："很不错嘛。"

"你都没看。"

"光凭一张照片能看出什么？"

纲子笑了起来："也对。"她拿起照片端详着，"爸，你觉得呢？"

"嗯……"

"我是觉得都到了这个年纪，有点多此一举……"

"你今年多大了？"恒太郎问。

纲子孩子气地张开一只手。

"现代人的寿命越来越长了，接下来的三十年只能独身一人长吁短叹，也是挺无聊的。"

"爸，那你呢？"

"男人不会叹气。"

"爸，你太狡猾了。"纲子压低声音说，"所以妈妈才被你骗了一辈子。"

"确实狡猾啊，"恒太郎一脸认真地说，"男人比女人要狡猾得多，时刻牢记这一点，才能少栽跟头。"

卖豆腐的小贩正按着喇叭从树篱外面经过。

"啊，那个卖豆腐的还经常来这边啊。"

"那个老爷子恐怕也后继无人了。"

"我这个年纪最讨厌了。"纲子怯弱地说，恒太郎看着女儿的侧脸，伸手拿起照片和履历表。

"见面看看也没什么嘛。"恒太郎看着照片说，纲子轻轻点了点头。

这天晚上，恒太郎边系着和服腰带边走进客厅时，惊讶地楞住了。他看到泷子忙碌着准备晚饭的背影，一瞬间竟觉得像极了亡妻阿藤。无论是一身素雅的和服，还是挽起的发髻，或是弯着腰往桌上摆着晚饭的动作，泷子都像极了年轻时候的阿藤。

"简直一模一样。"

恒太郎喃喃地说了句，泷子闻声一脸讶异地转过头。

"你跟你妈简直就像是一个模子里刻出来的。"

他又说了一遍，泷子露出笑容："是因为和服的关系吗？"

"这是你妈的吗？"

"上次分到的，你不记得了吗？"

"你这么一说，好像看你妈穿过。"恒太郎注视着干活的女儿，"果然是母女啊，连手上的动作都一模一样……"

恒太郎将目光从女儿身上移向屋外，默默眺望着庭院。这时，玄关的门铃响了。

"啊，回来了……你回来啦！"

泷子立刻冲了出去。看着女儿兴高采烈的身影，恒太郎目光中满是感慨。

纲子相亲的日子终于到了。

卷子正在客厅里对着镜子系腰带。宏男在客厅和厨房慢条斯理地走来走去，不时打开冰箱。

"你干吗一直开冰箱？"卷子见状问道。

宏男嘴里嚼着什么东西，又打开冰箱张望。

"火腿可不能吃啊，那是晚饭做菜用的。你读书读不下去，就跑来翻冰箱。"卷子探头看看厨房，"帮我拉一下那一头。"

宏男走了出来："拉哪里？"

"那边……"卷子把腰带的一端递给宏男，"啊，算了，你手上油乎乎的，被你摸一下衣服直接就没法穿了。"

"干什么嘛！一下子叫我拉，一下子又不要了。"

"快看书去。"

"要在哪里相亲？"

"在哪儿跟你有什么关系，又不是你要去相亲。"

卷子正说着，电话响了。

"快去接电话啊。"

宏男不屑地啧啧舌头，接起电话："喂……哦，她在。"说完便把电话递了过来。

"谁？"

"爸爸。"

卷子接过电话："喂，什么？今天晚上不能回家，那……"

鹰男旁边似乎还有其他人，他压低嗓门说："明天临时要查账，我要在旅馆熬通宵了……不是所有的人。啊，高滨君，那个不用了，拿七月份之后的……对，对。"

"那我帮你送内衣裤和衬衫吧。"

"不用了，反正才一天而已。"

"旅馆……"

"旅馆就在我们平时打麻将常去的神乐坂那家……"鹰男说到一半，把听筒拿到一旁，大声叫了起来，"喂，订的是哪一家？"电话中没有听到他的下属如何回答，但鹰男立刻对着电话说："不是'常磐'就是'吉田'——基本就是这两家。"

卷子没说话，鹰男讨好似的说："明天就会按时回家了。"

"喂，今晚的相亲……"

可能正忙得不开可交，卷子的话还没说完，鹰男就挂断了电话。

卷子勉力穿好和服，随即瘫坐在地上。天色有点暗了，但她却懒得起身去开灯。卷子脑海中浮现出启子打网球时青春洋溢的身体，仿佛是想赶走这些幻影似的，她伸手拿起电话。

"啊，不好意思，请问营业二科的赤木小姐在吗——赤木启子小姐。她外出吗？哦，神乐坂的'吉田'。谢谢……"

纲子的相亲是在晚上。但卷子傍晚时分便提前走出家门，直奔"吉田"旅馆。"吉田"旅馆位于下町区的小巷里，周边旅馆和饭馆林立，面积不大，却很精致。卷子着了魔似的来到这里，却没有勇气进去。卷子不知道自己在门口站了多久，当她回过神来时，店门口已经亮起了灯。

正在这时，卷子听到身后传来年轻女孩的笑声。两个初中生从她身边经过，其中一个人"咦？"了一声，停下脚步。

"妈妈……"

卷子猛然清醒过来，看到洋子正瞪大了眼睛看着她。

卷子对女儿笑了笑，很勉强地、尴尬地笑了笑。

"你爸爸今天要在这里熬夜工作，我、我帮他送衬衫过来，你、你怎么会在这里？"

"我打电话给赤木小姐，准备把之前的录像带拿给她，公司的人说她在这里……"

洋子说话时，目光向下往卷子手上看去。卷子只拿了一个小包，并没有拿换洗衣服的包裹。

"你已经把衬衫送给爸爸了吗？"

"啊？嗯……"

卷子再掩饰不住自己的狼狈。这时洋子突然尖声大笑起来，不自然的笑声听起来好像在哭。卷子正诧异着，洋子已经转身沿着来路逃走了。

"里见！""洋子！"

和洋子一起来的同学赶紧去追她。

卷子转身走向相反的方向，边走边回想起母亲站在父亲情妇公寓前的身影。那一天，阿藤看到卷子，露出哀伤的笑容，随即如枯木般倒在地上。

"我的表情也和妈妈一样……我的表情也和妈妈一样……"

卷子茫然地喃喃自语。母亲落寞地对着自己笑的样子，以及女儿木然看着自己的样子，同时浮现在她眼前。卷子从心底发出一声叹息。

这个时候，鹰男和启子在"吉田"旅馆里。除了他们俩，还有另外两个同事，四个人为了应对明天的税务调查，仔细核对着账簿。

"从头开始一个个核对吗？"

"这样比较快。"

"好！那就赶紧开始吧。"

四个人翻开账簿。

"如果一切顺利，搞不好还能打几圈。"

"打牌还是改天再说……"鹰男叮咛下属，神情严肃地核对着账簿，"如果真查出问题，大家都得玩完。"

"又不是有人中饱私囊……"其中一人做出把钱放进口袋的动作，"干吗这么大张声势？"

"冠冕堂皇地说什么是为了公司。"

"真让人受不了，啊，赤木，没你的事了，吃完饭你就回家吧。我们说不定也不需要熬夜……"

听鹰男说完，启子意味深长地笑了笑。

"部长你也抽出两三个小时回去一趟吧？"启子小声说，不让另外两个同事听到。

"果然还是遭到怀疑了。"

"你说我们公司吗？哼哼，恐怕早就被盯上了。说起来，我们公司也的确有些明目张胆，也是没办法啦。呃……"

另外两个同事正边核对账簿边聊天。启子听到他们的话，在鹰男耳边小声地说："我好像也遭到怀疑了。"

鹰男抬起头。

"昨天，我翻字典查了'隐形衣'这个词……"

"隐形衣……"

"居然真的有叫这种名字的植物，我吓了一跳。除了有'可用来隐形的衣物'的意思以外，还是一种植物的名字，五加科的常绿乔木，能长到大约六米高。"

"哦。"

"这种树的汁液学名叫'黄漆',可以用来涂在家具上。"

"会漆中毒吧。"

"好像是。"启子看了一眼时钟,"应该快来了吧。"

"谁要来?"

"你们家洋子。"

启子发现洋子这一阵子的态度有些奇怪,为了证明自己的清白,她特意通知洋子来这边。

鹰男欲言又止,默默地将视线移回账簿。

一片寂静中,只剩下几个男人翻账簿的声音。

纲子的相亲,刚开始时似乎一切顺利。

相亲对象的男子微微有些上了年纪,纲子礼貌周到地和他谈笑着,晚饭的气氛十分融洽。吃完晚饭,纲子和她的相亲对象,还有卷子一起去看露天能剧表演。

他们去观看的是《班女》[1],一出描写为爱疯狂的经典剧目。

伴随着鼓点,歌谣声幽幽响起。熊熊燃烧的篝火,映照出班女演员的身影。她为身份高贵的恋人所抛弃,因而悲痛欲绝,因爱成狂,跳着疯魔般的舞蹈。那舞姿妖艳动人又充满悲哀,仿佛在哀叹人世间的女性那与生俱来的悲剧。

纲子双眼直勾勾地盯着舞台,精彩的能剧却没有半点看进

---

[1] 相传为世阿弥所作的一出能剧,取材于汉成帝、班婕妤之间的故事,以其中的扇舞桥段而知名。

她的眼里。贞治的面容满满占据了她的脑海，让她无心他顾。相亲对象的男人找话题和她聊天，她客气地应声，但心思却已全然不在邻座的这个男人身上。

贞治从身后抱住了她，粗暴地亲吻着纲子的脖颈……纲子沉浸在幻想中无法自拔，终于失魂落魄地站了起来。

她站起身来，假装去上厕所。卷子并没有察觉姐姐茫然若失的神情。纲子也努力做出自然的样子，向相亲的男子微微点了点头。

一出门，纲子便直奔公用电话。电话正被一个学生占用着，纲子在等候时已经迫不及待地从皮包里拿出十元硬币。

"这么说，没录取吗？我本来一直指望着它呢，算了，没事，大不了找其他打工的地方呗。"

学生说完，挂上电话，转身准备离开。

纲子脱口问："你是不是想打工？"

"啊？"

"十秒，一千元。请你帮忙打电话叫个人。"

学生点点头，拿起电话。纲子拨了"枡川"的号码。

"这里是'枡川'。我先生在的，请问您是哪位？"

接电话的不出意外是老板娘丰子。

"这里是《高尔夫爱好者》编辑部。"学生一字一句跟着纲子重复着，电话里丰子不明所以地确认了一遍，接着，便传来她叫贞治的声音。

纲子付给学生一千元，接过电话："是我，我想马上见你。"

学生投来充满好奇的目光，但纲子毫不在意。她已无法压制自己的感情，她也是因爱成狂的班女。

纲子没有再回到座位上。她直接回了家，等待着贞治。贞治不知道出了什么事，慌忙赶了过来。

"坐在那个人旁边，我突然寂寞得难以忍受。在死之前，还有二十年或是三十年，无论他对我多好，我都无法摆脱这份寂寞。"纲子言辞凄切地向贞治倾诉着。

"我离婚娶你。"贞治看着纲子的双眼说，但纲子摇摇头。

"即便那样，我也还是会觉得寂寞，还是一样寂寞。"

"那要怎么办？"

"我也不知道……"

"……"

"先这样吧，这样就好。"

两人面对面坐着，凝望着彼此的眼眸。

深夜，玄关响起拍打格子拉门的声音，纲子出来一看，隔着毛玻璃，隐约现出卷子的身影。

"纲子姐，你在家吧？开门啊，开门！"卷子用力摇着门，但纲子没有开门。

"你中途把我们扔那儿自己走了，到底想干什么？我们费心费劲地张罗，你完全不体谅别人……开门！"

"……"

"太荒唐了！就算你看不上眼，一开始就该明说啊！"

"一开始我也是认真的。"纲子突然回答道。事情也确实如此，直到去看露天能剧之前，她其实并不排斥相亲。

"既然这样，那又是为什么？"

"临时改变主意了。"

"你又不是小孩子，怎么能……"

"正因为是大人，所以才改变主意。"

"姐姐……"卷子无言以对。纲子把门微微打开一条缝，露出脸，然后拼命按着门叫道，"你不要在我家门口大呼小叫的。"

"你要我怎么跟对方交代！"

"不如干脆叫他请信用调查所调查我一下吧？你就说，虽说是姐妹，但对这方面的情况不太了解，索性趁机把胜又也介绍给他，岂不皆大欢喜……"

卷子打断了姐姐的话："姐姐，你对自己做的事情，就不觉得丢脸吗？"

纲子一时有些哑口无言，但立刻反问："你又怎么样呢？"

"我？"

"你因为鹰男有外遇，就胡乱冲我撒气，难道不觉得丢脸吗？"

"姐姐！"

"每个人心里都难免藏着一两件负疚于人的事情。就连爸爸，最近也好像又和那个女人走在一起了……"

"真的吗？"卷子瞠目结舌。

"即使年过七十，男人毕竟是男人。"

“所以，你叫我睁一只眼闭一只眼吗？我最讨厌这样。”正说着，卷子突然抖了一下。

“怎么了？”

“我要上厕所，刚才在户外看能剧着凉了。让我用一下厕所。”

“你去车站，那里有厕所的。”

“姐姐！”

纲子松开按着门的手，卷子推开姐姐便往屋里跑。她匆忙踢下和服鞋跑进屋内，经过走廊时，正撞上在纸门后听着姐妹俩对话的贞治。

卷子吃了一惊，却假装没看到。她放慢脚步，挺胸抬头，若无其事地从贞治面前走过去。一转过弯，卷子匆忙的脚步声再度重新响起，然后便是咣当一声关上厕所门的声音。

纲子和贞治互相看了对方一眼，不禁哑然失笑。

同一天晚上，国立老宅新婚夫妻的房间里，泷子和胜又正一边吃着橘子一边聊天。今天是恒太郎上班的日子，这时他还没有回来。

“我就知道……”泷子叹了口气。

“他们叫我不要告诉你，但我没办法说谎。”

胜又告诉泷子，纲子的外遇对象就是“枡川”的老板。

“那天纲子姐的慌乱一看就非同寻常，连我都能看出来。”

“你不生气吗？”

"嗯……"泷子摇摇头，"如果一直都是单身的话反而不觉得有什么难熬，因为已经习惯寂寞了。但一旦有过依靠，体会过两个人感觉之后——也许我也会做出相同的事……"

胜又眨动着眼睛，不可思议地看着泷子。

这时电话响了，泷子跑去客厅接电话。

"这里是竹泽家……哦，是爸爸。"

电话是恒太郎打来的，咲子刚刚打电话到恒太郎的公司，说阵内又一次昏倒被送进医院。恒太郎正要去医院看他，所以打电话回来说一声。

泷子回到房间把事情告诉胜又。胜又皱着眉："我们是不是也该去一趟？"

"爸爸说他去就行了。"泷子说完，突然站起身来，走到檐廊上，抱着头坐了下来。

"你怎么了？"胜又吓了一跳，赶忙跑到她身边，"你怎么了？"

"我很难过。"泷子呜咽着，"我看不惯她之前太过招摇，曾经在心里想，阵内出现意外才好，惨不忍睹才好，让咲子栽个大跟头，看她还炫不炫耀。可是我从来没想到，它居然会变成真的。"

"事情并不是因为你那么想，才会变成这样。"

"但是……"

"……"

"姐妹真的很奇怪呢，彼此嫉妒，互相竞争，闹得不可开交。但姐妹们一旦遭遇不幸，又会不由自主地难过……"

胜又张开双手，将啜泣不已的泷子搂入怀中。

咲子抱着父亲，泣不成声。

气氛压抑的病房中，阵内躺在白色的病床上。他仍然处在昏迷中，一边的手腕上扎着输液管。

"他已经不行了。"咲子抽泣着，"我一直跟自己说'一定能熬过去，总会熬过去的'，一直努力硬撑着，但是他还是不行了。现在他话也不能说，什么也不知道，就好像拼命吹得很大很大的气球'啪'的一声破了一样，他已经不行了……不行了……"

恒太郎不知如何安慰女儿，只能深情地抚着女儿的背。

咲子突然停止哭泣，茫然若失地走到阵内身旁，拉起阵内无力垂在床边的手贴着自己的脸颊。她仿佛已经忘记了父亲的存在，径自解开了衣扣。

恒太郎无言地走出房间，来到门外，背对着门伫立在门口。

一个护士拿着体温计走了过来，准备走进病房，恒太郎直视着护士的眼睛，深深地鞠了一躬。护士满脸错愕地回礼过后，便想继续往病房走去，但恒太郎一步不让地挡在门前，对着护士摇摇头。

恒太郎知道，此时咲子已经脱掉衣服，赤身裸体地躺在丈夫身旁……抚摸着失去意识的丈夫，在他耳边轻声诉说着甜言蜜语。

恒太郎一动不动地站在原地。直到病房的灯熄灭了，他才满含着热泪，沿着漆黑的走廊向出口走去。

阿多福

深秋时分的一个晚上，里见家里。卷子、鹰男、胜又三人把胜又带来的照片摊在客厅的桌子上，面面相觑，不知如何是好。照片是趁恒太郎和省司在咖啡店见面时抓拍的。恒太郎似乎在指导省司做功课，他探身看着省司递过来的作业本的样子，以及隔着桌子伸叉子喂省司吃蛋糕的样子，都被拍成了一张张照片。照片拍得很业余，有些模糊不清，但不管哪张照片里，恒太郎脸上都挂着在家中从不曾露出的开心笑容。

卷子从照片上抬起头来："原来胜又也知道。"

胜又点点头："我偶尔会把工作带到家里做，有时就会接到电话。"

"土屋友子打来的？"

"应该是小孩子。"

"小孩子……"

"从说话的方式来看应该是小孩子，说话有点口齿不清。"

"原来是让小孩子打电话啊……"

"每次接到电话后，爸就开始坐立不安……然后就会穿上大衣。"

"接着就要出门吗？"

胜又点头，卷子似乎也觉得有些于心不安。

"我看起来有点四处打探别人隐私似的，但其实我心里也不愿意这样，爸爸他毕竟上了年纪，万一哪天在那边病倒了，我们姐妹四个到时候一问三不知就说不过去了。所以，我也并不是说要他们立刻分手，只是为了以防万一才请你帮忙调查一下，这样的话，一旦有什么状况，我们也不至于事到临头却一无所知。"

这天是卷子和丈夫商量后，为了调查父亲的日常生活，专程把胜又请来家里的。没想到胜又一听，就直接带着照片过来了。

"不过，胜又君居然已经知道了，真是没想到……"

"我现在越来越觉得，这份工作实在让人厌恶。这次的事情并没人委托我，说到底只是我个人擅自行动，一边心里想着'我这是在干什么啊'，一边又好像职业习惯已经成了本能，不知不觉中已经采取了行动，结果就这样了。"胜又做了一个按快门的动作。

"真够专业的。不过也确实为难，'调查，还是不去调查'——说起来你这也算是信用调查界的哈姆雷特了呢。"

鹰男拿胜又打趣，卷子斜着眼睛瞪了他一眼："这种事自然不太好意思直接问出口——无奈之下，悄悄地跟过去看一眼，又像是侦探在调查什么似的。"

"胡说八道……"这次轮到鹰男瞪了卷子一眼。

"啊，抱歉。所以我和纲子姐商量了一下，决定拜托你，没想到你就带着照片上门了。"

"吓了一大跳吗？"

"简直就像是用扑克牌在变魔术。"

"和爸见面的，不是只有那个孩子吗？"鹰男似乎并不觉事情有多严重。

卷子眉毛上挑："随后就会轮到那个女人登场了，这不明摆着吗？只让小孩子和爸爸见面，别人可没那么傻。"

胜又也皱起眉头："他们在一起的时候也没有做什么特别的事情，反正……以常理来说……"

"就是啊。"鹰男安抚着妻子激动的情绪，"这孩子对爸来说，与其说是儿子，其实更像是孙子，虽然并没有血缘关系。"

"爸爸可从来没有对宏男或是洋子露出过这样的表情，一次都没有。"

"他们没和爸爸共同生活过，这样也正常。"

"泷子也知道吗？"卷子又将视线转回胜又身上。

"她不知道……跟她说了，她态度上肯定会表现出来的。同住在一个屋檐下，难免会让大家都心中气闷。"胜又说着，缩了缩脖子，"总之，我至少会先查出对方的住处。"

"这样比较好，毕竟爸爸有高血压。"

"嗯。"

"慎重起见还是想问一句，像这种调查，大概需要多少钱？"

听到卷子的问题，胜又想了一下。

"有各种不同的等级，大体上是五万到十万元吧。"

这时，三个人的身后传来洋子的声音："那我来委托好了。"

三人都"啊！"的一声瞪大眼睛。

"洋子……"

"我存在妈妈那里的钱，全拿出来，应该差不多够了。"

"你小孩子家，有什么要调查的？"

洋子没回答，只是定睛注视着父亲的脸。

"大人在说话，小孩子不要插嘴"。

听到卷子教训她，洋子噘起了嘴巴："小孩子小孩子！要到几岁才不算小孩子？"

"咦？说起来到底是几岁呢？公共澡堂是几岁才可以进？坐火车又是几岁开始买全票？"鹰男歪着头思考着。

胜又苦笑着说："七八十岁的委托人我都遇到过，但是十几岁的还真是头一回。"

洋子一脸认真地问："有没有学生优惠？"

"喂，你这小鬼，把信用调查所和电影院搞混了吧？"

"我才没有搞混。"

"你想调查什么？"

"外遇……"

"我差点当真了。"胜又笑着说。

鹰男也说："十年，不，二十年后再来烦恼也不迟。"

洋子露出意外的表情。

卷子苦笑着说："虽然话是这么说，但现在的小孩子都很不得了的。就咱们后面紧挨着的邻居家，有个叫小亚的小男生，还在读幼儿园，就说'我要结婚了'。"

"结婚？"其他人都瞪大了眼睛。

"小亚同时喜欢两个小女生，他妈妈说'不能和两个人结婚'，结果他说'那另外一个当佣人'。"

311

鹰男和胜又大笑起来。

"当佣人。"

"太妙了。"

"我听了吓了一跳呢。"卷子等两个男人笑完后说："即使年纪这么小，男人毕竟是男人，小孩子的幼稚话说不定反而是男人普遍的心声呢。爸爸不也一样吗？一开始是娶回家的新娘子，然后渐渐变成老婆，沦为打扫屋子、洗衣服做饭的佣人。"

"现在当帮佣的时薪多少钱？"洋子问。

"谁知道有多少呢。"

"一小时……怎么也得八百元吧。"

洋子突然叹了口气："妈妈，你朝爸爸要工资吧……"她瞪了父亲一眼，转身上楼了。

"这孩子怎么回事？"

"大概正是叛逆期吧。"

鹰男和胜又面面相觑，卷子移开视线，伸手拿起照片。

第二天，三姐妹相互约好，一起去探望阵内。在候诊室等候泷子的时候，卷子给纲子看了父亲的照片。

纲子看着照片，忍不住吃吃窃笑起来，看到卷子满脸讶异，纲子解释说："我在想，如果被调查的是我们，不知道会拍到什么照片。"

"……"

"应该是他进我家门的那一刻吧。"

"回去的时候也要拍吧，因为表情肯定不一样，来的时候和离开的时候。"

"你似乎在暗示有什么下流的事呢……但其实并不是你想的那样。他只是偶尔顺路来家里坐坐，喝杯茶，再帮我把那些我拧不开的瓶盖拧开而已……然后就回去了。"

"开瓶盖哦。"

"以前都是儿子帮我开的，他去仙台后，我就只能趁洗衣店的人上门送衣服时，请他们帮忙，每当这个时候，他们都会露出这种表情。"

"什么表情？"

"'咦，没有呢'。"

"没有什么？"

"男人啊。"

"哦，这样啊。"

"多少还是有一些的，会觉得窝火。等你哪天也变成孤家寡人了，你就明白了。"

"别乌鸦嘴。"

"有外遇的老公，也比死掉的老公好。"

纲子话音未落，卷子突然站了起来。

"她来了……"

泷子正从对面走过来，纲子慌忙把照片塞进卷子的皮包。

"肯定不能让泷子知道吧？"

"我倒觉得应该告诉她，以防万一。"

"要说也让她老公去说……"

纲子话还没说完，泷子就已经快步走到了她们跟前。

"我刚才忘记买信封了。"

"忘了？我还再三叮咛你的。"

"所以我去买啦，有急用的时候却怎么也找不到文具店。"

泷子拿出礼金袋让她们看——袋子大得吓人，上面写着"早日康复"几个大字。

"又是一个买这么大礼金包的。"

"这个都够装一百万了。"

"亲姐妹之间没必要弄得这么夸张，普通的信封就行了吧。"

听到两个姐姐你一句我一句地数落她，泷子生气地说："要我买的是你们，买回来抱怨个不停的也是你们，当姐姐可真轻松。"

姐妹三个坐下来打开皮包，各自拿出一张万元纸钞。

"真的只包这么些吗？"

"我也觉得应该再多包一点。"

"问题是也要考虑到可能是'持久战'啊……"

姐妹三个你看看我，我看看你。

"一开始给得太多的话，以后就……"

纲子这么一说，其他两个人也点头赞同。卷子把礼金袋交给纲子："纲子姐，你拿给她吧。"

"是吗？那好吧。"

"啊，名字……"

"不用写了啦，就说是我们三个人给的……"

"说是肯定会说，"泷子一脸不甘心地说，"可是之前，不也是我们三个人送的吗，咲子只对纲子姐道谢。"

"我跟她说过的，是我们三个人的礼金。"

"肯定是你说话声音太小。"

纲子突然抬起头："那就写名字！拿笔过来！"

"算啦。"

"还是写一下，这样比较清楚……"

三姐妹各自在皮包里翻找着，最后还是泷子带了笔，三姐妹分别在礼金袋上写上自己的名字。

"太好了，三个人都到齐了。"卷子露出松了一口气的表情，"阵内的病一时半会儿也看不到好转的希望，让人心里难受，一个人根本没法来。"

"那我们就速战速决吧。"

纲子说完，姐妹三个一齐站了起来。

这时的病房里，阵内仍然昏迷未醒，咲子却和真纪在阵内枕边争执了起来。

"你是说都是我的错？"咲子恼火地质问。

真纪用手巾擦拭着儿子的嘴角："都是因为你喜欢奢侈。"

"我什么时候奢侈了？"咲子不依不饶地质问着。

"又是毛皮大衣，又是钻戒的。"

"那都是他买给我的。"

"还不都是你……"

"我从来没有说过我想要，都是他为了给自己鼓劲，非要买不可。"

"反正现在死无对证，还不是随你怎么说。"

咲子脸上顿时勃然作色："妈，你刚才说什么？啊？你刚才说什么？"

"……"

"他还活着呢，为人父母的，怎么能说这种不吉利的话。"咲子瞪着真纪，"他一味的奢侈也全是因为妈妈你啊。"她望着抓着儿子的手摩擦按摩着的年迈的婆婆，神色转为惆怅，"他经常说：'我家老妈这辈子，没过过一天好日子。我老爹死得早，老妈靠做黑市生意把我们拉扯大，风里来雨里去的，从来没有去过温泉，也没舍得去餐厅吃过一顿饭。我想打赢比赛，想赚很多钱，让老妈过上好日子。'"

"我才不想用自己儿子挨打赚来的钱过好日子。"真纪深深地叹气。

"那也未必吧，在那些念经的朋友面前，你可是相当引以为傲呢。"

"和你差远了。"

"我什么时候……？"

"在你几个姐姐面前，你不也是很神气吗？"

"那是因为我觉得，这么做会让他高兴。因为之前大家都反对我们在一起，一直看不起我们，如今他出人头地了，自然想让大家都看到他的成就！"

"如果那时候就休息，可能也不至于发展到今天这个地步。"

咲子语带责备地问道："'那时候'——是什么时候？"

真纪支支吾吾地，说出了老妇人们聚在一起办念经会那天的事：阵内端了一盘橘子过来，真纪问他有没有什么需要特别向神明许愿的，阵内指了指自己的眼睛。

咲子这才知道阵内的病已经早有征兆。

"那是几月的事？"

真纪没有理会咲子的问题，一边为儿子搓着手，一边开始念经。

"我问你是几月！"

咲子正想继续追问时，病房外传来敲门声。

"来了。"咲子答应着打开了门，纲子、卷子、泷子姐妹三个探进头来。

"啊，你们来了。"咲子立刻换上一副欣喜的表情，"怎么一下子都跑过来？"

"三巨头[1]同时登台亮相啊！"纲子开玩笑地说着，看到真纪，"啊，伯母好。"

真纪也站了起来："真不好意思，还麻烦你们特地跑一趟。"

"伯母这段时间肯定也很辛苦吧。"

"没想到都这把年纪了，还要帮儿子换尿布。"

真纪的话让三姐妹感到一阵心酸，不由陷入了沉默。

咲子和刚才吵架时判若两人，语气温柔地说："妈，请你去

1　此处指相扑中前三名力士"大关、关胁、小结"的总称。

拿点热水来。"真纪也欣欣然答应："好啊。"

"不用泡茶了。"

"不用忙了。"

"至少一起喝杯茶嘛，妈……"咲子用眼神催着真纪。

"好，好。"真纪抱着热水瓶走出门去，纲子把礼金袋放在床头上。

"这是我们姐妹三个的一点心意。"

"哇……四方形的心意吗？谢谢！"

"我还带了圆形的心意哦。"卷子从皮包里拿出一个透明的塑料盒，里面装满了十元和一百元硬币，"我想你可能也会用到零钱。"

"又被抢先一步。"纲子不满地说，泷子也抱怨道："卷子姐最会做好人了。"

"她每次都装模作样的，弄得好像只有她一个人是好孩子……"

"你们在说什么嘛。"

"真是帮了大忙，住院期间少不了会用到细碎的零钱。"咲子做出手刀的姿势[1]表示感谢，接过了装零钱的盒子。

"看起来气色还不错嘛。"

听泷子这么一说，咲子立刻神采飞扬地说："很好，很好啊。最近一段时间气色恢复了许多，老公，我姐姐她们来看你了。"

"他听得到吗？"

---

1 亦为相扑的典故，相扑力士取胜领奖时所作的一种礼仪性的动作。

姐妹三个在咲子身后探头看着阵内。

"用不了几天应该就能清醒过来了。"

姐妹三个一时有些无言以对。咲子背对着她们，自顾自地拿出指甲刀，开始帮阵内剪指甲。

"人类真是一种不可思议的生物。不管多么有名的大夫，也不敢断定说能好起来，或者说绝对没救了。即使像他这样一直昏迷不醒，将来会不会有一天突然恢复意识，也没有人敢下定论，人的生命真是顽强呢。即使整天躺着，胡子也还是继续生长着，指甲也会长，甚至可能比你们长得还快。"

"那是因为他现在不用脑子，营养全跑去胡子和指甲了吧。"

"纲子姐……"卷子侧目瞪了纲子一眼。

这时，剪下来的碎指甲蹦到泷子的腿上，泷子站了起来，用指尖捏起腿上指甲屑扔掉。她的动作没有逃过咲子的眼睛，咲子虽然脸上仍然带着笑容，但眼神中却蕴含着恼怒："他的指甲不脏。"

"啊，不是……我不是这个意思。"

"我每天都会帮他擦洗身体，而且这不是死人的指甲，是活人的指甲。"

"咲子，我不是……"

"泷子平时就有洁癖，你又不是不知道。"纲子赶紧打圆场。

卷子也插嘴说："小的时候，一旦有头发或着指甲掉在她身上，她就会哇哇大叫。"

咲子怒气平息下来，突然嘀咕一句："螃蟹不是有钳子吗？"

"螃蟹的钳子？"三姐妹纳闷地看着咲子。

"不是那种中空的蟹脚，而是里面满是筋肉，很紧实的那种。我现在的心情差不多就是那样，很充实。"咲子用挑衅的眼神看着半空，"我们是夫妻，同呼吸共患难的夫妻，这种感觉比以往任何时候都强烈。"

"满是筋肉的螃蟹钳……"

卷子叹着气嘟囔了一句，咲子看着三个姐姐。

"你们呢，是空的，还是紧实的？"

姐妹三个不明所以，只好各自敷衍地笑着。

"很紧实。"

"托大家的福。"

"泷子呢？"

"她自然很紧实吧，毕竟刚结婚。"

"简直紧实得像五千元一只的长腿帝王蟹。"

"那岂不是要冷冻？"

咲子的话再次让三个姐姐无从招架。这时，卷子的皮包不小心开了，那几张照片掉了出来。姐妹四个大吃一惊，看着脚下的照片呆若木鸡。

"啊！这不是那个女人的儿子吗？这么说爸和那个女人，又旧情复燃了？"泷子回过神，不由惊叫了起来。咲子毫不理会惊慌失措的姐姐们，兀自放声大笑起来。

三个姐姐离开了，真纪也回家去了。咲子在阵内的枕边坐下，表情阴郁，和片刻之前判若两人。刚才她一直绷着劲强颜欢笑，孤身一人时，才感到仿佛耗尽了所有的力气。

"你听到了吗，我爸有外遇，他都七十岁了！又和之前分手的女人旧情复燃了……呵呵，呵呵，呵呵呵……"咲子贴着阵内的脸颊，"老公，你才几岁啊，你要加油！好吗……好吗？"

咲子的低语逐渐被淹没在泪水中，了无踪迹。

那天下午，恒太郎又一次和放学回来的省司在咖啡店见面，照看他做功课。友子躲在店外不远处的电线杆后面，透过咖啡店的玻璃窗，远远望着他们俩。

恒太郎发觉正从远处窥探的友子，他不时抬起头，缓缓吐着烟，注视着友子用披肩遮着脸的身影。

"啊，妈妈！"省司叫了起来，"是妈妈！你看，是妈妈！"

恒太郎不由神情紧张起来。

友子似乎也看出店里情形不对，立刻躲了起来。

恒太郎掩饰住自己的慌乱："哪儿有！没有啊。"

"真的有！就是妈妈！妈妈！"

省司说着便要冲出去，恒太郎赶紧抱住了他。

"你在说什么啊。"

恒太郎开着玩笑遮掩过去，省司再一次看向窗外的时候，母亲的身影已经不见了。

恒太郎和省司别过，却无心立刻回家。他坐在和友子分手的那家冰淇淋店打发时间，等到天色渐晚，便走进一家地段偏僻的寿司老店。就着寿司卷，独酌几杯温酒。

他蓦地想起在国立家中等着他回家的泷子和胜又。

"外带握寿司。"恒太郎伸出两根手指。

"外带两人份握寿司！"厨师的声音干脆利落。

外带的寿司做好了，恒太郎却仍然坐在吧台前，一杯接一杯默默地喝着酒。

国立老宅的客厅里，胜又正把工作上的文件和照片摊在餐桌上，整理着资料。暖炉上的水壶冒着热气。泷子在衣服外披了一件棉背心，一边织着毛衣一边看着胜又工作。

泷子发现毛线已经不知不觉用完了，便叫了胜又一声："喂……"

"啊？哦。"

胜又伸出双手，泷子把新的毛线丢给他。胜又接过毛线，双手仿佛跳着笨拙的舞蹈般左右动着，撑在他双手上的毛线灵活地不断收进泷子的手中。

胜又看着色调柔和的毛线逐渐变成了一团毛线球，小声地说："如果你表现出来，爸就太可怜了，他毕竟都那么大年纪了。"

"就因为一大把年纪了，才让人没办法接受。"泷子眉头轻蹙，"哪怕他现在是五十多岁也好啊，我也会觉得我爸毕竟是男人，也算无可奈何。但他已经七十岁了，不，七十一岁了。"

"我觉得和年纪没有关系吧。倒不如说，正是因为年纪大了，反而……该怎么说，需要有一种活着的真实感。"

"你倒是够袒护他的。"

"就算爸爸和那个人交往，对你来说也没有什么损失，没必要这样横眉竖眼满脸怨气吧。"

"又不是你爸，你倒说得轻松。"

泷子反驳时，玄关的门铃响了。

泷子起身出去开门，胜又也跟着站了起来，但手上的毛线缠在身上怎么也解不开，无奈之下，他只好带着毛线一起跟在泷子身后。

泷子打开门，斜睨着走进门来的父亲，连句"你回来了"都没说。

微醺的恒太郎没有察觉泷子异样的表情，举起寿司盒在她面前晃了晃。

"这是什么？"

"一看就明白了啊。我已经吃过了，这是你们俩的。"

这时，胜又也走了出来："爸，你回来了。"

恒太郎打量着两个人的脸色，问："怎么了？吵架了吗？"

"爸，你去哪里了？"

胜又踢了泷子的小腿："来吃寿司，寿司！"

胜又从恒太郎手上接过寿司盒，推着泷子回到客厅。恒太郎跟在他们身后走了进来。回客厅后，泷子倒了茶，胜又赶忙打开寿司盒。寿司摆上了桌，泷子却不动筷子。

"泷子……快……"胜又停下筷子，戳了戳泷子，将视线移向正悠然喝着茶的恒太郎，"啊，这寿司用的金枪鱼品质不错。"

"能吃出来金枪鱼品质的好坏，相当可以嘛。"

听到恒太郎的称赞，胜又不觉露出得意之色："我曾经在河岸打过工，帮人送货——专门把上岸的鱼获送到批发商那里。那时候学会了分辨金枪鱼的味道，大体说来，金枪鱼这东西吧……"

泷子插口打断了他的话："这寿司哪里买的，寿司店吗？"

"嗯？"恒太郎向泷子看去。

胜又看着包装纸说："是不是新宿？新宿的天下一寿司。"

"你和谁一起去吃的？"

"这种事有什么好问的。"

"爸，你和谁一起去吃的？"

恒太郎没有回答，目不转睛地看着女儿的脸，然后又将目光移向胜又。胜又惶恐地瑟缩着身子，不敢直视恒太郎的目光。

恒太郎笑了笑，说："难不成还有哪个笨蛋会和猫猫狗狗的一起去吃寿司？"

泷子毫不退让地看着父亲。恒太郎一言不发，用杯子暖手。

胜又不知所措地低着头，突然大惊失色——摊在桌上的资料来不及收起，压在资料下面的照片露了出来——照片上恒太郎和省司正其乐融融地聊着天。他慌了神，想不动声色地藏起来，没想到反而一下子全掉了出来。

恒太郎扫了一眼照片，什么都没说。

卷子正坐在客厅的桌前往账本上记着账。洋子摆弄着着桌上散乱的发票，问："爸爸怎么还不回来？"

卷子充耳不闻："菠菜，一百四十八元一把。"

"你说爸爸现在正在干什么？"

"六十瓦灯泡……"

"妈妈……爸爸……"

"六十瓦灯泡两个。"

"他就算开会，也不至于这么晚吧……"

"你不要在一边说个没完，会让我算错的。"

"这么晚了，爸爸还不回来。"

"两个一百九十元。"

"早出晚归的爸爸，麻木不仁的妈妈。"

"还有喜欢多管闲事的洋子。"

"字数超啦！"

"呵呵，俳句啊诗啊什么的，妈妈向来笨得很。"卷子笑着，继续低头记账，"煤气费……"

洋子拿起手边的报纸，卷成圆筒，透过它看着卷子的脸："妈妈，你说会不会有人能发明一个机器，像这样一看，就能清楚看到对方在做什么？"

"啊？"

"比方说……能看到爸爸正在做什么。"

卷子不假思索地回答："——正开会呢吧，或者正在酒吧喝酒。"

"似乎都不是，爸爸好像正和谁在一起呢……"

卷子的手停下来。

"好像还不是男人。"

"……"

"这个人我好像还认识呢。"

"别闹了。"卷子打断洋子，严厉的语气连她自己都吓了一跳。

"怎么啦？"

"什么怎么了……就是叫你别闹了。"

"想象就是要天马行空嘛。"

卷子伸出手，想拿走洋子手上的报纸望远镜，洋子不肯放手。卷子见状便凑过去从报纸望远镜另一端看着，洋子立刻把报纸扔到一旁。

"现在都已经能登上月球了，为什么却做不出这样的机器？"

洋子正嘀咕着，不知道什么时候走进来的宏男插嘴讥讽："你真是个傻瓜。"

"干吗这么说？"

"你能从这边看到别人，别人自然也能从另一头看到你。"

"哦，也对。"

"想想，假如你正洗澡呢，被人用这个机器偷窥了怎么办？"

"讨厌。"

"看吧。"

卷子吃吃笑了起来："还是你哥哥脑筋比较灵光。"

"可惜成绩不好。"

"喂！"

洋子大叫一声逃走了，宏男追了出去。兄妹俩冲上二楼之后，卷子拿起报纸，重新卷成筒，向墙壁望去。之前曾映出赤木启子打网球身影的那面墙上，浮现出鹰男和启子搂抱在一起的幻影。两人在床上拥抱着——就在空无一人的办公室里，就在办公桌旁的那张床上。

卷子垂下手，移开视线。她坐在那儿，报纸望远镜仍然拿在手里，脑中一片空白，心如乱麻。她正要再一次举起报纸望远镜张望时，电话铃声响了。她犹豫片刻，才缓缓接起电话——是鹰男打来的。

"喂，是我，我跟你说……"他的话还没说完，电话就断了。

铃声马上又响了起来，但卷子接起电话时，电话立刻又断了。铃声又响了，再接，又是挂断。似乎鹰男也因为线路实在不佳而放弃了，这之后便再没有打电话过来。

"喂！"

直到鹰男出声叫她，卷子才发觉丈夫已经回家了。鹰男正一边松着领带，一边喝水。

"啊，你回来啦！"

卷子把丈夫的西装挂在衣架上，视线却一直在观察着丈夫的神色。

"啊，家里的水真好喝。"

"味道不一样吗？"

"那当然……同样是东京都水道局的水，怎么这里……"

"你是和哪里比较？"

"自然是公司还有酒吧啊。"

"你在那种地方也会喝水？"

"当然会喝，总不能用掺水的威士忌吃药吧。"

"药……"

卷子抓起丈夫的右手，摸着他的指甲。

"怎么了？好难得。"

"这一阵子都会在公司剪指甲吗？"

"指甲？"

"以前你的右手指甲总是参差不齐的，现在却都剪得很整齐，是不是有什么人帮你剪？"

"你是不是无聊的言情剧看得太多了？"鹰男甩开卷子的手，"只要用指甲锉磨一下，就光滑溜溜了。哦，这个……"他把领带交给卷子，"赶紧睡觉吧。"

卷子望着丈夫的背影，心情沉重地叹了一口气。

"妈妈，那我就先回去了。"

真纪一言不发，咲子径自走出了病房。经过护士站时，夜班护士井田叫住了她。

"啊，阵内太太，您要回去了吗？"

咲子笑容可掬地向她躬身行礼。井田接着说："虽然辛苦，但还是要加油哦。"

"谢谢……"

"哦，那个，您先生的住院费还没有缴吧。"

咲子正打算说"晚安"，闻言赶紧改口道："啊，不好意思，我明天就去缴。"

"大病房应该还有空位。"

"大病房？"

"长期住单人病房开销太大了，还是转到大病房安心打持久战比较好，心情上也能轻松些。"

咲子点点头，说了声"晚安"后，走出医院。

咲子本打算回家的，却不由自主地信步走向闹市区。酒店、酒吧、迪斯科舞厅林立的街上，放眼望去，前后左右到处都是成双成对的情侣。有边走边吃热狗的男女，也有骑着摩托车的男人，后座上的年轻女孩兴奋地抱着他的腰……闹市区的服装店里已经早早地陈列起早春的服饰，街道上洋溢着欢乐的音乐和开朗的笑声。

"这一切，都是我曾经拥有的……"

几个月之前，咲子也曾是这些年轻人中的一分子，但如今……一股悲哀涌上心头，咲子突然有些眩晕，在十字路口停下脚步。

"口开了。"

身后传来一个男人的声音，但咲子没听到，她已经魂不守舍了。

"口开了。"身后的男人又提醒了一遍。

"啊？哦。"

咲子慌忙闭紧无意中大张的嘴巴。男人被她逗笑了，指着咲子的皮包——咲子的皮包拉链大开着。咲子明白过来，不由也笑了起来。

"哎呦……啊，我真是……"

男人也跟着她笑着。他的打扮很朴素，看起来很沉稳，给人一种诚实的印象。咲子笑着笑着，终于忍不住蹲在马路旁放声大哭了起来。

男人自我介绍说姓宅间。在他的邀请下，咲子走进了附近的咖啡店。这家店看起来生意并不太好，店里播放的背景音乐也似乎是宗教音乐，却让人听了心头为之一振。

两人都点了咖啡。宅间喝着咖啡，吸着烟观察着咲子。

咲子低着头，泪流满面。

"说出来就轻松了，我常这么劝我的学生。"

"学生？"咲子抬起头，打量着宅间，"你是老师？"

宅间点点头。

"中学……高中？"

"……"

"大学……小学？"

宅间笑着点点头，然后，模仿小孩子的声调，把一年级国语课本第一页的内容背诵了一遍。咲子的脸色稍稍和缓了些，宅间背诵故事课文时，她的脸上渐渐露出些许笑容。咲子喝着咖啡，终于缓缓说起自己的事。

"我丈夫是个植物人，因为交通事故，撞到这里。很早以前，我就隐约觉得他的眼睛不大对劲，但他一直瞒着我，我也不敢问他……等我察觉时，他已经连神智都不正常了，最后在我姐姐的婚礼上昏倒了，后来虽然也有些好转的迹象……但终究是回光返照，最后还是不行了。"

宅间默不作声地听着咲子诉说。

"我有一个儿子，还不会走路，我婆婆整天抱怨，说都是因为我才害他成这样，她就像每天给盆栽浇水一样，一天不落地责骂我，我不知道我丈夫这种状况还会持续几年……在医院的时候，我还能强打精神作出坚强的样子，但是，到了一个人都不认识的地方，就会像是泄了气的皮球一样，再也坚持不住了。"

咲子把咖啡举到嘴边，宅间却轻轻按住她的手，为她加了牛奶。

"黑咖啡对胃不好。"

咲子流露出感激的眼神。两个人默默听着音乐。咲子感到力量与勇气正在身体里逐渐重新苏醒。原来自己是如此地渴望被温柔对待——咲子凝视着宅间的脸，心里呢喃着。

喝完咖啡，两人走出咖啡店。

"说出来之后，心里好像变轻松了。"

"希望你先生多多保重。"

"谢谢。"

咲子在店门口向宅间躬身行礼，然后转身离开。她回到十字路口，正等着红绿灯时，宅间从身后抓住她的手臂，揽着咲子的肩膀，手顺势向下搂住她的腰，咲子也没有反抗。两个人搂在一起，随着人潮走着。宅间在情人旅馆前停下脚步，咲子默默地点了点头。我只想暂时忘掉一切——咲子心想。

第二天，纲子和卷子来到恒太郎的公司，邀他一起去探视阵内。

姐妹俩都是第一次来父亲的公司。那家公司位于神田小川町的杂乱一隅，在一栋老旧的杂居公寓里。那栋公寓楼在战前应该也是一栋很时髦的大楼，如今却已瓷砖剥落，地板也咯吱作响，全然不见旧日的踪迹。

公寓楼里有好几家铅版印刷公司，幽暗狭窄的走廊上，杂乱堆放着纸张和印刷品。纲子刚觉得脚下不对，还来不及反应便被地上装荞麦面的容器绊到了。卷子及时抓住她的手臂，才总算没有跌倒。两人好容易站稳，抬头一看，刚好看到的恒太郎公司的门牌。

敲了敲门，里面传来应门的声音，一个女职员探出头。

"不好意思，打扰了。"

"请问这里有位竹泽先生吗？"

"竹泽先生！有客人找！"

女职员大声向褪色的屏风对面叫了一声，并没有带她们进去的意思。姐妹俩无言地躬身行礼，小心翼翼地走了进去。狭小的房间里，只有几名员工忙碌工作着。

"谁啊？"恒太郎从屏风后探出头。

"我们刚好来御茶水[1]……"

---

1 指以千代田区神田骏河台为中心的一带区域。

"有点事……"

姐妹俩说完，恒太郎向她们招招手。他的座位就在窗边一个狭小角落，用一个又脏又旧的屏风隔开。或许因为无事可做，他正看着窗外抽烟。桌上没有什么像样的资料，只有一个堆满烟蒂的烟灰缸。

恒太郎对着两姐妹努了努下巴，示意她们在桌旁的两把式样不一的椅子上坐下。

"能出去一会儿吗？"

"想让你陪我们去看望一下咲子。"

姐妹俩你一句我一句地说着。

"我们已经去看过她一次了。"

"她好像很受打击，所以想让你去给她打打气。"

"爸，还是你去一趟最有效。"

恒太郎没有说话，两姐妹又说："长此以往说不定哪天她就扛不住了，万一有个什么好歹，爸爸你一次都没来得及去看她，未免也太可怜了。"

"我们也会陪你一块去。"

"嗯。"

"中途翘班会不会很为难？"

"反正也没什么要紧事，想走随时可以走，倒也不会有什么为难的。"恒太郎站了起来，椅子随着他的动作咯吱作响，"那就去看看吧。"

随着恒太郎起身走开，椅子上的坐垫露了出来——那坐垫已经旧得褪了色，里面的棉絮从磨破的四角冒了出来，姐妹俩看在眼里不禁感到一阵心酸。

　　阵内的病房内没有人。父女三人一走进病房，便被眼前的景象惊呆了。

　　病床上的白色床单翻了起来，阵内的两只脚露在外面，脚底上竟赫然画着一个由阿拉伯数字组成的搞笑人脸，看起来还是用签字笔画的。父女三个正面面相觑时，咲子突然猛地推开门走了进来。

　　"哇！吓死我了。"

　　"我们才被你吓一跳呢！"

　　"这是什么？"

　　"嘿嘿嘿，是符咒。"咲子耸了耸肩。

　　"符咒？"

　　"像这样……"咲子稍微站开些看着丈夫的脚底，"如果数字人脸的表情有变化，不就说明他的脚动了吗？这张脸会不会笑呢，我期待着……"

　　纲子和卷子一时不知道说什么才好。恒太郎充满爱怜地伸出大手轻轻拍了拍咲子的肩。

　　咲子微笑地看着父亲："爸，你要加油，男人变成他这样就完蛋了……"然后，把嘴凑到恒太郎耳边，"不过不管泷子说什么，你都不要在意。"

　　纲子和卷子尴尬地互相看了看对方，恒太郎露出一丝苦笑。

这段时间以来，泷子一直在避开父亲。胜又可能觉得事情全由自己而起，愧疚之下对恒太郎格外殷勤小心，反而让恒太郎浑身不自在。就连深夜去厨房喝水时也不敢开灯，经过他们房间门口，也总是小心翼翼地注意着他们屋里传来的笑声和谈话声，再蹑手蹑脚地走过去，以免妨碍他们。

既然连在家里都要绷紧神经度日，省司便成了恒太郎唯一的安慰。前几天省司把自己在学校美术课上画的画拿给恒太郎看，标题是"我的爸爸"，他画的竟分明是恒太郎。

省司已经有了新父亲，总这样下去也不是长久之计——恒太郎有时候会忍不住思考这个问题。在家里他是寄人篱下的多余之人，对省司来说他又只是一个冒牌父亲。即便没有女儿的提醒，恒太郎也已经痛切地体会到，自己已经到了想振作也无能为力的年纪了。他心中对此一清二楚，但表面上并没有流露出来。

父女三人明白咲子只是在强装出一副开朗的样子，所以并没有刻意去说什么安慰的话语，待了一会儿便离开了。

深夜，咲子正在公寓客厅计算存款余额。她穿着件男式睡衣，外面随便披了件阵内的冠军战袍，样子有些怪异。

咲子和真纪轮流照顾阵内，每天轮换一次。这天刚好轮到咲子在家里照顾儿子。由于在医院时无法睡觉，咲子本打算好好睡一觉，但烦心事接连不断地涌上心头，又让她久久不能入睡。最为迫在眉睫的烦心事便是捉襟见肘的经济状况。由于之前一直是赚多少花多少，如今存款已然见底。她拿出别人来探病时包的慰问金、结婚时为数不多的存款，绞尽脑汁地想着该如何应付眼前的开支。这时，电话铃声响了，咲子接起电话。

"喂？"

"请问是阵内先生家吗？"电话中传来一个低沉稳重的男人声音。

"这里是阵内家……请问您是哪位？"咲子有些不明所以。

"您好。"

"您好，请问您是哪位？"

"是阵内太太吧？前几天的晚上多谢你了。"

"前几天的晚上……"

"你先生的情况有没有好一点？"

"……"

"那天离开后，我总觉得你很面熟，刚好看到之前的运动杂志，才知道是拳王阵内英光……"

"请问你是？"咲子话说到一半便停住了，她想起来一定是宅间。

"我不是说了吗？那天晚上的……"

"我听不懂你在说什么，请问有何贵干？"

似乎是察觉了咲子的慌乱，电话那边传来亲切的笑声。

"没必要继续装糊涂吧？你的演技真好，你那天说是出车祸，我还信以为真了呢。"

"请问有何贵干？"咲子的声音颤抖着。

"想向你借钱周转一下。"

"……"

"只要一百万就好。"

"一百万……"

挂上电话，咲子一阵头晕目眩。

同一天晚上，卷子也接到了一个晴天霹雳般的电话。电话打来时，她正趴在客厅的桌上打瞌睡，被铃声惊醒的一瞬间有些迷糊，竟起身跑向玄关。

"来了，来了！"

卷子穿上拖鞋，正打算走出客厅，才发觉自己搞错了。

"我在干什么……"她不由失笑，接起电话忍着哈欠说，"这里是里见家。"

电话中传来一个中年女人慌张的声音："呃，我是三田村纲子女士的邻居，我要找她妹妹……"

"我就是。"

"你姐姐殉情自杀了。"

"殉情自杀！"卷子不由握紧了电话，"然后呢，情况怎么样？喂，喂？"

"听说还有呼吸……"那个女人可能在纲子家里，似乎正用手帕捂着鼻子，说话瓮声瓮气地，"煤气，用煤气……跟平时经常来找她的那个人一起……我一直奇怪，哪儿来一股怪味。"

听那个女人说，救护车刚刚来过，把两个人送去医院了。

煤气似乎是从客厅的煤气开关漏出来的，客厅里胡乱扔着没吃完的火锅，卧室隔间的纸门敞开着，两个人穿着睡衣躺在卧室的被子上。不知道纲子家是不是已经聚起了一帮看热闹的邻人，电话那头听起来十分嘈杂。

挂上电话，卷子手忙脚乱地收拾了一下，东西都没带齐便心急火燎地出门赶往医院。

卷子赶到医院，见到了正躺在急诊病床上的纲子。

"纲子姐……"

纲子头发凌乱，脸色苍白，一副惨不忍睹的狼狈相。但当她看到卷子，还是硬撑着想要坐起来。卷子跑到姐姐身旁，握住她的手。

"平安无事就好。"

"他、他是不是还好？你去帮我看一下，好吗？"

纲子甩开卷子的手。卷子不忍无视姐姐求助的眼神，走出姐姐的病房。

卷子向护士问明房间号，来到贞治的病房。贞治正躺在床上，回答医生的问题。贞治似乎有些胸闷，身子动了动，结果毛毯滑落下来，一只脚伸到卷子的眼前。看到贞治的脚底，卷子忍不住倒抽了一口气——他的脚底画着一个和阵内脚底一模一样的搞笑数字人脸。

卷子向贞治微微点头，便回到了姐姐的病房。

卷子又一次差点惊讶地叫出声来——纲子的毛毯掀开着，凌乱的和服衣摆下露出她的脚底——她的脚底也有一个搞笑人脸。

纲子看着卷子，眼神透着不安："他还好吧？"

听了卷子的汇报，纲子长舒了一口气："什么殉情，别胡说八道。是煤气管脱落，纯属意外。"

卷子苦笑着，看着纲子从毛毯下伸出的脚底，终于忍不住笑出声来。

"很好笑吧？你就尽情地笑吧，我做了这样的事，活该被人笑。"

"我不是笑那个，我是笑你的脚！"

"脚……"

纲子一脸狐疑："脚怎么了？"

这次轮到卷子一头雾水了："你不记得自己画了吗？"

刚子蹙着眉头思考，好像终于想起一点头绪，但努力想全部回忆起来的时候，似乎又会头疼。

"你自己看啊。"卷子努了努下巴，"脚底，你自己的脚底。"

"啊……"纲子隐约想起了什么，但大脑里似乎仍然迷迷糊糊，她拧着身体看着自己的脚底。

"啊……"

纲子笑了起来，她羞得无地自容，只能用笑掩饰窘态。

"因为在咲子那里看到，就想试试。"

"纲子姐，你心态倒是够年轻的。"

"谁能想到会发生这种事。"

"看到你们脚底都画了搞笑的人脸，急救队的人估计也被吓了一跳。"

纲子突然"啊"的叫出声来，她抱着头，慢慢一点一点回想着，最后似乎终于全想了起来，她抬起头，惶恐不安地看着卷子的脸，"他也……"

卷子点点头，纲子便要急着下床。

"怎么了？"

"我要过去一下，他的脚，不能就这么……就这样回去的话他就惨了……对不起，你……"纲子紧紧抓着妹妹的手，"你去跟他说，要他擦掉之后再回去……"

卷子只好又一次来到贞治的病房。

病房里只有贞治一个人。他似乎比之前镇定了些，脸色也好多了。

"你好，这次实在抱歉。"

卷子走进病房，贞治"啊……"的惊叫了一声，打算坐起来。

"请躺着就好。"

"……"

"我是纲子的妹妹。"

"我刚才……一眼就认出来了。"

"我姐姐承蒙您照顾了。"

"您客气了。"

一阵尴尬的沉默。

贞治苦笑着说："我向来以为自己的鼻子很灵光。"

"我姐姐也是。走在路上，单凭烤鱼的味道，她就能分辨出是竹荚鱼还是鲭鱼，一直引以为傲呢。"

"我也是，可能是因为喝了酒以后睡得比较沉，她那边情况怎么样？"

"医生说谨慎起见，今晚就先住院观察一个晚上。"

"请叫她多保重……"

"你呢？"

"等我可以下床走路就要回去，总不能彻夜不归吧。"

趁着护士进来的机会，卷子行了一礼，走出病房。从头到尾，她提都没提贞治脚底画了人脸的事。

贞治回到家时已是深夜。

丰子还没睡，正在客厅记账。听到丈夫的声音，她边拨算盘边打招呼说："你回来了。"

贞治连回答的力气也没有，从医院回到家里已经耗尽了他的体力。他扶着入口的柱子喘着粗气，丰子闻声抬起头看着他。贞治脸色苍白地扶着纸门走了进去，丰子一脸惊讶正准备开口问他。

"我好像感冒了。"贞治抢先解释道。

"感冒……？"

"我现在头昏脑涨，浑身发冷。"

"是不是发烧了？"

丰子从身后的碗柜里拿出体温计，贞治赶紧逃开。

"不用了，就算量了体温也降不下去。"

"但是……那就吃颗药吧。"

"睡一觉就好了。"

贞治往里走时，身体摇晃了一下。

"小心！"丰子伸手想扶住他，但却晚了一步。看到跌倒在地的丈夫有一只袜子穿反了，她呵呵呵地笑了起来。

"以后你还是穿没有正反面的袜子吧。"

贞治看着妻子的脸，一时反应不过来她在说什么。

"我是说袜子。我不知道你在哪里脱了袜子，这只穿反了……"

丰子摸着袜子，贞治跳了起来想往后退，但丰子已经抓住了袜尖，袜子顺势被完全扯了下来。丰子看到丈夫脚底的涂鸦，"啊"地叫了一声。

看到妻子的表情，贞治想起了纲子恶作剧的涂鸦。连滚带爬地转身想逃，但丰子已经和身扑上去，整个人压住了他，扯下了另一只袜子——另一只脚上也画着涂鸦。

"这是什么符咒？"丰子瞪着眼问。

"不，没什么……哈哈，哈哈哈。"

"这是什么符咒？"

"什么符咒……哦，是、是我喝醉了打瞌睡时，被女孩子们恶作剧画上去的。真是的，现在的酒吧也真是越来越不像话了。"

"是吗？我以为现在银座的酒吧都是年轻女孩呢。"

"啊？"

"这种搞笑的数字人脸,两只脚上都是,年轻人是不会画这种涂鸦的,看来看去,总觉得画画的人应该是有些年纪了……"

贞治瘫坐在地上,他已经无力辩解。

"给我感冒药。"

"是不是觉得有寒意了?"

丰子面容扭曲地笑着,脑海中浮现出纲子的脸。

第二天一早,纲子在卷子的陪伴下出院回家,她仍然有些脚下不稳。走到家附近时,左邻右舍的家庭主妇们都站在远处窃窃私语。纲子慌忙用围巾遮住脸。

卷子扶着姐姐准备进门时,姐妹俩突然同时倒抽了一口气,忍不住互相看了对方一眼,然后尴尬地转过脸去。写着"插画教室,三田村纲子"的招牌上,被人用红色的魔术笔画了一张搞笑的人脸。纲子想取下招牌,却拿不下来。卷子伸手帮忙,两分合力,费了好大力气终于把招牌卸了下来。

得知消息后赶来的鹰男和正树正在家里等候着。四个人在乱糟糟的客厅坐下。一片狼藉中残留着纲子和情人幽会的痕迹,但大家都视而不见,只字不提。卷子利落地四下收拾起来。

"真是万幸,幸亏没出什么大事。再晚一点,估计这个时候我们就得在殡仪馆,正和人讨论'请问您想放在第几层?''您家信什么教?'呢。"

鹰男的眼神刻意避开两人份的筷子和啤酒杯,打着趣说。

正树不时瞥着两人份的碗筷："我想，以后还是住在一起比较好。"

"住一起？"纲子看着儿子的脸，一时没反应过来。

"我原打算结了婚以后在外面租房子住的，现在觉得，还是一起住比较好。否则的话，万一再出什么事，到时候后悔都来不及。"

"……"

"反正二楼也还有房间。"

纲子一时不知如何回答，鹰男也点头。

"正树这么说也是一片孝心，你就答应他吧。"

几个人一时陷入沉默，气氛凝重。

纲子很干脆地拒绝了："你有这份心我很高兴……不过，再等十年再说吧。"

"十年后……"

"被人当成老太婆，太凄凉了。"纲子环视身边的三人，"我暂时还想一个人住，我还能工作，能养活得起自己，也想和'人'交往。"她的视线最终停在卷子的脸上，"这样不行吗？"

卷子一时有些慌乱："也不是说不行啦……"

"呃……"

"但是……"

鹰男和正树相互看看对方。

"暖炉，以后我会换成插电的。"

纲子以一副"事情到此为止"的表情说完，呵呵呵地笑了起来。

其他三个人听了，不由看向歪倒在地的暖炉，然后又一次四下环视起一片狼藉的屋子来。

这天晚上，泷子拜访了里见家。卷子和鹰男都不在，只有头上绑着头巾，正在做考前复习的宏男应了门，告诉她纲子的事。

"煤气怎么了？煤气漏气？"

"我也不是很清楚，好像是轻微煤气中毒……"

"煤气中毒！"

"好像并没有什么大事。"

泷子吃着宏男拿出来的小点心。

"既然没什么大事，为什么你爸妈都过去了？"

"他们说，有事的话会打电话过来，叫我不要主动打电话。"

"奇怪……"

泷子正感到纳闷，电话响了。泷子嘴里嚼着东西，随手接起了电话，刚说一句"这里是里见家"，就被食物噎住，说不出话来。她好容易才把嘴里的食物咽下去，电话里咲子已经说开了。

"卷子姐……我有事想找你商量……"咲子的声音一反常态的急迫，并没有察觉接电话的是泷子，"我做了蠢事，呜呜，被人威胁了。"

泷子嘴里仍在嚼着东西："被威胁了？什么人威胁你？"

"我不知道该怎么办才好。"

"你现在人在哪里？医院吗？"

"家里。"

"我马上过去！"

泷子拿起皮包和大衣，慌慌张张冲到门外，拦了计程车直奔咲子家。到了咲子家门前，她急忙按下门铃，门打开了，咲子打开门出来，一脸诧异地望着她。

"你被谁威胁了？"

"泷子？你怎么会……我刚才打电话给卷子姐……"

咲子猛然意识到自己刚才没确认对方是谁就全说了出来。

"怎么，"泷子反问，"不能跟我说吗？"

她从心底为咲子感到担心。咲子摇摇头，默不作声地进了屋。泷子也跟了进去。

小孩子正睡着。咲子走到阳台，收回晾在衣架上的婴儿袜和内衣，一边向泷子一五一十地说了起来。泷子靠在扶手上，静静听着妹妹的倾诉。

"我也不知道为什么会把心里话告诉一个陌生的男人，也说不清为什么他拉我的手时，我居然就那样跟他走了。"咲子叹口气，"后来我也给自己找了个理由，就是因为我在你们面前逞强——明明想嚎啕大哭，却拼命做出一副没事的样子，结果自然撑不下去。可能我就是想找一个地方把所有实情、所有我想说的话都说出来。我生气自己男人变成这种半死不活的样子，想大骂他一通：'你怎么这么不争气！'甚至也许我是想对他说'我做了坏事，你难道不生气吗？'不过，说来说去这些都只是漂亮的借口罢了，真正的原因也许不过是饥渴——从身体到心里都在饥渴。"

"你什么都不必说了，"泷子表情严肃地抬起头，"由我来处理。"

"咲子，你别再出面了。"泷子对吃惊地看着自己的妹妹说，然后仿佛鼓励似的向她点点头。

第二天，泷子把宅间叫到医院，把他带到了阵内的病房。胜又也坐在病房的角落里——他因为放心不下，所以特地赶过来。咲子躲在屏风后放被子和行李的隔间，竖耳静听事态的发展。

泷子把宅间带到阵内的身旁，抓起阵内无力垂下的手，要求宅间摸一下。宅间轻轻惊叫了一声，甩开阵内的手试图逃开。

"没什么好怕的，他以前虽然是拳王，但现在却不过是个活死人。"

宅间睁大眼睛，注视着阵内。

"作为敲诈犯，你很没有胆量呢。"泷子温柔地抚摸阵内的手，"我妹妹，可是整天都这样摸着他的手，开朗地和他聊天呢，就跟他活着的时候一样。她说，只要坚持跟他说话，他总会能听到的……虽然这已经是绝对不可能的事……"

宅间看着泷子，脸上写满了惊惶。

"你看这，看！"

泷子猛然拉起毛毯，露出阵内脚底画的人脸。宅间再一次忍不住轻声惊呼。

"我妹妹说，只要这张脸笑了，就代表他的脚底动了。"

"……"

"对家人来说，他这样半死不活，倒不如干干脆脆一下子死了轻松。人死了，不过痛痛快快哭一场，以后的生活仍然有希望。但是他还活着，三年、五年也许会一直活下去，让人怎么能不绝望？怀着这样的心情，晚上走在街上，如果有一个看起来感觉还不错的人过来牵起你的手，就连我说不定也会跟他走的。"

听到这里，胜又有些坐立不安起来。泷子继续说："如果你要恐吓，就去恐吓幸福的人；要敲诈，去敲诈有钱人。你竟然来敲诈只要稍微碰一下就会哭成泪人、日子过得如此艰难的人，就算作为诈骗犯也实在太没品了！"

泷子将视线移向胜又："我老公在信用调查所上班，如果你不想善罢甘休，那我们也……刚才我已经叫他拍下了你的照片，你到底是不是学校的老师、有没有老婆孩子，我们只要稍微调查一下就能一清二楚。我们会查明你的身份，让你在你的生活圈子里再也无法抬起头过日子。"

宅间退缩了，他退到门口，一脸惊恐地看着泷子，然后默默走出去，用力关上了门。

咲子从屏风后冲了出来："泷子……"

咲子上前想抱住姐姐时，浼子已然支撑不住，无力地瘫倒在妹妹怀里。

走到咖啡店门口时，恒太郎停下了脚步。省司坐在平时的位子上，友子一如既往站在窗外，却比平时更加靠近了些。友子看到恒太郎，想要跑过来，但恒太郎却转身离开了。

"老公。"

恒太郎一瞬间不由自主地停下了脚步。

"老公！"

然而，恒太郎没有回头，而是继续迈开步子，飞快地离开了。

友子目送恒太郎的背影远去，叹了口气，走进咖啡店。

省司正在看漫画，他抬起头。

"妈妈……"

"回家吧。"

"为什么？爸爸……"省司向店外看去。

"爸爸说他不能来了……"

省司四处张望，却不见恒太郎的身影。

傍晚时分，卷子买菜回来时，宏男好像急不可耐似的突然冲了出来。

"发生什么事了？"

"嗯，嗯……我接到一通电话。"

"谁打来的。"

"对方说，等你回来以后，要马上打电话给他……"

宏男把便条纸交给卷子，上面写着"朝日堂书店"，还有一个电话号码。

"他没有说什么事吗？"

"嗯……"

卷子打电话确认地址后，立刻赶到了朝日堂书店。书店后方仓库里，洋子正垂头丧气地坐在堆积如山的退书上。书店老板大约五十岁上下，向卷子说明了情况：洋子在书店偷书。

"真的很抱歉，我会付钱，我当然也知道并不是付钱就能了事，但还是想请您高抬贵手……"卷子拼命鞠躬拜托。

"我也没想把事情闹大。"

"她以前从来没有拿过别人的东西……"

"我也是做生意的，是一时鬼迷心窍还是惯犯，也还是能分辨出来的。"

"绝不会再有第二次了。"卷子再三道歉。

"家里最近是不是发生了什么事？"老板探询似的望着卷子，"家里出事，最受伤的还是小孩子……"

卷子无言以对。

母女俩离开书店，一起走在夜晚的街道。

"爸爸的事，你是不是都知道？"卷子问，洋子微微点头。

"他在交往的——是他的秘书赤木启子，你也……？"

洋子又点了点头。

"但是，这是爸爸和妈妈之间的事，跟你们小孩子没有……"

卷子的话还没有说完，便被洋子打断了："对啊，跟我们小孩子没有关系，我每天都开心得很。"

"既然这样，为什么会做出这种事？"

"就像感冒一样，说不清理由。"

卷子哑口无言，突然想起那天发生在自己身上的事。那天，卷子也不知不觉中，在超市偷了东西……

母女两人默然走了一会儿，洋子看着母亲的脸说："不要告诉哥哥和爸爸。"

卷子点头，经过垃圾站时，把拿在手里的书用力扔了出去。

洋子定睛看着母亲。

回到家时，玄关竟赫然放着一双女人的鞋子。

"谁？有客人？"

卷子问出来迎接的宏男，宏男神色古怪地点点头。

"谁？"

"那个人……"

正在客厅等候的竟是赤木启子。卷子走进客厅，启子恭敬地向她躬身行礼。

"我三月要结婚了。"

"结婚……"卷子瞪大眼睛。

"对。"

"和谁？"

"是您不认识的人。"

"我先生认识吗？"

"这件事我还没有跟部长说……"

"……这样啊。"

卷子不解地注视着启子的脸，启子的神色坦然自若。

"我想拜托你们做我的媒人。"

"媒人……"卷子瞪大眼睛。

"我其实早就知道您对我有怀疑，但如果我这边主动向您辩解说'不是我'也同样会很尴尬……"启子直视卷子的脸，"对我来说，在公司工作的这三年，可以说是我的青春，所以，如果就这么被人怀疑着，灰溜溜地辞职走了的话，总觉得很是遗憾……"

"你真的要结婚了？"

"您连这件事也要怀疑？我没有开玩笑。"启子呵呵笑了起来，"我想消除您的误会，所以才拜托您二位来做我的媒人。"

卷子"呼"地长舒一口气。

"我一直以为和我先生交往的是你，原来不是。"

"确实不是我。"

"既然你不是元凶，那我还得继续追查罪魁祸首……"

启子扑哧笑了起来："好像刑警。"

"确实……"卷子自己也不由哑然失笑。

"这个问题就烦请您自己去问部长吧。"启子说完，又微微歪着头细想一下，"真的有这样一个人吗？"

卷子把启子送到门口。

"关于媒人的事，我会和我先生商量……"

"那就拜托您了，晚安。"启子深深地鞠躬。

"晚安。"

洋子在走廊尽头听着她们的对话，但直到最后，都没现身。

送走启子后，卷子走到卧室，铺上被子，然后茫然地坐了下来。台灯的光将她的身影大大地投在墙壁上，卷子看着自己的影子，忍不住做了一个出拳的动作。

空击——和假想敌对战的独脚戏……

门铃响了，卷子走去玄关开门。是鹰男回来了。

"你回来了。"

"嗯。"

"还是这么晚呢。"卷子说着，径自转身走向客厅。

"嗯，有点事……"鹰男像往常一样支支吾吾地辩解。

"你晚上去哪儿了？女人家吗？"

鹰男惊讶地瞪大了眼睛。以前卷子从来没有当面指责或是质问过他，今天却以一副理所应当的口吻脱口而出。

鹰男一时不知如何回答，卷子紧追不舍："她叫什么名字？是干什么的？"

"喂……"

"你在外面有女人吧？"

"喂，你说什么呢。"

洋子正准备走进客厅，听见声音便在门口停下脚步。

"至少告诉我名字。"

"喂，别闹了。"

"我脑子满满地都是这件事——以至于今天还在超市偷了东西。"

洋子瞬间感觉浑身僵硬。

"偷东西？你？"

"我迷迷糊糊地把罐头放进了手提袋。走过收银台时，被人拍拍肩膀叫住，然后被带到办公室。"

"哪家超市？"

"丸正。一个年轻人和另一个五十岁左右的人问我是怎么回事，我说我老公在外面有女人，每天很晚才回家，我没办法坐在家里一直受煎熬，结果他们放了我一马，也没有问我的名字。"

鹰男似乎真的被吓到了。

"你说的那种女人，根本不存在。"

"骗人……"

"如果你觉得我骗人，可以叫胜又或是其他人去调查看看。"

卷子仍然半信半疑："你在外面真的没有女人？"

"没有。"

"这么说，我之前都是在那个吗？就是那个啦。"卷子做出拳击的动作。

"这是什么？"

"就是没有真正的敌人，而是对着假想敌挥空拳。"

"疑心生暗鬼。"

鹰男这么说时，洋子走了进来。鹰男将视线移向女儿。

"你知道'疑心生暗鬼'是什么意思吗？这个成语的意思是，一旦起了疑心，就会看什么都觉得有鬼。"

"原来疑心生暗鬼是这个意思。"洋子瞪大眼睛。

"你赶快记住，搞不好考试会考到这一题。"

卷子发出爽朗的笑声。

赤木启子盛大的婚礼在一片圆满中结束了。

担任媒人的鹰男和卷子并肩站在会场入口送客。卷子一边微笑着和客人寒暄道别，同时不忘在丈夫耳边窃窃私语着："上次和你提到的，那件事……"

"嗯？"

"就是你在交往的那个女人的事。"

"我不是跟你说过，绝对没有这种事吗？而且那次你不也认可了吗……"鹰男小声抗议。

"我并没有真的相信。"卷子若无其事地说完，转而继续寒暄送客，脸上堆满了笑容。

此时的咲子正在阵内的病房里。她拿着签字笔，在阵内的脚底画了一张搞笑的数字人脸。咲子正笑着，边笑边啃着面包。阵内的枕边坐着婆婆真纪，胜利坐在真纪的腿上，正探出身子想要摸阵内的脸，真纪慌忙抱住了他。

纲子面带笑容地插着花，四名学生围绕在她身边。再过不久插花课就要结束了，隔壁房间的纸门后面，贞治打开了一罐啤酒。

国立老宅里，恒太郎正坐在廊下眺望着庭院。寒冬时节，院子里一片萧瑟衰败的景象。

他从怀里拿出那幅《我的爸爸》，仔细端详一会儿，又小心翼翼叠好收起，重新放入怀中。

泷子正在院子里收拾洗好的衣服。她身穿和服的背影竟像极了阿藤，尤其是怀孕后腰身变粗，更是让人觉得难以分辨了。恒太郎望着女儿的背影，恍惚间竟有一种错觉——假如她转过头来，脸也会是阿藤。

恒太郎没来由地呵呵呵笑了起来，随即变成了哈哈大笑。

泷子听到父亲的笑声，惊讶地转过头。

"等天气暖和了，在院子种些什么吧。"

泷子看着父亲的脸。

"帮我倒杯茶。"

恒太郎的眼睛却似乎什么都没有看。

泷子走上廊下，为父亲泡了茶，注视着父亲的背影，把茶推到他面前。恒太郎拿到嘴边啜了一口，又继续看着庭院。

泷子起身准备去厨房，胜又在客厅叫住了她。他让泷子站在自己面前，用卷尺量着她的肚围，泷子不禁被他逗笑了。

小夫妻俩欢乐的谈笑声从背后传来，恒太郎注视着庭院，侧耳倾听着。他的眼神哀伤而空洞，心神仿佛已飘回久远的从前，沉浸在往日的幻影中。

京权图字：01-2016-5715

ASHURA NO GOTOKU by MUKODA Kuniko
Copyright © 1999 by MUKODA Kazuko
All rights reserved.
Original Japanese edition published by Bungeishunju Ltd., 1999
Chinese (in simplified character only) translation rights in PRC reserved by Foreign
Language Teaching and Research Publishing Co., Ltd., under the license granted
by MUKODA Kazuko, arranged with Bungeishunju Ltd., Japan through Bardon-
Chinese Media Agency, Taiwan.

图书在版编目（CIP）数据

宛如阿修罗／（日）向田邦子著；李佳星译. ── 北京：外语
教学与研究出版社，2016.11
  ISBN 978-7-5135-8271-1

  I. ①宛… II. ①向… ②李… III. ①长篇小说－日本－现代
IV. ①I313.45

中国版本图书馆CIP数据核字（2016）第282443号

出 版 人　蔡剑峰
项目策划　杨芳州
出版统筹　张　颖
责任编辑　孙嘉琪
执行编辑　姜霁凇
装帧设计　马晓羽
插画设计　马晓羽
出版发行　外语教学与研究出版社
社　　址　北京市西三环北路19号（100089）
网　　址　http://www.fltrp.com
印　　刷　三河市北燕印装有限公司
开　　本　787×1092　1/32
印　　张　11.5
版　　次　2016年12月第1版　2016年12月第1次印刷
书　　号　ISBN 978-7-5135-8271-1
定　　价　42.00元

购书咨询：（010）88819926　电子邮箱：club@fltrp.com
外研书店：https://waiyants.tmall.com
凡印刷、装订质量问题，请联系我社印制部
联系电话：（010）61207896　电子邮箱：zhijian@fltrp.com
凡侵权、盗版书籍线索，请联系我社法律事务部
举报电话：（010）88817519　电子邮箱：banquan@fltrp.com
法律顾问：立方律师事务所　刘旭东律师
　　　　　中咨律师事务所　殷　斌律师
物料号：282710001